鋼鐵德魯伊

VOL. 4〔圈套〕

TRICKED

THE IRON DRUID CHRONICLES

凱文・赫恩——著 戚建邦——譯

KEVIN HEARNE

鋼鐵德魯伊

■書評推薦

「赫恩自稱漫畫宅，將自己對那些帥呆傢伙們痛扁邪惡壞蛋的熱愛，轉變為一流的都會奇幻出道作。」

——《出版人週刊》（*Publishers Weekly*）重點書評

「赫恩是個幽默機智的出色說書人……本書可說是尼爾·蓋曼的《美國眾神》加上吉姆·布契的《巫師神探》。」

——*SFF World*書評

「（阿提克斯）是個強大的現代英雄，擁有古老祕密、累積了二十一個世紀的求生智慧……活潑的敘事口吻……一部旁徵博引的都會奇幻冒險。」

——《學校圖書館期刊》（*Library Journal*）

「赫恩用合理的解釋把神話巧妙織進故事之中，這是部超級都會奇幻。」

——哈莉葉·克勞斯納（Harriet Klausner），著名書評與專欄作家

「這是我近年讀過最棒的都會／超自然奇幻。節奏緊湊、詼諧又機智、神話使用得當，這是為厭煩了狼人與吸血鬼的奇幻讀者而生的作品。喜愛吉姆．布契、哈利．康諾利……或尼爾．蓋曼《美國眾神》的讀者們一定會很享受這本書。極度推薦！」

——Grasping for the Wind網站書評

「如果你喜愛幽默有趣的都會奇幻，那《鋼鐵德魯伊》是你的菜。如果你喜歡豐富精彩的都會奇幻，更該拿起《鋼鐵德魯伊》，以及凱文．赫恩未來出版的任何東西。」

——SciFi Mafia網站書評

「在這部有趣而高度不敬的作品裡，赫恩創造了一連串節奏飛快的動作戲與唇槍舌戰。」

——《出版人週刊》（*Publishers Weekly*）

「這個風趣幽默的新奇幻系列在故事中融入凱爾特神話還有一個想法前衛的遠古德魯伊。」

——凱莉．梅丁（Kelly Meding），奇幻作家

「《圈套》結合了前幾集有趣的觀點，也給了這個英雄傳奇一個讓人激動的黑暗轉折……絕妙的新章序幕，讓人加倍期待下一集。」

——Fantasy Book Critic網站書評

鋼鐵德魯伊 VOL.4

◆目次◆

獻辭

DEDICATION

獻給Alan O'Bryan，

他勇敢地站在我嘔吐出來的文字前，

叫我把它清理乾淨。

他是超棒的早期版本讀者，

也是最好的朋友。

這絕對不是什麼圈套。

第一章

我設過最棒的騙局就是親眼看著自己死去。我搞得非常隆重——我是說死亡，不是看著自己死翹翹這件事。

死亡的要訣就在於要發出最後的吶喊，充滿憤怒與痛苦，但絕對別發出恐懼的尖叫或哀聲求饒。這是我父親的智慧——大概是這麼多年來他唯一留在我腦中根深柢固的觀念。他是在偷牛的時候被人打死的。

這在現代算是很丟臉的死法，但在基督教時代之前的愛爾蘭，掠奪牲口時死去是種很光榮、很男人的死法。當年人們是用「掠奪牲口」來稱呼這種行爲。在離家面對他的死亡之前，我父親必定感應到不祥預兆，因爲他與我分享了所有對光榮死亡的看法，而我永遠不會忘記他最後的那句話：「男人應該要在死後才噴屎，兒子，不是死前。記住這一點，小子，輪到你的時候，不要像個娘兒們一樣。現在給我滾開，去泥巴堆裡玩。」

正如許多勇敢男子漢的愚蠢信條，我父親的光榮死亡指導可以濃縮成一句簡單的標語：用最大的音量憤怒死去。（絕不可以安靜死去；全世界最後一個德魯伊不該一聲不吭地步入黑夜。）

在罕見的突發病態心理影響下，我偶爾會想像自己的死法。我認爲事情會發生在某城市的街道上，遠離大地力量，無法召喚能讓我看見日出的魔法加擊【註二】。不過話說回來，我希望能死在名字很酷的城市裡，像是加德滿都、曼谷或密西根州的高潮市；從未想過自己會死在名叫圖巴的乾燥城市。

圖巴市位於亞歷桑納州納瓦霍保留區西南方，就在一塊沒有明顯經濟來源的紅砂岩臺地上。我看見它時問自己的第一個問題——除了「圖巴人都上哪兒去了？」——就是：「怎麼會有人想要住在這裡？」紅色的岩石或許具有美感，但是圖巴市幾乎沒有樹木、塵土滿布，而且顯然缺乏像是高爾夫球場或自助餐廳這種有價值的現代便利設施。它的峽谷中倒是有座水庫和幾座牧場，但除此之外，我實在想不通怎麼會有九千人在此地定居。

小鎮北方，ＢＩＡ路跟印第安納六二二〇公路交叉口，沙漠裡有座白色大水塔在俯瞰小鎮邊緣幾輛廢棄拖車。除此之外，這塊砂岩臺地上就只剩下少數試圖在數吋寬的砂土上勇敢生長的灌木植物。我剛剛以貓頭鷹形態抓著一具小型望遠鏡飛到水塔頂；現在恢復成人形，施展僞裝羈絆，平趴在塔頂，眺望東北方那片荒原——我選定的死亡之地。

我非死不可。莫利根看見的預知景象非常清晰，而除非情況既危急又無可避免，就像是詹姆斯·厄爾·瓊斯用達斯·維德的聲音【註二】告訴你：「這是你的天命。」不然她不會看得這麼清楚。還有，老實說，我或許是罪有應得。我最近非常淘氣，現在回想起來，簡直蠢到了極點。因爲不願違背誓言，我帶李夫·海加森前往阿斯加德刺殺索爾，而且還成功了；不過我們在過程中多殺了幾名阿薩神族，還把奧丁打成流口水的植物人。如今剩下的阿薩諸神都想置我於死地，不少其他文化中的雷神也把索爾之死當作針對所有雷神的冒犯。

在幫死去的同胞建造火葬船，並發誓爲他們報仇之後——對某些人而言，報仇就像吃到飽自助餐一樣——阿薩諸神派遣提爾和維達前來追捕我們倖存的成員。我不知道佩倫或張果老藏身何處，也不曉得赫列姆與霜巨人有沒有逃出阿斯加德。李夫很安全，因爲他們親眼看見索爾用米歐尼爾打爛他的腦袋；拜吸血鬼的特殊自療能力與史努利・喬度森醫生悉心照料所賜，李夫沒有死，但是要一段時間才看得出來他有沒有辦法痊癒。

話說回來，因爲我必須照顧一些朋友，所以一點也不安全。佩倫可以接下來一個世紀都維持鷹型，他們絕對找不到他。至於張果老，我聽說他只要靜止不動，就可以完全隱形；既然可以完全隱形，他們就不可能抓到他。我可以找個舒服的世界跑去安安穩穩地待著——我甚至可以帶歐伯隆和關妮兒一起去——但是在無法與大地元素接觸的情況下，關妮兒無法繼續德魯伊訓練，而世界迫切需要更多德魯伊。所以我的選擇就是留在地球上死去，或離開地球，任由世界在無人看顧的情況下緩緩死去——不管地球死得多慢都不是辦法，因爲所有與地球連結的世界都會在同一時間死去。

我決定留下來死，而且要很大聲。

一旦弄清楚該去問誰，提爾和維德很快就找上門來。幾個月前殺死安格斯・歐格時，我就等於是

註一：高爾夫球中開球沒開好時重打一次時，叫作加擊（mulligan）。正式比賽時沒有這項規則。

註二：詹姆斯・厄爾・瓊斯（James Earl Jones, 1931-），美國演員，即「星際大戰」系列的黑武士達斯・維德（Darth Vader）配音者。

毫不保留地洩露了身分，現在幾乎所有超自然界的生物都會叫他們來亞歷桑納找我。他們追著我來到圖巴市，還找了五名雷神擔任後援：芬蘭的屋克、印度的因陀羅、中國的雷公、日本的雷仁，以及奈及利亞的尚戈。他們都是強大的神，深受信徒愛戴，不過都不像故事裡寫得那樣富有機智與洞察力。

比方說，因陀羅就很有特色，而且無疑是這夥神裡力量最強大的一員。他出名地喜歡女人，這個嗜好本身沒什麼好批評的，不過他曾經爲此惹上大麻煩。他和一名法師的妻子交歡，而該名法師當然是立刻就發現因陀羅「在他家」，於是降下了能與但丁所書相提並論的懲罰【註二】：既然這個雷神滿腦子都是陰道，妻子不安於室的丈夫就詛咒他全身長滿一千條陰道。因陀羅就以這副模樣遊走世間了一段時間；直到黑天【註二】看他可憐，減輕刑罰，把所有陰道變成眼睛。儘管如此，想想他該怎麼和驗光師預約看眼吧。

莫利根觀察對方：「他們的腦子加起來大概跟隻五十雀【註三】差不多。」她化身爲戰鴉，停在我身旁的水塔頂上，確保我「死」得和她夢中一模一樣。我們本來都有點擔心她預見我死亡的景象——她擔心，是因爲這表示她無法信守保我不死的承諾，而我擔心則是爲了明顯的理由——直到我想起這個計畫。這個計畫是在莫利根和我分享預知景象前擬定的，不過後來才想到這讓我不必眞正死亡也能實現她的預知。此刻我們饒富興味地看著一個看起來很像我的人對包圍他的雷神破口大罵，聲稱他們都是從狒狒的大紅屁股裡面生出來的東西。眾雷神朝站在一灘泥巴上的他發射一道又一道的閃電，不過成效不彰。

「不要太小看他們，莫利根。」我說：「畢竟他們還是找到我了。」

「還不是因爲你讓這個愚蠢的分身在外面晃來晃去引誘他們，而且他們還花了一週才找上門來，但是，好吧——他們加起來有兩隻五十雀的腦袋。」

他們在攻擊的阿提克斯．歐蘇利文是個近乎完美的複製品。他身體右側的刺青和我身上的一模一樣。只可惜此刻大雨傾盆，不然他微微鬈曲的紅髮本來該在陽光下閃閃發光，不過下巴上的山羊鬍倒是十分搶眼。他滿嘴髒話、怒氣沖沖，牛仔褲口袋裡放著我的皮夾和手機；脖子上掛著用銀項鍊串起的鐵護身符，兩旁各有五枚方形符咒，後方還掛了一個閃電熔岩護身符以抵抗閃電。閃電熔岩是眞的，但護身符和符咒都是普通首飾。爲了增加眞實性，他右手倒是眞的拿了富拉蓋拉——眞的富拉蓋拉，不是假貨。

但是如果對方夠聰明，絕對不會上當。首先，歐伯隆和關妮兒都沒有跟他在一起，而且他也沒有施展任何德魯伊羈絆——倒不是說一施法，這群神就能識破。他們還在嘗試用電烤焦他。

「他們在想什麼？」莫利根問：「前一百道閃電沒效，第一百零一道就會有效？」

「這種策略須要算數。」我說：「如果他們全部加起來只有兩隻五十雀的腦袋，就不太可能會算數。」

註一：但丁（Dante）在《神曲》（*Divine Comedy*）裡描寫地獄中罪人受到各種懲罰。例如：縱慾者會不停受到狂風吹襲。

註二：黑天（Krishna），又譯作奎師那、克里希納，印度神話中的英雄，也是主神毗濕奴（Vishnu）的化身之一。

註三：五十雀（Nuthatch），一種雀鳥，個頭嬌小，特徵爲大頭短尾；會用簡單、大聲的旋律標示地盤。

「有道理。」莫利根同意。

北歐的單打獨鬥神提爾揮手支開眾雷神，拿著斧頭和盾牌來到我的分身面前。奧丁之子維德則手持長劍，緊追其後。眾雷神落向泥濘的地面，來到假阿提克斯身後，截斷他的退路。

可憐的提爾顯然不了解富拉蓋拉的能力。阿斯加德上看我使用過它的人都當場死亡，所以他一直沒聽人提過我的妖精魔劍能如同電鋸鋸穿莫薩里拉起司一樣劃破盾牌和護甲。提爾在我的分身進攻時縮到盾牌後方，打算先承受一劍，然後迅速以斧頭反擊。他確實承受了一劍，不過是用身體中央承受的，因爲富拉蓋拉劃開了他的盾牌、手臂，還有胸口。所有人——包括我的分身在內——都被斷成兩截的提爾嚇了一大跳。眞的變成兩截了。

但是復仇之神維德迅速恢復理智。他叫道：「爲了奧丁！」然後將長劍插入那個英俊愛爾蘭小夥子的左側胸腔，肯定刺穿了肺，搞不好還有肝。假的我發出響亮的慘叫：「嘎歐！呃喀！啊咯！」試圖提起富拉蓋拉繼續攻擊，但現下他已經手腳無力了。他唰地一聲拔出長劍，假德魯伊摔進泥巴地裡。

他們顯然對德魯伊有一定的了解，知道不能就此收手。他們不打算讓我自療這道致命傷。於是他們全都圍上前去，舉起手裡那些陽具崇拜的巨大神界兵器把屍體砍成碎片，遠遠超出我自療的能力範圍。

「噁。死得眞慘。」我說：「該死亡挑選者上場了。」

「沒錯，讓我們結束這場鬧劇。」莫利根說，跳下水塔，在雨中振翅高飛。維德終於停止戮屍，朝天空揮舞拳頭。

「我報仇啦！」他吼道。

我在制高點上不屑地哼了一聲，「繼續作夢吧。」

莫利根天生就非常恐怖，不過她有辦法隨心所欲提昇自身的恐怖指數。她雙眼泛紅、聲音中混入合音，以肯定會引發強烈顫抖、屁滾尿流、恐懼尖叫的頻率震盪——至少她的末日之聲會對正常人產生這些效果；諸神的反應比較沒那麼激烈。儘管如此，他們還是滿臉畏縮。莫利根在距離眾神約莫二十碼外轉化爲人形，身材苗條、美艷動人、膚白髮黑的女子，朝眾神走去。

「我爲德魯伊而來。」她的聲音刺耳地隆隆作響，眾神一聽就心驚膽跳，當即擺開防禦姿勢。看見莫利根手無寸鐵並沒有讓他們鬆懈下來——事實上，她一絲不掛——看來或許他們都還是擁有屬於自己的腦袋。她不用武器或衣服就能對他們造成嚴重的傷害。因陀羅的一千隻眼都很忙碌，可能是在確認她有沒有武器。

「妳是誰？」尚戈問道。儘管距離很遠，又有風暴，我還是可以清清楚楚聽見他們的聲音。他們全想要威嚇彼此，所以都用上了諸神環繞音效，並且透過烏雲天花板弄出了點殘響效果。

「我是莫利根，凱爾特的死亡挑選者。」她說，毫不畏懼地迎向他們。「德魯伊的靈魂是我的，他的劍也是。」

「他的劍？」維德口沫橫飛。「那是我的，這是征服者的權利！」他說得有點遲了，莫利根已經撿起劍。

「這把劍歸圖阿哈・戴・丹恩所有。德魯伊從我們那裡偷出來的。」我注意到她沒提是她幫我一起偷的。

「我打贏了他，這把劍現在是我的了。」維德說。

「小心點，渺小的神。」莫利根發出磨牙聲，空氣充滿威脅的意味。「不要把我誤認為你們的女武神。你已經殺了德魯伊，為族人報仇，那是你的權利，但你不能踐踏圖阿哈・戴・丹恩的權利。」

維德蓄勢待發。他不喜歡在這麼多勇猛的雷神面前被裸女訓斥。如果默默忍受的話，他就會損失大量睪酮素點數。他有沒有聰明到忍氣吞聲呢？他咬緊牙關，舉起左手，比劃手勢。「把劍給我，女人，不然我要動粗了。」不，一點也不聰明。

莫利根擺開防禦架勢，笑容漾開、帶有一絲邪氣，將富拉蓋拉舉到腦後。「那就過來拿吧。」

他這下當眞是作繭自縛了。但他手中依然握有脫身的鑰匙；只要嘲笑莫利根，然後說：「我只是在開玩笑。帶著妳的妖精劍離開，我不在乎。」然後他就能夠以英雄身分回到阿斯加德，或許還能成為奧丁的接班人。他可以大搖大擺地步入葛拉茲海姆，告訴剩下的阿薩諸神：「我除掉了殺害弗雷爾和提爾並打殘奧丁的傢伙。」然後他們會設宴表揚他，而他肯定有女神可上。他此刻最不該的就是聽從男子氣概的蠱惑，去和一個主要能力是「挑選誰會死於戰場」的女神開打。難道他以為自己刀槍不入嗎？他難道不了解所有北歐神諭盡數歸零，諾恩三女神已死，許多理應在諸神黃昏中戰死的神也已經死了？他不再身負要在最後血腥大戰中殺死芬利斯的使命。如果我的阿斯加德之旅和提爾的殘骸有任何意義，肯定就是現在阿薩諸神隨時都有可能死翹翹。

但是不，那個笨蛋衝上前去。「爲了奧丁！」他叫道；或許他認爲這是句幸運的戰呼，因爲剛剛他就是在喊完這句話後殺死德魯伊的。但是莫利根不像假阿提克斯那樣重心不穩，也沒有擺開架勢，而且她除了女神的神力外，還有大地的力量爲後盾。維達揮劍砍來時，她以肉眼難察的速度閃向右方避開維德的劍。她化身殘影，迅速轉身，掠過他的盾牌，雙手握持富拉蓋拉，朝他背後砍落，一劍兩斷，上半身飛出五十呎外，下半身則在踏出一步後倒地。在維德的頭和肩膀啪答一聲落地的同時，莫利根站穩腳步，面對一眾雷神，她擺出挑釁他們動手的姿勢，但是他們毫無戰意，同聲說道：「啊！」然後爲她精采的屠殺手法發出一陣高爾夫球賽式的掌聲。

「這一劍砍得太好了。」尚戈說。

「妳有警告他，而且不是說著玩的。我欣賞妳。」雷公說。

「完美無瑕，可以和最強的武士比美。」雷仁說。

「絕佳的速度，無上的力量。」因陀羅說完打了個如雷貫耳的大嗝。

「那招眞是太厲害了！」屋克說著透過他的大鬍子微笑，雖然他想要殺我，但這讓我對他產生好感。

「沒有其他人反對我拿走富拉蓋拉了？」莫利根問。眾雷神紛紛點頭，表示他們認爲她是最適合持有它的神。

「我該久了。」因陀羅說：「但是在我久前，妳可以跟我們保勝這個人確實死透了嗎？」他說著指向本來看起來像我的那堆肉塊。這個動作導致他步伐不穩，我這才發現他口齒不清是因爲喝醉了。他那一千隻眼裡面，有些已經睡著了，還有一些因爲硬撐而不斷眨眼。所以傳說是眞的；因陀羅愛喝蘇摩神酒【註】。「他會謗了我的——呃——血統。」他補充道，彷彿這解釋了他們把阿提克斯剁成碎片的原因。因陀羅的大木棒上黏了幾塊他的血肉。

「他死透了。」莫利根說：「他的靈魂已經離開這個世界。」

「正愈得以伸張，我心滿義竹。」因陀羅說。「很榮幸認識妳，莫利根。或許在其他場活，妳和我可以——」

莫利根雙眼綻放紅光，挑釁他說完那句話。因陀羅一千隻眼同時眨眼。

「沒事。」因陀羅說。他當即告辭，飄向天空。其他雷神立刻跟進，說幾句場面話，然後飛入上方的雷暴雲頂，把莫利根留在冬天午後的慘案現場。她仰望天空，任由雨水洗刷她和富拉蓋拉上的鮮血，然後哈哈大笑。

註：蘇摩神酒（Soma），古印度神的飲品。

第二章

「恭喜。」莫利根的聲音在我腦中響起。這倒新鮮。她和其他圖阿哈・戴・丹恩都沒有展露過與人類以心靈溝通的能力。什麼地方出現變化了？「你在你自己的死亡中倖存下來了。」她繼續說：「五名雷神會向全世界的萬神殿宣告你的死訊，你終於有機會去過無聊的生活了。」

她有辦法聽見我的思緒嗎？「成交！我買了！」我以和歐伯隆溝通的方式說道：「在現在這種情況下，無聊聽起來超棒的！」

她顯然也能聽見我的想法。莫利根以富拉蓋拉的劍尖比向假阿提克斯。「你確定這個原住民神能夠死而復生？」

「很確定。」我說：「凱歐帝是殺不死的。好吧，顯然殺得死。但他總是有辦法回來。」這就是我和凱歐帝擬定這個計畫的關鍵，而我會在原住民保留區幫他個忙——一個大忙。

「這些斷肢殘骸可以再生？」莫利根問。

「不會。凱歐帝的魔法就像我們的變形術，可以忽視質量不滅定律。」

「所有古老之道都一樣。」

「沒錯。他會重新取得一具軀體，衣服鞋子一應俱全。我不知道他是怎麼辦到的。或許他在第一世界【註】裡存放了大量的腦袋和身體部位，還趁特價時買了一大堆Levis牛仔褲。北美洲有很多不同版本的凱歐帝，但是納瓦霍部族這個是最古老也最強大的凱歐帝之一。」

「小心點，敘亞漢，」莫利根和往常一樣用愛爾蘭名叫我，「騙徒神很少這麼樂意幫忙。你一定會爲此付出代價的。」

「喔，我很清楚。但是我和凱歐帝之前已經安排好了。」

「不。我是說還會有其他代價。」她說。

「我懷疑。我們交涉的時候有非常謹慎地限制我所提供的服務。」

「或許，敘亞漢。我只是說這些騙徒總是有辦法找出交易的漏洞。你自己小心。」

「我會的，謝謝妳幫忙扮演妳自己。」

透過望遠鏡，我看見莫利根在雨中微微聳肩。「這樣很有趣。把你的死訊告訴布莉德時會更有趣。」

「聽到我的死訊，她或許會很開心。」我指出這一點。「我拒絕成爲她的配偶時，她看起來很不高興。」

莫利根的喉嚨裡發出一陣渾厚又低沉的笑聲。「是呀。我記得。」

「妳要怎麼處置富拉蓋拉？」我問。

「我會把它交還給馬拿朗・麥克・李爾。他會很驚訝，我想，然後他會花一年回憶我們鍛造這種東西的年代。」

「那之後，我有機會把劍拿回來嗎？」

「沒有。」莫利根語氣堅定，「就連那些雷神的小腦袋都能看出這種破綻。不，想要確保安全，你就必須放棄它。反正你還有一把魔劍。」

「是呀，沒錯。」我說。莫魯塔，狂怒之劍，無法砍斷護甲和盾牌，但卻能夠一擊必殺。我在索爾身上親眼見證它的威力。儘管如此，它不像富拉蓋拉那麼棒。我會想念那把劍的，但是莫利根說得沒錯。唯有放棄富拉蓋拉，大家才會相信我真的死了。

莫利根突然改變站姿，我突然非常慶幸自己身處水塔頂，離她很遠，要用望遠鏡才能清楚看見她。

「過來，敘亞漢。」她的聲音在我腦中改變音調，變得更加沙啞甜美，就像午夜ＤＪ的聲音。

「呃……幹嘛？」

「我剛殺了一個神。我要透過在泥巴、鮮血和雨中性交來好好慶祝慶祝。」

我終於弄懂了：出現變化的地方就在於我們兩個月前性交的時候——在她的堅持下搞了很久——她以原始凱爾特語施展了一道羈絆法術，治好我被惡魔咬壞的耳朵。當時她可以輕易將我們的心靈羈絆在一起——而很顯然，證據表示她有這麼做。我一點也不想給她機會再度施展這種把戲。「哇，

註：在納瓦霍創世神話中，納瓦霍人的旅程從第一世界（The First World or Black World）開始，行經第二世界（The Second World or Blue World）、第三世界（The third World or Yellow World），最後抵達目前的第四世界（The Glittering or White World）。也有五個世界的版本。作者於〈致謝〉中說明了本書使用的印第安神話與觀點。

那眞是太誘人了，」我說：「但我得在凱歐帝死而復生的時候和他碰面。」

「喔。這麼快？你確定嗎？」她的左手移到自己身上，吸引我的注意。只要莫利根有心，她能散發出超越淫慾惡魔的魅力，進而刺激男人內心的慾望。知道這一點是因爲我的寒鐵護身符能夠完全抵擋淫慾惡魔，但卻只能降低她此刻朝我射出的淫蕩射線威力。要是沒有護身符，我此刻已經主動淪爲她的性奴隸。而儘管有護身符，我也只能勉強保持理智；雖然我覺得很難爲情、羞於承認，但是我的生理反應完全受她吸引。有些人或許喜歡在雨中大搞特搞，但至少我沒有這種癖好。

「我很抱歉，」我撒謊，「但是我現在有事。妳可以把自己當作禮物，獻給附近的凡人。」

「凡人都撐不久。」莫利根愁眉苦臉地說。

「那就找十個，或更多。喜歡的話，找二十個也行。妳可以把他們當成果汁隨身包一樣吸乾了就丟。」我說，然後在想到那個畫面時露出吃痛神情。我有點罪惡感，但是透過提醒自己要是不講這種話去引誘她，我就會變成果汁隨身包，來合理化自己的行爲。

「嗯。二十個男人在泥巴堆裡。聽起來很美味。」她不再將慾望集中在我身上，開始像女海妖般朝四面八方放送。我鬆了口氣。

「不必客氣。晚點見。」我說，接著對即將趕來取悅莫利根的男人輕聲道歉。他們不會毫髮無傷地離開，有些人或許還會成爲阿提克斯．歐蘇利文命案的調查對象。既然這是在聯邦土地上發生的命案，FBI將會參與調查。那堆泥巴裡會有很多證據和線索可供調查，特別在莫利根和被她引誘而來的男人玩耍後，現場將會看起來像是我被黑道或是邪教處刑而死。這個想法其實還滿美妙的。

我放下望遠鏡，將自己羈絆成貓頭鷹，朝南飛向旅館。在大雨中飛翔並不好受，但我必須離開那裡。安然抵達客房後，我和我的獵狼犬歐伯隆打個招呼，他正在看電視上播出的《神祕科學劇場》。我洗了個冷水澡，試著去想泰迪熊、棒球，還有小孩生日時會租的小彈跳城堡——反正不要去想莫利根就是了。

既然用狗毛去堵塞其他人的水管向來是個好主意，我認為給歐伯隆洗澡的時間到了。他已經好一陣子沒有洗澡了，而我也不知道什麼時候還會再有這種機會。

「嘿，歐伯隆。」我邊叫邊在澡盆裡放水。「洗澡時間到了！」

「到了嗎？」他聽起來很懷疑。「你有好故事說嗎？」除非講故事，不然歐伯隆絕不會乖乖坐著讓我洗澡——與歷史人物相關的真實故事，他向來不愛童話故事。

「我要告訴你一個名叫法蘭西斯・培根的人的故事。」

「培根？」他奔跑的速度快到來不及在浴室前轉彎，難看地撞上浴室門，然後跳入澡盆，把才剛擦乾的我給弄得渾身濕透。

「喔，這下太棒了！我感覺得出來我會喜歡這個傢伙。擁有這種名字的人肯定是個天才。他是天才嗎？」

「對，他是。」

「我就知道！我對這種事的直覺超準的。但我希望這個故事的結局不是他被剁成碎片、撒在沙拉上。那就太悲劇了，培根的故事應該要振奮人心才對。」

「好了，法蘭西斯・培根對很多人而言都是個很能鼓舞人心的人。」我說著舀水倒在歐伯隆身上。「他是現代經驗主義之父，或說科學方法之父。在他之前，人們所有爭吵都是透過一系列邏輯謬誤或單純只是比誰嗓門大的方式來處理；就算提用事實，他們也只會挑選對他們的偏見有利的事實，藉以強化他們的論點。」

「現在不還是這個樣子嗎？」

「比之前還誇張。但是培根想出辦法讓我們拋開先入爲主的成見，透過實驗來取得經得起檢驗、又能反覆重現的結果。這種方法讓人們得以建構無關政治或宗教信條的眞相。」

「培根就是方法與眞相。了解。」

幫歐伯隆抹肥皂時，我解釋如何建立假設，然後憑藉經驗利用對照組來測試假設；接著在幫他沖水時強調安全的重要。

「最好不要拿自己去實驗。培根基本上就是在實驗的時候把自己凍僵，最後死於肺炎。」

「沒錯！培根一定要加熱。這點我早就知道了，不過還是謝謝你提醒我。」

我愛我的獵狼犬。

第三章

我對早餐懷抱著特殊情感。通常我不太喜歡用「特殊情感」去形容東西；我認爲這個字帶點困惑，彷彿在說：「我不知道自己在講什麼。」於是，在這種情況下，我會刻意回避它，就像啦啦隊會刻意回避西洋棋校隊。但是就早餐而言，我覺得用特殊情感去形容十分恰當，因爲英文裡沒有任何字足以形容我對早餐的感覺。我想可以說我將早餐視爲一種無關性愛的誘惑，一種味覺享受，超越期盼，但又還沒到渴望的地步——或是其他用來形容查爾斯・狄更斯從前對手工藝喜好程度的詞彙——但是現在已經沒有人這樣說話或這樣思考了。直接說我對早餐（或是八〇年代的舞台搖滾、經典名車，或隨便什麼）懷抱一種特殊情感，既簡單又明瞭，人們也聽得懂我在講什麼。

歐伯隆和我一樣對早餐懷抱特殊情感，因爲在他心中，早餐等於某種熱騰騰、油膩膩的肉。他完全不在乎歐姆蛋的烹飪藝術——還有歐芹馬鈴薯或新鮮橘子汁的無上歡愉。無論如何，一大早醒來時，我們總會擠出時間來點蛋和麵包。

「喔，偉大的大熊呀，」歐伯隆說著一邊打呵欠，一邊伸展後腿。「今早我需要半頭犛牛和工業絞盤才能撐開我的眼睛。」

「我要上哪兒去找半頭犛牛？」

「呿。當然在另外半頭身上呀。獵狼犬一分，德魯伊〇分。」

「喔，你今天想要計分？這一次我鐵定贏。」

「繼續作夢吧，阿提克斯。」

圖巴市——哎呀——沒有多少吃飯的地方。有些販賣速食的連鎖餐廳，還有一間本地人會去吃飯的凱特小餐館，所以在跑到隔壁幾間房與關妮兒會合後，我們就上那裡去混。

進入凱特小餐館後，你會看見結帳櫃檯和等候區，右邊有座有吧檯椅的白色長吧檯，後方還有扇開往廚房的窗戶。菜單位於廚房小窗上的老式看板，用紅色塑膠字母拼出菜色和價格。如果順著吧檯繼續走過去，就會來到長方形的主要用餐區，設有許多暗灰色的塑膠雅座和桌子。牆壁是褐橘色的，有點像是摻雜許多氧化鐵的砂岩。我對歐伯隆施展僞裝羈絆，他擠進一組雅座的一側，我和關妮兒則從另外一側坐進去。

「我希望你幫我弄條那種導盲犬的圍裙，這樣我就可以大搖大擺地進出公共場合了。」歐伯隆說。

「但我就得假扮盲人，那樣太不方便了。」

「擠到這張桌子底下才叫不方便。我爲什麼不能當嚐味犬或聞鼻犬什麼的？」

我微笑：「因爲缺乏味覺或嗅覺對人類而言並不算殘障。」

「我當然知道。人類根本什麼都聞不到。但是，嘿，我想這裡一定有很好吃的香腸。我聞到雞肉蘋果香腸的味道！」

「不，我懷疑。我很肯定他們就和普通餐廳一樣是用冷凍香腸或餡餅。」

「這裡有！那種味道假不了！」

「菜單上沒寫。」

「所以就不在菜單上呀！但是我肯定他們有雞肉蘋果香腸。」

一個慢條斯理、饒富興味的聲音突然插嘴。「你們兩個都沒錯。這家餐廳沒賣雞肉蘋果香腸，但是這裡有。」頭戴黑色牛仔帽的納瓦霍瘦子在主用餐區的角落看著我們；手裡拿著沾滿油漬的紙袋。

「聖徒萊西對我微笑！是凱歐帝，還有一袋好東西！」

「嘿，凱歐帝。」我輕笑，他也笑。「過來一起坐。」凱歐帝和我一樣能夠聽見歐伯隆的心聲，但他說我們兩個「都沒錯」，讓我懷疑他是不是也能聽見我的心聲。想到他有可能得知我的想法就令我不安，但或許一切都是出於偏執妄想。他其實可以輕易從歐伯隆的對話裡推敲出我說了些什麼。

「那我就不客氣了。」他說，接著把那迷人的魅力轉移向關妮兒。「早安，德魯伊女士。很高興終於與妳見面。」凱歐帝曾見過關妮兒一次，不過當時她忙著和索諾拉元素溝通，完全錯過了凱歐帝短暫來訪。

「喔。呃，我還不是德魯伊。叫我凱特琳。」她一副在偶像面前不知所措的模樣，不過這是可以理解的。凱歐帝是她這輩子見到的第一個神。

「凱特琳？」他瞇眼看我，小心謹慎地坐下，以免碰到歐伯隆。「我以為你說她叫關妮兒。」

「沒錯，不過我們現在改用別的名字。」我說。以前我會費心模仿他的口音，刻意拉長音調，字尾的g不發音，但是現在沒必要這麼做了。我們已經談定交易，學他口音能夠帶來的優勢都消失了。「我們在銷聲匿跡，懂嗎？如果一直叫我德魯伊先生，昨天大費周章詐死的努力就有可能通通白費。你應該叫我『雷利』。」關妮兒和我如今化名雷利和凱特琳．柯林斯兄妹。我們有假駕照和身分證件，我在坦佩市的律師幫我弄來的。

「啊，我才不管呢，德魯伊先生。我不要叫你別的名字。」

「說得好，凱歐帝！他在我眼中永遠都是阿提克斯。對了，你的紙袋裡裝了什麼？」

「看來你的獵狼犬餓了。介意我給他點東西嚼嚼嗎？」他指著桌上的紙袋問道。

「當然，請便。」我說：「謝謝你這麼好心，我也知道他餓了。」

「是呀，我說過下次見面時要帶點香腸給他。」

「沒錯，你有說！謝啦，凱歐帝！」

「小聲點吃。」

「別擔心，阿提克斯。我會偷偷吃的。而且我還該來點培根，因爲我的副詞比你的多兩個音節，而且還有壓頭韻。」

我微笑。「沒問題。你是有史以來最棒的獵狼犬。」

「我狀況好到毛都豎起來了。獵狼犬三分，德魯伊◯分。」

「什麼？你什麼時候得到第二分了？」

「香腸的事我說對了，而且凱歐帝也不願意叫你雷利。」

「好吧，但是香腸的事我也算說對了，所以是三比一。」

凱歐帝打開紙袋拿出香腸，放在他旁邊可以讓歐伯隆輕鬆吃到的椅子上。這時女服務生正巧過來點餐，我們三人不停交談，好掩飾歐伯隆狼吞虎嚥的聲響。結果她還是聽見了，疑惑地打量我們，試圖弄清楚是誰發出那種鹹濕的聲音，她是否該擔心，或是覺得遭受冒犯之類的。

凱歐帝點了培根、香腸、火腿等餐點，每樣四份，外加咖啡。

「你要來點蛋或吐司嗎？」女服務生問。

「才不要，別讓那些狗屎靠近我。」凱歐帝說，接著想起他在和誰說話，於是補充道：「我是說，不用，謝謝。原諒我說粗話。」

關妮兒點了一份看起來很好吃的鬆餅，我則點了柔軟的歐姆蛋加起司、甜椒、洋蔥和蘑菇，外加煎馬鈴薯和乾麥吐司。我還幫歐伯隆點了三份培根。

女服務生努力維持平靜的表情，但看得出來她覺得我們是她遇到過最詭異的顧客——既然我們還有人不停發出舔東西的聲音，她八成還以爲我們是變態。這樣會擾亂我的計畫；我想融入本地的生活，徹底遭人遺忘，但是我們表現得很糟。萬一ＦＢＩ在調查命案時跑來這裡詢問有沒有出現不尋常的人物怎麼辦？據我所知，目前還沒有人發現命案現場，但是這種情況維持不了多久的。萬一他們在本地報紙上發布我的照片，而這個女服務生認出我來怎麼辦？女服務生離開後，我對凱歐帝提出了這些疑慮，他滿不在乎地笑了笑。

「這裡的人不會向聯邦探員提供任何線索。」凱歐帝說：「本地人的做法是，不管聯邦探員提出什麼問題，我們都不提供答案；除非他們想知道該怎麼離開保留區，我們會親切又大方地提供離開這裡的交通資訊。」

「好吧，既然你這麼說。我想這種事情問你就對了。」

「沒錯。」由於歐伯隆已經吃完雞肉蘋果香腸，凱歐帝抽了兩張面紙，開始擦拭椅子上的油漬。

「你昨天確實執行了我們的交易內容。」我說：「依照說好的條件，我應該要幫你移動某塊土地，只要這麼做不會對任何人造成身體、心理，或經濟上的傷害。」

「沒有錯，德魯伊先生。你要聽詳細情形了嗎？」

「說吧。」

「那好吧。看看這座小鎮——喔，見鬼了，看看這塊保留區裡的任何地方——你看到了什麼？」

「很多紅岩和牧羊人。隨處可見幾棟房子建在一起，但是卻看不出來大家是靠什麼維生的。」

「沒錯。這裡沒有任何工作。我們可以開賭場或礦場，這些可以提供工作機會。但是，你知道，能開礦場的大公司都要對股東負責。他們完全不在乎我們部落。除了自己的底線，他們什麼都不在乎。一旦他們挖空我們的土地，就會跑去別人的土地上去挖。這裡完全看不見美好的未來。所以我自己想了一個。」

女服務生端來凱歐帝的咖啡，他喝了一小口後，繼續說道：「你知道嗎，美國西南部具有成爲可再生能源的沙烏地阿拉伯潛力？保留區的太陽能和風力發電足以供應本州大部分地區的用量，搞不好可以全包。問題在於，沒有人願意努力開發。大家都在石油和煤礦上賺了太多錢，然後買通國會議員確保這種情況能夠繼續下去。再說，你要有大量資金才能開發新的能源工業。所以這就是你的工作了，德魯伊先生。你幫我們取得足夠的資金，加上一些短期礦場工作，然後我們就把所有資金拿去投資可再生能源和基礎建設，創造很多長期工作機會。那一切都會掌握在我的族人——迪內人——手裡。」他說；迪內人是納瓦霍人的自稱。

「我懂了。那我要怎麼提供資金呢？」

「黃金。你知道國際金價自從兩千年後已經漲了三倍？」

「你要我在保留區裡創造一條黃金礦脈讓你們去挖？」

「沒有錯。」

我不用假裝就能露出爲難的神情。「你知道我辦不到這種事情，是吧？我必須要求元素生物去做，而對方或許不會同意。」我可以透過一些基本的羈絆法術移動少量土地，僅能用來搬移表土，但這樣其實速度很慢。找出大量黃金、專注其上，然後大老遠地把它搬來這裡遠遠超越我的能力。

「我不用聽你抱怨，德魯伊先生。我只要聽你承諾會辦好此事，因爲我們說好了。」

「我當然會盡力而爲。但萬一元素不答應——」

「那你就要說服它改變心意。這件事情沒有商量空間，我們已經說好了。」

「好吧。」我說，舉起雙手做投降貌。我希望本州這個區域的元素會同意這種計謀。它並不是跟我合作多年的索諾拉，而是科羅拉多，而我跟它鮮少聯絡，還是她……隨便啦。關妮兒搞得我都不知道該用什麼代名詞才好。

凱歐帝心情轉好，改變話題。「你和坦佩那個吸血鬼還是朋友？」

我瞇起雙眼。他說的是李夫・海加森。「是。」我回答，「問這個做什麼？」

凱歐帝聳肩。「他近來如何？」

「他正從一趟艱困的旅程中恢復元氣。時差，我猜。」如果時差可以和腦袋被索爾打爛畫上等號的話，我說的是實話。

凱歐帝笑嘻嘻地說：「是呀，德魯伊先生。就當它是時差吧。」

「幹嘛問？」

「這個，我注意到他最近沒有像從前那樣保護他的地盤。現在到處都是吸血鬼了。」

「到處？到處是哪些地方？你可以講清楚一點嗎？」

「這個嘛，圖巴市就有兩隻，這樣已經比任何人需要的還要多兩隻了。凱楊塔有一隻，窗岩那裡也有兩隻。我敢說旗杆市有超過三隻，以上還只是北亞歷桑納的。這肯定已經比從前多了七或八隻吸血鬼了，而你的朋友完全沒有處理。誰曉得鳳凰城和土桑附近有多少隻？八成很多。」

「他們有在本地殺人嗎？」關妮兒問。

「還沒。」凱歐帝搖頭答道：「他們只是在吸點小血，嚇壞大家。」

「下次跟律師聯絡時，我會問問看他的狀況。」我說。霍爾・浩克——我的律師——現在繼任為坦佩部族的阿爾法狼人，可以從喬杜森醫生那裡取得最新情況。「或許他有好一點。」

「或許他沒有，那就是有這麼多新來的吸血鬼想要掌權的原因。」

「什麼都有可能。」我同意。

三名服務生送來我們的食物，滿臉好奇地打量凱歐帝這個點了十二道肉類菜餚的男人。桌面很快就擺滿餐盤，凱歐帝神色貪婪地盯著它們。

「還有什麼需要服務的嗎？」女服務生帶著奇怪的笑容問道。

「有，哇，這些香腸眞好吃。」凱歐帝說。他已經開始咀嚼整個塞到嘴裡的餡餅。「如果妳不介意的話，再來四份這個。餐點上桌時我就已經幹掉這些了，我保證。」

「這才是好狗狗，凱歐帝！」歐伯隆說：「獎勵培根上桌了嗎，阿提克斯？」

「有，上桌了。等等，我拿給你。」

女服務生一邊搖頭一邊走回廚房，我把培根遞給凱歐帝，讓他放到歐伯隆面前的椅子上。

我的歐姆蛋看來十分美味，爲了讓它更加完美，我又在上面淋了一層塔巴斯可辣椒醬。關妮兒在鬆餅上添加大量奶油和楓糖，然後心滿意足地輕嘆一聲。我們二話不說，專心大快朵頤。在我們終於滿足口腹之欲後，我提出了一個困擾我許久的話題。

「我不了解的地方在於，」我對凱歐帝說：「你當初是怎麼想出這個主意的？這個長期計畫，突如其來的利他主義——好吧，如果你不介意我這麼說的話，這聽起來不像是你會幹的事情。」

「嗯哼，」凱歐帝在滿嘴火腿的情況下咕噥出聲。他舉起一根手指，要我等等，呑下火腿後他還有話說。當他匆匆吞下火腿，又喝了一口咖啡後，說：「我明白你的意思，德魯伊先生。這個問題問得有道理。我是在問自己另外一個問題時想到這個主意的，就是我爲什麼從未想過要幫我的子民做些好事。」

「等等。」我說：「你爲什麼要問自己那個問題？我是說，你已經存在很久了，凱歐帝，如果這是你的天性，你早在幾個世紀前就該提出這個問題了。什麼改變了你的看法？」

「喔。這個呀。」他似乎有點難爲情，含糊不清地說了句聽起來像是屋帕盧帕【註一】之類的詞。

「不好意思？」我問。

「我說歐普拉．溫夫雷。」凱歐帝大聲道，顯然他覺得很不自在。關妮兒聽得下巴掉下來，凱歐帝伸手指向她，「妳不准說話，德魯伊女士。」她很明智地咬了一大口鬆餅，慢慢品味，彷彿他只是在聊外面的好天氣一樣。

「那沒什麼，凱歐帝，我私底下也認爲她很鼓舞人心。」歐伯隆插嘴道：「可惜她不做節目了。我曾經夢過我與很多名犬一起上她的節目當觀眾——我就坐在任丁丁【註二】隔壁——然後她給我們每隻狗一頭牛。『你有一頭牛，你有一頭牛，大家都有一頭牛！』然後，她做了件更窩心的事情，就是讓大家都有一個專屬鐵廚【註三】幫忙料理。我的是巴比．弗雷，任丁丁的是凱特．柯拉。流氓【註四】的廚師是森本，但是他很不爽，因爲他想要馬力歐．巴塔利【註五】，我就說了：『流氓，你得到一頭免費的牛，老狗，你完全沒有資格抱怨。』然後他就說了：『聽著，歐伯隆，我的身分地位不同。我賣出了一大堆DVD，而且單憑一己之力讓雜種狗變得人見人愛，所以我絕不會讓這個擅長魚類料理的傢伙當我的廚師。我要熟知如何料理肋排的義大利廚師。』你看他說的那是什麼話？超難搞的。」

凱歐帝和我都讓他逗笑了，關妮兒知道歐伯隆說了什麼有趣的話，但她沒有多問。歐普拉的事還在讓她努力憋笑。

凱歐帝察覺了這個情況，或許是看見關妮兒嘴角的笑意，於是決定轉移話題。「聽著，德魯伊先生。很久以前，我就在擾亂人類的生活。我爲世間帶來死亡，你知道，永恆的死亡。要忘掉那種事情並不容易。我的所作所爲向來是爲了滿足自己的慾望；我的慾望似乎永無止盡。」他說著指向他面前的那疊空盤。他在女服務生端來加點的四盤香腸、收拾吃完的餐盤時暫停片刻，接著繼續說：「但我現在了解除了本身的慾望外，世界上還有其他人的慾望。我想要做些改變。做件百分之百的好事。人們會問：『這件事情有什麼缺點？凱歐帝又在耍什麼詭計了？』但是沒有詭計。這就是我這

註一：屋帕盧帕（oompa loompas）是羅德．達爾（Roald Dahl）的作品《巧克力冒險工廠》（*Charlie and the Chocolate Factory*）裡，在巧克力大亨威利．旺卡工廠中工作的矮人族。

註二：任丁丁（Rin Tin Tin, 1918–1932），好萊塢著名的德國牧羊犬明星。

註三：《料理鐵人》（Iron Chef），或譯爲《鐵人主廚大對決》，原本由日本富士電視台製作的料理競賽節目，後來美國也有製作自己的版本。節目中，稱參與的主廚爲「鐵廚」（Iron Chef）。

註四：流氓（The Tramp），迪士尼動畫長片《小姐與流氓》的主角之一，是隻流浪的米克斯。

註五：此段提及的巴比．弗雷（Bobby Flay, 1964-）、凱特．柯拉（Cat Cora, 1967-）、森本正治（Masaharu Morimoto, 1955-）、馬力歐．巴塔利（Mario Batali, 1950-）皆爲參加過美國版《料理鐵人》的名人主廚。弗雷擅長美國西南部料理，柯拉是希臘／地中海料理，森本爲日本料理，巴塔利則是義大利料理。

輩子要過最棒的詭計。」

凱歐帝比之前更快吃完香腸，然後起身前往廁所，再也沒有回來。這表示這頓的帳單歸我了；我早該料到有這一招的。那個騙子笑嘻嘻地在外面的停車場等我們。

「你們眞夠久的。」他說：「準備出發了嗎？」

「準備好了，出發吧。」

凱歐帝坐入乘客座，接著在看到我走向後門時面露驚訝。「她開車？」

「對。這是我的車。」關妮兒說完揚起一邊眉毛，「有問題嗎？」

「當然沒有。」

「很好。」她對他淺淺一笑，然後矮身進入駕駛座。

「你差點又要死了，凱歐帝。差一點。」歐伯隆說。

我們依照凱歐帝的指示，沿一六〇公路往東北方朝凱楊塔前進，但是在半路上轉向一條位於砂岩奇觀提業英德臺地末端的黃土小徑。這裡很荒涼、乾燥，到處都是紅岩石和苟延殘喘的稀疏植物。樹木都是光禿禿的香柏和刺柏，沒有南方索諾倫沙漠常見的仙人掌。一般人想像中的亞歷桑納滿滿都是仙人掌和響尾蛇，因爲明信片都是這樣印的，但是科羅拉多高原上沒有仙人掌。高原上有部分區域長有茂密的松木，比方說高原南端被稱作莫戈隆山緣的地方，但除了古老沖積河道的河床外，保留區的表土很淺、多沙、大多無法支撐樹木生長。

這條路有些區段超級顚簸。沿路的廢棄輪胎無聲地表示薄沙之下埋著銳利的岩石。我們通過橫跨狹窄河谷的單線道金屬橋——下面是每次下雨時岩壁就會被重新沖刷、侵蝕的峽谷——不久後，凱歐帝指示我們在道路左邊一塊空地上停車。這裡的高原如同梯田般向上隆起，然後再度變平。兩座山峰像是某種巨大瘋狂生物的背鰭般聳立在我們面前，彷彿在沙裡游泳的風化使徒。我們經過的大雨沖刷河道顯然來自這兩座山峰。往其他方向看去，高原一望無際，覆蓋著各式各樣的雜草與少數發育不良的樹木，一路延伸到凱楊塔及其之後。我們拿了幾個水壺，開始朝那兩座山峰前進。

「你首先要做的，」凱歐帝在半路上說道：「就是在這裡製造一條平緩的坡道，加快修路的速度。下面我們停車的地方，」他指向平坦乾燥的高原，「會建造工作營地，之後逐步發展成市鎮。等我們建好太陽能和風力發電公司的工廠後，它就會發展到城市規模。一座碳中和【註】城市。」他伸手放到嘴旁，彷彿在講祕密般低聲說道：「我是從謝伊峽谷裡的一個嬉皮那兒聽來碳中和這種鬼東西的。」

我們繼續健行，爬上第一層平台。下一層聳立在我們左右兩側，看起來有點像是婚禮蛋糕。我們向西沿著零星長有一些香柏的谷地走了四分之一哩，最後凱歐帝不再前進，攤開雙手比向北邊的山峰。「這裡就是你讓我的子民富有的地方。」他說：「把黃金弄到這塊臺地下方，把礦坑的入口放在那裡那座小山洞。」他指向峰底一個小凹陷，看起來比較像壁龕，不像山洞。

註：碳中和（carbon-neutral）指總釋放的碳量爲零。實際做法爲計算二氧化碳的排放總量，然後透過植樹等方法吸收掉排放量，以保護、平衡環境。

我搖頭。「知道嗎，凱歐帝，這從地質學的角度來看完全沒有道理。這種岩層下不可能有金礦。你從這種地方挖出貴重金屬會讓地質學家用水果挖球器挖出他們的眼珠，然後尿濕褲子，因爲這表示他們所學的一切都是謊言。然後探勘員就會開始在全世界所有砂岩底下探勘金礦，最後在什麼都沒找到時氣炸。」

「我不在乎，德魯伊先生。就是這裡。」

「一定要是這裡？我們不能在這片廣大的保留區裡找一個對自然界而言比較合理的地點？」

「一定要是這裡。我從凱楊塔保留區支部取得在這裡建廠的許可証，我也幫你弄到居住在這裡的許可証，我的勞工和貿易關係全在凱楊塔。這裡就是我們改變世界的地方，德魯伊先生。」

「不過不要覺得有壓力或什麼的，阿提克斯。」

第四章

下山回程途中，三輛白色工作卡車在我們車後停下。車上載滿身穿牛仔褲和橘色T恤的人，有些人戴牛仔帽，其他人則戴工地帽。其中一個戴工地帽的人開始下達指示，工人開始從卡車車床上卸下木樁、拖板、探勘裝備和一座移動式廁所。一名女子和一個老人站在戴工地帽的男人旁邊。他們沒穿橘色T恤，於是我判斷他們不是工人。

他們三個都很高興看到凱歐帝。他們握手，面露眞誠的笑容。然而，當凱歐帝開始介紹白人時，他們全都變得面無表情。值得慶幸的是，他還記得我們的化名。

「雷利和凱特琳・柯林斯。」他說：「這位是我的工地領班，達倫・亞希。」戴工地帽的人朝我們點頭，喃喃說了句：「很高興認識你們。」他身強體壯，二十來歲，雙眼瞇成兩條直線，應該是長時間在室外工作的結果。他的長髮在背後綁成一條粗辮子。

凱歐帝接著指向那個女人，看起來約莫二十八、九或三十出頭。她在黃色Polo衫外加穿黑色防風薄外套。她頭髮梳到腦後，綁成簡單的馬尾，還戴了副黑粗框眼鏡。上百個微妙的肢體語言讓我知道那雙眼睛後面隱藏著強大的智慧；在凱歐帝開口前，我就已經知道她在這個計畫裡扮演重要的角色。「這位，」他說：「是蘇菲・貝舒。總工程師。」

「哈囉，」她說著很有力地與我們握手，「很高興認識各位。」

那位年長紳士滿臉風霜，嘴唇、眼睛、脖子四周清晰可見歲月的痕跡。黑牛仔帽上綁有銀繫帶，正面有顆綠松石，毛織衫釦子全扣，下緣紮入牛仔褲裡。他的喉嚨下方有塊大綠松石甩來甩去，顯然他沒收到波洛領帶【註一】已經退流行，很可能從來沒有流行過的備忘錄。他的皮帶釦是個做工精細的銀扣環，不過我看不出是哪種設計，因為我沒花時間仔細研究它。他摻雜了魔法施用者特有白光的靈氣令我分心。

「這位是法蘭克．起司奇里。」凱歐帝說：「他是哈塔里。」

「他是說塔馬利卷【註二】嗎？」歐伯隆在我和法蘭克握手時問道。

「不，他說哈塔里。在納瓦霍語中，這個字有點巫醫的意思。」

「誰需要醫生？」

好問題。

「很榮幸認識你，先生。」我說。

「我也是。」他答道。他沒有對關妮兒伸手，而是輕點他的帽子，說：「小姐。」他的聲音沙啞又溫暖，宛如毛毯。

「你來這裡做什麼，起司奇里先生？」關妮兒搶在我之前問道。

「這個嘛，他必須來這裡。」凱歐帝解釋道。

「喔，」關妮兒說著點點頭，然後又問：「但他為什麼必須來這裡？我不清楚你對他的稱呼是什麼意思。你是代表部落來的嗎，起司奇里先生？」

的。」

「不是。」他說，龜裂的嘴唇隱約揚起一絲笑容。「我是來給造好的泥草屋舉行祝福之道儀式

「酷！」關妮兒說著笑容滿面，接著笑容又在法蘭克的笑意消失時讓困惑取代。「喔。我是說……我不是刻意這樣想的。我很想觀禮，不過我不確定你們允不允許外人觀禮。其實我不知道什麼是祝福之道儀式，所以如果我做了什麼不恰當的反應，請你見諒，如果這樣講會讓你好過一點，我覺得自己很蠢，而且——」

起司奇里揚起一手阻止她那一大串道歉，聳了聳肩。「嘿，只要班納利先生沒意見，我就沒意見。」

在我詢問班納利先生是誰前，凱歐帝說：「我沒意見。」

這倒有趣。關妮兒和我向後轉，揚眉看著凱歐帝；歐伯隆說：「嘿，如果大家都要用化名的話，我也該有一個！」

「謝謝你，班納利先生。」我說，刻意強調他的名字。

「告訴這些人我叫『抱抱南瓜』。你得要很正經地跟人介紹我，阿提克斯；不准笑。」

蘇菲・貝舒剛好問道：「這是你的狗嗎？他叫什麼名字？」

註一：波洛領帶（Bolo Tie），領帶的主體是皮繩，中央有個墜飾可以調整領帶長短。可以搭配較不正式的禮服。

註二：塔馬利卷（Tamale），墨西哥料理，用玉米葉包著玉米麵蒸或烤，餡料種類繁多。

「抱抱南瓜。」我說。

蘇菲噗哧一聲，難以置信，接著很快又恢復正常，壓抑臉上的笑容。「喔，他眞的叫這個名字？」

「告訴她是眞的！嚴肅一點。」

「爲什麼？」

「照做就是了！」

我嚴肅點頭。「他眞的叫這個名字。」

「喔。這樣呀，那……眞是……太可愛了。」蘇菲雙手平貼大腿，膝蓋微微彎曲，看著歐伯隆。她的聲音轉爲人們在和可愛的東西說話時會用的那種甜膩語調。「沒錯，你眞的很可愛，是不是？你是乖狗狗嗎，抱抱南瓜？」

歐伯隆搖著尾巴，前進到拍拍的距離。

「喔，沒錯，你是乖狗狗，沒錯，你是。」她不再說人話，開始一邊抓歐伯隆的大頭，一邊發出尖銳的愉悅聲響；其他人都眼睜睜地看著一個高學歷的女人完全失去理智。

「好了，解釋一下你究竟在幹什麼？」我說。

「我在測試一個假設，目前爲止看起來都沒錯。根據我的假設，可以被歸類爲『愛狗人士』的人類女性在看到相貌友善又有超級可愛名字的狗時，不限品種，她們都會在三十秒內開始對上述狗發出比平常說話還要高上至少兩個八度的聲音。她不到十秒就變成那樣了。」他最後那句話說得格外得意。

「歐伯隆，你不該這麼做的。」

「我是抱抱南瓜。聽我叫。」

「等她脫離那種狀態後，她就會覺得很難爲情，我們才剛認識而已。」

「培根是方法與眞相！不過我開始有點不太肯定了。她發出的聲音有點煩。」

「叫一聲，她就會嚇到停止發出那種聲音。」

歐伯隆叫了一聲。

「喔，你越來越興奮了，是不是，抱抱南瓜？這樣的話我最好先別煩你了。」

「嘿，判斷不錯，阿提克斯。」

「所以你覺得要多久才能幫我們弄好通往臺地的路？」凱歐帝問，再度轉回正題。「我想要盡快開始動工那間泥草屋。」

「明天早上應該就可以了。」我回答。

蘇菲皺眉。「不好意思？你要在明天早上之前弄出一條通往臺地上的道路？」

達倫・亞希也是首度得知此事，而這件工程應該是由他的工人執行。「等等，我們怎麼可能搞得定？這裡連適當的工具都沒有。」

糟了。凱歐帝已經對我透露這些人都不知道他的眞實身分——或我的——而我還是毫不遮掩地在所有人面前回答了他的問題。我處理的手法非常高明：「呃——」

「我想我們講的不是同一回事。」凱歐帝插嘴道，他嘴角奸詐的笑容和眼中閃爍的目光顯示他很享受我的窘態。「別管柯林斯先生。他只是個地質學家。施工方面他完全沒有用處，倒是很擅長和這些岩石解釋道理，嘿嘿。」

我瞪了凱歐帝一眼，關妮兒則藉由咳嗽掩飾笑意。達倫和蘇菲面露微笑，不過法蘭克・起司奇里則發出沙啞的竊笑聲。

「我想他拿走你的羊了【註】，阿提克斯！我一直想要問你這句片語。當別人拿走你的羊時，他們會怎麼處理那隻羊？是吃了牠、勒索贖金，還是怎樣？」

看吧，這就是我愛聽歐伯隆發表評論的原因。他的評論多半讓我有點分心，而且還會有趣到在聽不見他說話的人們面前露出不恰當的笑容。然而此時此刻，它救了我。如果他沒在附近指出我看起來有點惱怒的話，我或許會說出什麼蠢話，導致與凱歐帝關係惡化。結果，我藉口暫時告退：「很高興認識各位，希望晚點能跟大家多聊一點。不過現在我有工作要做。」我轉身走上斜坡，前往臺地底部，歐伯隆與關妮兒跟了上來。

「基本上那羊是拿不回來了。」我對歐伯隆解釋：「所以你只有兩個選擇。你可以選擇放棄，然後再弄一隻隱喻羊回來，或是本著以牙還牙的報復精神去搶對方的羊。大多數人會去另外弄一隻羊。」

「哇，聽起來也太便宜那些隱喻羊的牧羊人了！那些傢伙一定過得很好。」

「剛剛的情況還眞是有趣。」關妮兒在其他人聽不見我們說話後說。我嚴肅地嘟噥一聲，我的學徒大笑。「你打算今晚平空造出一條路來，是不是？」

我微笑，很高興她能輕易看穿我的心意。「只要能讓元素合作，我就會這麼做。然後我要看看所謂的班納利先生要怎麼向蘇菲和達倫解釋，因爲我只是個完全不懂工程的地質學家。」

「我覺得他這樣耍你很有趣。」關妮兒說。

「是唷？好吧，等他開始耍妳的時候再來看看妳感覺如何。他的把戲並非總是無傷大雅，妳知道。所有騙徒都有黑暗面。凱歐帝最喜歡嘲笑他人的苦難，而他的化名與假職業很可能是爲了更大的騙局鋪路。」

關妮兒不再覺得有趣了。「不過我們能提防他，是吧？」

「怎麼防？妳是說用魔法嗎？」我哼了一聲。「凱歐帝要耍我們不必藉用魔法。我們唯一能做的就是努力搶先一步。我們要比這個化身人形的犬科動物聰明才行。」

「哇，你們在說犬科動物的壞話嗎？」

「不，我說凱歐帝是化身人形的犬科動物。」

「喔，是呀，好吧，我很同情化身人形的他。他八成什麼都聞不到！這就是我們需要聞鼻犬的原因，阿提克斯。他們能夠幫助化身什麼的……呃，強化他們的嗅覺。」

「化身人形。」

註：拿走你的羊（Get your goat）代表「惹毛你」。

「對啦。我剛剛就是這麼說的。這可不能算分。」

「討厭。」關妮兒說：「這下我要開始產生他會耍我的偏執妄想了。」

「太棒了。」我擺出《辛普森家庭》裡的伯恩斯先生在與助理史密瑟斯【註】交談時十指交疊的模樣說道，接著轉變風格，裝出漫畫裡的壞蛋在變成星期六晨間卡通時通常有的尖聲鼻音。「妳該加強偏執妄想，因爲他們眞的在追殺妳！」我放下雙手，繼續走路，用正常的語調說話：「還有，他會注意到的。他會聞到妳的焦慮與恐懼，所以妳得在不顯露出特別意識要放鬆的情況下放鬆。」

「是呀，當然。我們來談談我如果辦不到的話該怎麼辦吧。」

「爾虞我詐，是不是？但是妳辦得到的。這是德魯伊的特殊能力。」

「隨你怎麼說，老師。」

「我其實有點認眞。等妳和大地產生連結後，妳就可以看見魔法光譜，妳就會看見兩組不同的影像。我之前讓妳見識過了，記得嗎？那些德國女巫跑來殺我們之前，我把妳的視覺跟我的羈絆在一起。」

「我記得。」

「現在回想當時妳有多不適應。那是嚴重的認知失調，想要達到任何成就，妳就要擁抱那種感覺，並且加以克服。在計劃偷襲敵人時，妳也會想要在對方面前表現出十足冷靜的模樣。如果妳想要帶人一起空間轉移，妳就必須徹頭徹尾地接納他們的心靈。德魯伊之道的本質就在於訓練妳的心靈去處理相互矛盾的資訊，然後產生相互矛盾的結果。」

「這樣會把她變成政客，不是德魯伊。」

「什麼？喔，這樣呀——」

「獵狼犬四分，德魯伊一分。」

爲了掩飾被自己的狗徹底擊敗的窘態，我又繼續上了一會兒課。「我要妳學這麼多語言的原因之一，就是讓妳把每一種語言當作不同的思緒來用；它們能夠提供多工處理的架構，同時幫妳避免犯錯。妳會想要用古愛爾蘭語來施法，日常生活就用英文，這樣妳就可以確實分割羈絆法術和普通交談。然後妳就會想要多學一種語言，專門用來和元素溝通。」

「但是我已經開始用英文與它們溝通了。」她回道，語氣有點擔憂。有兩名元素把自己身體的一部分交給她，讓她可以在與大地羈絆之前就與它們溝通。

「那只限於索諾拉和費力斯。」我指出這一點。「世界上還有很多元素，如果妳在與大地羈絆後還持續用英文和它們溝通，妳就有可能在無意間召喚它們，公然播送妳的情緒。」

「用哪種語言怎麼會有差？和它們溝通完全是用情緒和畫面。」

「再說一次，每種語言都是不同的思緒；它會架構想法模式，擁有獨特的風格。當妳以某種思緒跟元素開始溝通後，它們就會適應那種思緒。在與索諾拉和費力斯溝通時，妳要一直用英文思

註：伯恩斯先生（Mr. Burns）是《辛普森家庭》主角的老闆，是個頭半禿、常常在臉前十指交疊的奸詐角色，台譯爲郭董；史密瑟斯（Waylon Smithers Jr.）則是他的私人助理，台譯爲艾甲甲。

考。但如果遇上其他元素還是持續用英文溝通的話，妳就會開始在不想召喚它們時召喚它們——它們會在妳生氣或過度激動時感應到妳的情緒，不知道妳是不是在與它們交談。要不了多久它們就會嫌妳煩了。」

「喔。那你和元素交談時是用哪種語言？」

「我用拉丁文。因為這種語言已死，我的想法模式不會隨著流行文化而改變。但是妳可以用希臘語或俄語或隨便哪種妳喜歡的語言。」

「拉丁文聽起來不錯。」她說，我點頭同意。她近來拉丁文進展神速，而且……充滿熱誠，我想。我不知道還能怎麼形容。打從我自阿斯加德歸來之後，她感覺就和之前不同了，但我卻看不出原因。除了麥當納太太的事情及要怎麼逃過北歐諸神的獵殺，我們一直沒時間多聊什麼。我可能花太多時間獨自思考這兩個問題了。當前的處境讓我沒有機會好好教導關妮兒，也無法幫她建立德魯伊學識的觀念。

我記憶裡一條髒兮兮的大鬍子身影冒出來訓斥我，一手拿著麵包，一手拿著紫杉法杖，珠子般的小眼睛在灰色眉毛下瞪視我。他是我的大德魯伊，理應已經死了很多世紀，不過依然化身為一個高音量的人聲活在我腦中。他揮動法杖，我幾乎可以感覺到被他敲腦袋的疼痛，「專心點，敘亞漢！」他說：「你又搞砸了！」

他說得沒錯，但是關妮兒的修業得等到凱歐帝的問題解決之後再來處理。我們在臺地底下停步，然後以瑜珈姿勢坐下。歐伯隆伸展四肢，氣喘吁吁，舌頭垂在一側。

「這件事情要花點時間。」我解釋道。

關妮兒瞇眼仰頭，察看太陽大不大——這是皮膚白皙的亞歷桑納居民例行的預防措施，因爲他們隨時都生活在皮膚被曬傷的恐懼中——發現有層薄薄的棉花雲遮蔽了微弱的一月陽光。她輕輕點頭。

「好吧，我有很多拉丁文要學。」她說：「我去車上拿筆電。但是在那之前，我必須問：祝福之道儀式是怎麼回事？」

這個問題很難回答，我皺起眉頭，做出免責聲明。「我不是這方面的專家，只能算是略知一二的外人。」

「夠好了。我完全沒概念。」

「好吧，首先妳必須了解哈塔里的學習期比德魯伊還要長，至少要二十年以上。他們有很多東西要記、要練習，還要爲儀式收集恰當的材料。所以妳覺得法蘭克是個什麼樣的人？」

「他八成比我聰明，而且耐心遠勝十倍。」

「嘿！我認爲他比較睿智——姑且這麼說吧。而我敢說他對於本地藥草的知識比我豐富。不過關於耐心，妳或許也沒說錯，有時候耐心會隨著年歲增長。」我深吸口氣，整理一下想法，然後繼續說：「好吧，這種儀式種類繁多。祝福之道是一整套相關儀式的總稱，納瓦霍語稱之爲『霍柔吉』。比方說，妳可以對一名母親和她剛出生的孩子舉行祝福之道儀式，或是即將趕赴戰場的士兵；就像法蘭克要爲這裡做的，也可以幫建築物祈福，讓其成爲聖所。還有用來擺脫邪惡影響力的應敵之道——或是用在離開部落多年，必須重新與家園取得連結的人身上。所有儀式的共通點就是歌唱和祈禱，藉以與聖民交流，提醒人們自身的起源，讓他們與宇宙和諧共生。一般而言，儀式中會以聖民的沙畫來引導族人——這是唯一可以描繪聖民形象的時刻，所以觀光客買的那些沙畫都只是為了藝術而藝術的東西，都不具有信仰上的意義。他們的語言裡有個包含一切美好事物的字——『霍柔』，而我們直接翻譯成『祝福』。但這個字其實也代表了美麗、寧靜、和諧、秩序、善良、健康、快樂，還有很多東西。我或許該補充他們還有另外一套儀式體系，叫作『巫術之道』，用以顛倒一切事物——希望我們不要遇上會使用這種儀式的人。所以法蘭克將會引領祝福之道，不過妳會發現那並非什麼超正式的儀式，人們不會下跪磕頭，也沒有老太婆彈奏管風琴來增添虔誠的氣息。人們會在他唱歌時聊天吃飯，也會互相交流，讓空氣中充滿愛的氣息。這也是儀式的一部分。我們也可以參與——只要不去打擾法蘭克辦正事就好了。」我打算仔細觀察他。他靈氣中的魔法顯示他不是普通的哈塔里——不過話說回來，會和凱歐帝混在一起的應該都不是普通人。

「聽起來不錯。謝謝，老師。我就讓你去忙你的了。」她的腳步聲逐漸遠離我們身後，歐伯隆隨即嘆了口氣。

「怎麼了，老兄？」

「我很無聊。這裡除了你們這些人之外，沒什麼好聞的。四周只有岩石和一團一團的草地，幾乎沒有動物可以狩獵。而且還沒有有線電視。」

「你這條可憐、可憐的小狗。睡個覺吧。」

「我又不累。」

「何不再去做個實驗呢？」

「之前那個實驗還沒結束呢。蘇西一個人當樣本可不夠，阿提克斯。你應該知道的。」

「或許你該解釋一下你打算取得什麼成果。我不了解這個實驗對人類知識有什麼貢獻。」

「我想證明一下名字對人類心理和行爲的影響有多重要。如果你告訴人家說我叫歐伯隆、碎脊者，或噬心者，她絕對不會提高語調。」

「好吧，這結論有點太草率——」

「我知道，這只是我的假設。所以我需要你向大量陌生女性介紹我。但是你不能和她們調情！不然你會影響我的實驗結果。附近有沒有大量陌生女性？我還是很無聊。」

我嘆氣。「喜歡的話，你可以去騷擾那些建築工人。我甚至允許你去聞他們的屁股。」

歐伯隆停止喘氣，豎起耳朵。「眞的？」

「當然，有何不可？他們是建築工人，會把這當作笑話來看，尤其是你聞完之後還打噴嚏的話。但是如果嚇到他們，他們可能會打你的頭，所以小心點。」

歐伯隆爬起身來，大搖尾巴。「好，聽起來很有趣。謝謝，阿提克斯。」

「不必客氣。」他小跑步離開，把我獨自留下來與本地元素建立聯繫。我們位於科羅拉多高原上，這一大片區域橫跨四州，所以我很久以前就在心中以科羅拉多稱呼它。我深吸口氣，讓自己進入拉丁文的思緒裡，然後透過把我跟大地羈絆在一起的刺青傳送訊息：德魯伊向科羅拉多問好／祝你健康／和諧／／

過了很長一段時間，我才得到回應。正當我打算再度打招呼時，回應來了。／／科羅拉多向德魯伊問好／歡迎／／

簡短的回應令我皺眉。基本上元素並不健談——事實上，它們根本不會說話，我只是盡量將它們的影像轉化爲言語——但科羅拉多聽起來很冷漠，甚至有點粗魯。通常元素聽到我的聲音都會很開心。他們會叫我放鬆，要求我狩獵，祝我心靈和諧或之類的。

／／疑問：健康？／和諧？／／

／／沒有／／對方回答。

好吧，狗屎。我試圖回想上次跟這個元素交談的情況，什麼也沒想到。我知道十六世紀時，我曾與科羅拉多，還有加西亞・羅培茲・迪・卡登納斯同行路過此地，但在那之後……這大概就是我首度舊地重遊。我在想元素是不是也會嫉妒。科羅拉多會不會因爲我過去十年常與索諾拉、凱貝，還有其他亞歷桑納的元素交談，但卻沒來找它而發脾氣？

／／疑問：生氣的原因？／／

震耳欲聾的沉默。沒錯。科羅拉多在大發元素脾氣。緊急拍馬屁的時刻到了。

／／德魯伊很高興能來到這裡／停留很長一段時間／尋找心靈和諧／／

這話獲得回應。／／疑問：德魯伊會在此停留？／／

／／是的／德魯伊來訪一段時間／／

／／疑問：多久？／／

可惡，承諾一段停留的時間可以立刻贏得它的好感，但除此之外，我不知道還能承諾什麼。儘管如此，既然北歐諸神和全世界都相信我已經死了，保留區似乎是定居下來完成關妮兒訓練的好地方。我選用了開心的表達方式。//德魯伊打算在此停留四十季/或許更多//

打算與承諾並非同一回事。

//開心/滿足/和諧//科羅拉多說。

//和諧//我同意。破冰了。關妮兒在科羅拉多興高采烈地向我抱怨一大堆事情時走回來，在我身邊坐下。過去幾年裡，科羅拉多的降雨量比平均值低，它的地下水位低得危險，更麻煩的問題在於眾多煤礦，不但在地表造成創傷，還進一步惡化地下水的問題。

打從上次會面以來，它的土地上有十五種生物絕種。這個數字比不上其他元素，差得遠了，但它對這些生物的哀悼之心並無二致。我一整個下午都在和它一起悼念牠們，直到傍晚時分才開口請它幫忙。當我問它可不可以幫我在通往臺地的斜坡上鋪設一條道路時，太陽已經提早下山，工人全都返回凱楊塔，歐伯隆則在凱歐帝身邊打盹。

幫失聯許久的德魯伊好兄弟弄條坡道出來？嘿，沒問題！科羅拉多迫不及待地賣弄能力，約莫一分鐘就已經搞定，弄出一大堆碎石和塵土，驚醒歐伯隆和凱歐帝，嚇醒在一段距離外生火紮營的關妮兒。凱歐帝處於動物形態，開始對這麼快就鋪好的道路發出饒富興味的叫聲。

「可惜我完全不懂施工。」我對他說：「因為這下你必須解釋這條路是怎麼冒出來的。」

凱歐帝癱倒在地，又叫又笑，歐伯隆困惑地看他。

「移動岩石有什麼好笑的？」他問：「其中有什麼你從未和我解釋過的笑話嗎？」

「沒有，凱歐帝只是很懂得欣賞一個好把戲。他稍早讓我陷入窘境，我現在反過來讓他難堪。聞屁股怎麼樣？」

「喔，超好玩的！大家都笑翻了。我還得到了一份花生醬三明治，但是沒牛奶；你覺得怎樣？」

我感謝科羅拉多神乎奇技的辛勞成果，告訴它明天早上繼續聊；我會待在附近，訓練學徒，而我要靠它傳授她大地的需求。這話幾乎讓它被感激和驕傲之情沖昏了頭，宣稱今天是它幾個世紀來過得最快樂的一天。

關妮兒趁我下午處於出神狀態的時候跑回鎮上，買了些生活用品回來。她在營火上架了個基本的烤肉架，感謝旁邊兩塊岩石，此刻正在做灑了大蒜粉的漢堡；用佔據半個烤肉架上的鐵鍋煮蘑菇洋蔥橄欖油醬。

「你可以告訴她我喜歡吃不加醬料的牛肉嗎？」歐伯隆說：「沒必要拿炸蘑菇去搞砸它的味道，而洋蔥會害我赫恩氏體貧血【註二】。」

「我想她已經知道這一點了，不過我會和她說的。」我向來都有注意歐伯隆的飲食，並且會解除他的茶和咖啡因間的羈絆，不過他總是喜歡提起他的過敏症狀，以免我忘記什麼細節。

凱歐帝化為人形，輕聲竊笑。「幹得很好，德魯伊先生。但是為什麼搞這麼久？趁大家都在的時候動手不是更好嗎？」

「你不到一天之內就得到了一條通往臺地的堅固道路，而你竟然還在抱怨太久？」

「倒也不是抱怨，」凱歐帝說：「只是想說你可以把時間拿捏得更好。」

「下次我會記得的，班納利先生。」

吃完飯後，凱歐帝和我們講故事——有些是老故事，像是他遇上角蜥和青鳥的事情，有些是新的，像是與響尾蛇合作去嚇一個停在路旁小便的旅人。

在我說完我參與卡爾卡河戰役【註二】的事蹟，歐伯隆也分享了他當年流落到我在麻薩諸塞州找到他的動物收容所的故事後，我們都準備好要爬入睡袋裡了。睡袋都在關妮兒的車上；她在準備這趟旅程時就打包了睡袋，因爲我們都曉得會有露宿野外的機會。關妮兒搬出睡袋，我利用一點魔力弄平地面，然後我們再躺下去睡覺。凱歐帝化身爲犬科動物，和歐伯隆一起睡在火堆旁，弄得歐伯隆興奮到完全忘記比數超前的事情，沒有來宣稱獲勝。這表示我明天或許有機會迎頭趕上。我等不及要看看凱歐帝早上會怎麼解釋那條路了。

結果他令我失望。我眞沒想到他會厚顏無恥地撒下漫天大謊。「這條路本來就在這裡。」他在達倫・亞希詢問我們怎麼可能一夜之間弄出一條道路出來時說道。蘇西・貝舒插進來說：「不，這條

註一：赫恩氏體（Heinz body，也譯作赫恩茲氏小體或海因茲氏小體等），爲紅血球內之變性血紅素蛋白，暴露於各種氧化藥劑或其他原因引起的急性溶血性貧血時，會大量出現。洋蔥與大蒜都有一種二硫化物的鹼性成分，會造成犬貓赫恩氏體貧血的症狀。

註二：卡爾卡河戰役（Battle of the Kalka River），也譯作迦勒迦河戰役，一二二三年蒙古帝國與欽察（東亞的突厥民族）、基輔羅斯（東歐）之間的戰爭，最後由蒙古獲得勝利。卡爾卡河位於今烏克蘭境內。

路昨天還不在這裡。」她記得我們討論過這件事情。接著凱歐帝開始上演支配遊戲的戲碼。

「那你們就是說我是騙子了？」他語帶威脅地說。然後大家就閉嘴了，因爲他是老闆。

蘇菲想要說他是騙子，祝福她的心靈，但是她辦不到。不過她也不願意說他不是騙子。她只是轉身離開，以沉默明確表達立場。

凱歐帝笑嘻嘻地看著我。他一點也不覺得這種情況有什麼好尷尬的。我們是盟友，沒錯，但他打算想盡辦法佔我便宜。

現在路鋪好了，卡車開始將建造大型泥草屋的木材運送過來。他們以半傳統的方式造屋，壓實黃土地板，不過搭建時採用十分現代的方式，用起重機迅速將木材放至定位——而且木材都已經用工具測量裁切好了。

法蘭克・起司奇里開始吟唱傳統歌謠；對著從東邊以順時針方向豎立的木樁吟唱。他攤開了他的吉許——一塊包了所有儀式所需的鹿皮藥草包——展開祝福之道儀式。裡面的東西現在大多還用不到，不過我看到裡面有響鼓、羽毛、一些石頭、放了藥材和藥粉的小包、彩色黏土、還有繪製沙畫用的沙。

我以魔法光譜看著他對南方的木樁進行例行儀式。在儀式完成前都沒有任何不尋常，接著一道白光沿著地面從東邊的木樁一路閃到南邊的木樁。白光很快就消失了，除了剛剛此地有人施法外，我看不出這道白光代表什麼。我不認爲這對哈塔里算正常現象，法蘭克不只是哈塔里那麼簡單。

我去找達倫・亞希，聽候他的差遣，在太陽下山前兩小時把屋子的外觀搭好。我們還要密封縫隙，並且在屋頂的塑膠布上多加一些東西，不過屋子已經成形，而且看起來不賴。關妮兒很興奮，因爲法蘭克晚上還會繼續祝福之道，而她就可以更仔細地觀察。她今天大多數的時間都花在學習拉丁文和不讓歐伯隆無聊上。

當達倫的手下將所有大型裝備移動到臨時搭建出來的圍欄區存放時，哈塔里站在道路頂端、約距離泥草屋三十碼外，捧著一瓶水，低頭看著高原。他聲音沙啞地對我們大叫，雙眼瞪向北方某樣東西。關妮兒、凱歐帝和我立刻奔向他，但歐伯隆第一個抵達。他背毛豎起，開始對眼前的景象嚎叫。

「阿提克斯，我們該逃了。」

「爲什麼？誰來了？」莫魯塔放在下面關妮兒的車上。我此刻並不處於備戰狀態。但是在我來到歐伯隆身邊，伸手輕撫他的後頸時，我看到了一條身影步履蹣跚地在乾燥的紅岩地上朝我們走來，登時嚇得面無血色。對方看起來像是個老太婆，看來和此地非常格格不入；就像是看著芝麻街里的艾蒙【註一】騎機車參加南達科他州的史特吉斯機車拉力賽【註二】一樣。

片刻後，關妮兒趕到，隨即倒抽一口涼氣。「她怎麼找到我們的？」

「你們認識她？」法蘭克問：「這樣從北方來是凶兆。我從這裡就能看出她散發出一種非常不好的氣。」我記下這一點；如果他說的眞的是照字面上來解釋的話，必定擁有某種基礎魔法視覺。

註一：艾蒙（Elmo），兒童節目《芝麻街》裡登場的紅色毛茸茸怪物，也是該節目的招牌角色。

註二：史特吉斯機車拉力賽（Sturgis biker rally, or Sturgis Motorcycle Rally）美國著名的摩托車拉力賽之一，通常在八月第一個星期舉辦。現場除了拉力賽之外，也有樂會、自行車展覽等活動，參加者造型千奇百怪。

「的確，她那股氣就算充當西斯大帝【註】，或是華爾街經紀人也不為過。」

凱歐帝瞇眼看她，同意：「那可不是什麼弱小的老女人。」

「我認識從前的她。」我承認，「她應該已經死了。」

法蘭克朝地上吐口水。「你是說她是殭屍或是什麼瘋狂的東西？」

「不是殭屍，但是瘋狂的東西？是呀，我想她算是。」

「你其實不是地質學家，對吧，柯林斯先生？」法蘭克語帶諷刺地問。他嘴角上揚，露出那種期待我會撒謊，但就算我撒謊，他也不會輕易上當——或覺得受辱——的表情。如果他能看出寡婦身上的魔法靈氣，當然也看得出來我不是普通人。於是我也不多加掩飾。反正那只是凱歐帝的說詞。

「就像這位班納利先生也不是什麼宅心仁厚的企業家一樣。」我說。

法蘭克在凱歐帝低聲叫我閉嘴時輕聲竊笑。這表示法蘭克不曉得凱歐帝的眞實身分——但他大概知道凱歐帝也不是普通人。「所以那究竟是什麼玩意兒？」哈塔里揚起下巴，而不是揚手問道。

「我不知道那是什麼。但是時候弄清楚了。」

自北方徒步而來的身影看起來很像麥當納寡婦，但我知道那其實不是她。我衝下山坡去拿劍。

註：《星際大戰》系列（*Star Wars*）裡，西斯是一群信仰黑暗原力的原力使用者，和絕地武士（Jedi）一樣以光劍作為武器。西斯大帝（Sith Lord）則為其中同時兼具黑暗原力知識與力量成員的稱號。命名大多以Darth（達斯）開頭，後面加上西斯名。例：Darth Vader（達斯・維德）。

第五章

從阿斯加德回來之後，歐伯隆告訴我麥當納寡婦已經去世。可憐的麥當納太太在我離開前就已經身染無數病痛，我不在的時候，她向病魔屈服，於睡夢中死去。但後來歐伯隆說她死而復生，行爲舉止都很奇怪，不再說話也不再進食，而且滴酒不沾。我一聽就知道她被附身了——不過我不確定是被誰或什麼東西附身，只知道附在她身上的傢伙是在等我去帶回我的狗。對方可能是印度女巫拉克莎・庫拉斯卡倫；她有能力做這種事。但我懷疑拉克莎會用如此具有攻擊性的方式違背承諾觸怒我，而且此事發生的時間點也指向某個更可怕的人（或東西）。除此之外，耶穌在魯拉布拉和我聊天時說過，我在阿斯加德的行動將會吸引不必要的注意。

我從關妮兒車上取出莫魯塔，拔劍出鞘，然後大步迎向原先是麥當納太太的傢伙。歐伯隆、關妮兒、凱歐帝和法蘭克跟在希望算得上是安全的距離之後。我啓動妖精眼鏡，看見寡婦身上不再附著人類的靈氣；對方擁有類似人類的外形，但是不停漲起、鼓動、改變，就像那種色彩分裂式的螢幕保護程式，其中充斥著魔法能量的雜訊。附身她的傢伙力量強大；我強烈懷疑對方是神。

寡婦的殘軀看來狀態很糟。那身花紋棉洋裝的裙襬骯髒破爛；眼中的神采都消失了，直到我在十碼外停步，並且舉起長劍爲止，臉上的肌肉都鬆鬆垮垮。

「你是誰？」我大聲問道。

鬆垮的臉部肌肉拉扯，做出模仿微笑的可怕表情。她的嘴唇已經不再處於頭顱上正確的位置，而我看見過多內部組織。它不是用英文回答；它說的是古北歐語，我最深沉的夢魘成眞了。

「我不會說那種語言。」它說。它的聲音不像凱蒂・麥當納那般輕快活潑，而是語調惡毒的沙啞喘息聲，彷彿有人在她的聲帶旁塞了一堆砂紙。「如果你是獵狼犬的主人，肯定聽得懂我的話。你會說古北歐語嗎？」

我點頭，用那種語言回應，這表示其他人都聽不懂我們在講什麼。「你是誰？」我再度問道。它不可能是無所不知的那種神，不然就不必利用歐伯隆來追蹤我的下落。這點可以排除奧丁，不過剩下的北歐諸神都有可能。

附身在寡婦體內的傢伙輕笑，或是發出類似春天冰塊破裂的聲音，身體則因喜悅顫抖不已。

「來吧，猜猜。我掌管體弱多病、風中殘燭之人，所有沒被女武神挑選的死者，所有被弗雷雅拋棄在弗爾克凡格外的亡靈。我此刻採用的形體並非僞裝。你當然猜得得出來我的身分。」

我以毅力強行壓下顫抖的衝動。「赫爾。」我輕聲說道。洛基之女，尼弗爾海姆的統治者。對方再度揚起那個可怕的笑容。「正是。」

「妳來米德加德做什麼？」

「我是來找你的……我該怎麼稱呼你？」

「你可以叫我……洛伊。」

「這不是你的本名。」

「暫時這麼叫我。寡婦怎麼了？」

「這具皮囊的主人？她依照本願，前往基督教的死後世界。她的靈魂不歸我所有，我只佔據她的軀體。」

「她的軀體同樣不歸妳所有，附身在她身上是種侵犯。釋放它，我們再來談。」

「沒這回事。」赫爾回道：「我不能以原形行走世間。那樣就不會有人願意與我交談。他們會尖叫、胡言亂語或嘔吐，但是從來不會和我交談。不管你覺得我附身在這個老女人的皮囊上有多冒犯，至少我們還可以在你保有理智的情況下溝通。」

這下我不打算堅持要她釋放寡婦的軀體了，因爲她可能沒有誇大其詞。但我也不希望她一直附身在它身上，寡婦的家人應該要能和她道別才是。

「那我們就來談談。但是基於對死者的尊重，妳要把這具軀體送回一開始附身的地方。」

她再度發出冰塊碎裂般的笑聲，「死人要你的尊重做什麼？不過或許我會賣你這個人情。我想我可以出於感激你讓我能夠造訪米德加德而這麼做。」

「我和那個沒有關係。」

「難道你不是殺死諾恩三女神、打殘奧丁的人嗎？」

「我是。」

「把我困在尼弗爾海姆的就是他們。現在我可以造訪任何與世界之樹連結的世界，而這一切都是拜你所賜。」

我緩緩放低莫魯塔。她看起來並不打算攻擊我。「妳大老遠跑來就是爲了向我道謝？」

「不，我來是因爲我很好奇。你殺了諾恩三女神還有很多阿薩諸神，但我卻不知道原因。你痛恨他們嗎？」

「不，我是基於道義而前往阿斯加德，而當事情演變成不是你死、就是我亡的情況後，我就想辦法活下來。事情就是這麼簡單。」

「就這樣？」赫爾似乎覺得很有趣，「沒有舊怨新仇？不是爲了追求權力或財富？」

「我不是，不。」追求仇恨的是李夫；還有剛納・麥格努生，不過他爲此付出了性命。至於財富，我們一點也不放在心上。我們留下了索爾的神鎚和腰帶——如果有人理應擁有它們的話，肯定就是李夫了。天知道現在這兩樣寶物落在誰手裡。基於征服者的權利，我拿走了奧丁的神矛剛格尼爾，不過並不是爲了把它放到eBay去賣。

「你不想在阿斯加德掌權，或是向尼弗爾海姆領賞？」

「不。我說過了，我是基於道義涉入此事，並非主動惹是生非。」

「不過你讓我的目標變得更容易達成。」

「什麼目標？」

「當然是諸神黃昏！現下諾恩三女神已死，加上索爾、海姆達爾，還有其他神，洛基後裔終於有機會獲勝了。我可以認眞開始準備。還有誰可以阻止我們？米德加德和其他世界將依照我父親的理念重塑。我認爲他很有可能放火燒光一切，然後重新開始。該是集結部隊的時候了。所以我在想——你願不願意加入我們？你想要見證世界重新開始嗎？」

我後退一步，彷彿被她推開一樣，因爲她的提議就是如此令我厭惡。我盡量不動聲色，在想要露出厭惡表情時裝作審慎考慮的模樣，因爲觸怒死亡女神既不明智又沒禮貌，最好還是委婉地推辭。我清清喉嚨。「重新開始。」我點頭說道，假裝認同。「我也曾有過這種想法。我想知道如果那些爲了一己之私而傷害地球的人通通消失的話，世界會是什麼樣子。」我最多就只願意說到這樣，隨即揮開這個想法。「但這些都只是隨便想想，最基本的個人期盼。我不能評判什麼人該死。而想要重新開始就必須摧毀大部分美好、無辜、值得歌頌的事物，我不能參與這種程度的毀滅行爲。」

可憐寡婦的臉部肌肉再度鬆垮，赫爾的語氣轉爲冰冷，「那就是說你要和我們作對了？」

「如果你們給我作對的理由。」

赫爾伸出她的手——或是寡婦的手——貼上胸腔左側。手掌沉入衣服裡面，抓住某樣東西，然後動作優雅地拔出一把刻有符文的大匕首。我沒有看見刀鞘；她是直接從身體裡面拔出來的。我舉起莫魯塔，擺開防禦架勢，身後的人同時深吸一大口氣。

赫爾嘲笑我們的反應。「你的妖精魔劍有個名稱，對吧？」

「對。莫魯塔。」

「這把是飢荒刃。」赫爾說著提起匕首指向我。「或許不是魔劍的對手。我敢說不管在任何情況下，你都是比我高強的戰士。我並非以戰技聞名。但是無論如何，你都會死在這把匕首之下。」匕首開始在她手中抽動。「看到沒？它在暢飲你的氣味。之後它所傷害的第一頭怪物將會渴望你的血肉，再也沒有其他食物能夠滿足它。」

或許她期待我此刻應該嚇得發抖或是求她饒命。她似乎想要看到一些反應，於是我無動於衷，提高警覺，一言不發。洛基之女滿臉疑惑地側頭。

「你以爲我不認識不怕你的劍的怪物嗎？」

我聳肩。

赫爾沮喪地嘶吼。「那就這樣吧。洛伊。」匕首停止抽動，她將那把「快樂匕首」插回刀鞘——也就是她的腹部。她沒有顯露任何不適，轉身奔向北方，姿勢極不雅觀，但是速度卻快到遠遠超過寡婦本身的能力範圍。

「啊，幹得好，阿提克斯，你把她嚇跑了。」

「算不上。我麻煩大了。」

「但是她跑了，阿提克斯。」

「沒錯。她是跑去找人來殺我的。」

「喔。那你不該阻止她嗎？」

「我想是應該。」

「老師？怎麼回事？」關妮兒問。如果想要抓住赫爾，我就沒有時間和她解釋。地下諸神呀，聽聽我在說什麼——我有什麼理由想要抓住赫爾？

我還是追了上去，身後的人驚慌叫喊，因爲他們都不知道出了什麼事。我聽見他們緊跟而來，與我一同在科羅拉多高原上追逐一名瘦弱的愛爾蘭老婦人。我努力提醒自己那個甜蜜瘦小的老太太其實是不屬於這個世界的邪神。而不管我如何希望事情不是這個樣子，這個邪惡女神都是因爲我才降臨此地。

有人警告過我阿斯加德上的行動會導致嚴重的後果。莫利根如此警告過我，耶穌也是——但他同時也說過只有我才能防止最可怕的災難降臨，現在我明白了，他一定是指諸神黃昏；我的行爲強化了北歐世界末日發生的可能性。阻礙諸神黃昏展開的勢力如今非死即傷，這一切都是拜我所賜——現在除了我之外，地球上已經沒有人可以解決赫爾了。

另外還要加上奧德修斯的海女妖預言：如果我解讀得沒錯的話，那則預言預知了從此刻算起，十三年後，世界將會陷入火海。或許她們的預言剛好配合諸神黃昏？根據古老傳說，暮斯貝爾海姆之子將會點燃世界。到時候赫爾是否已經集結完畢她的部隊了？集結部隊需要這麼久嗎？不管怎樣，我都自認有必要阻止赫爾，就算不是爲了其他理由，光就她來威脅我的性命安全就已經足夠了。我需要那把匕首——我也想要回寡婦的軀體。我不忍心看她淪爲死亡使者。

我自大地上吸收魔力，加快速度，迅速拉近與她的距離。赫爾聽見我逼近，回頭看了一眼。見我緊追而來，她突然停下腳步，瘦小老太婆的軀殼如同夏季洋裝般癱落在腳踝附近。我緊急煞車，看著一頭十二呎高的恐怖怪物衝出寡婦頭頂，對我大吼大叫。那肯定是赫爾的原形，半身火辣、半身腐爛。她的右半身光滑柔順，半頭秀髮耀眼亮麗，一顆眼珠明亮動人，還有其他美不勝收之處，肯定能在太平洋沿岸高速公路上造成大規模交通意外。如果我是想和半個女人約會的巨人，一定會約她出門。但她的左半身——眞的從身體正中央區別的左半邊——看起來像是化膿得特別厲害的殭屍，露出骨頭和肌肉纖維，還有不少蛆蟲蠕動。她就是「美貌很膚淺」的具體化身。我看見飢荒刃的刀鞘插在她最下方兩根肋骨間，刀柄突出在身體外。如果火辣的那半邊聞起來像咖啡和肉桂卷，那香味也完全被腐爛那半邊的噁心臭氣徹底掩蓋。我吸了口氣，叫了聲類似「哇喔，狗屎」的驚呼，但是那股臭氣觸發了我的嘔吐反射，導致我連忙後退，邊退邊嘔。我身後傳來類似的驚叫聲，而且叫到一半就被濕淋淋的嘔吐物灑落地面的聲響所取代。赫爾朝我走出兩步，伸手欲拔飢荒刃，不過在看到我舉起莫魯塔採取守勢，顯示沒有完全受到臭味影響後，她決定不要這麼做。她再度以類似巴洛格【註一】打嗝般的惡臭口氣攻擊我，接著縮回寡婦的皮囊，重新封起腦袋上的缺口，繼續朝北方飛奔而去。

我很想要放她走，不過還是提醒自已放她走的風險有多高。

爲了拯救世界，下次接近她時，我會閉氣。

赫爾拉大步伐，看起來不像跑步，而是在不停三級跳。藉由科羅拉多的力量，我開始拉近距離。當赫爾第二次察覺我來到身後時，她沒有再衝出寡婦頭頂來嚇我。她停步，轉身，朝我舉起腐爛的左手，目光渙散地唸道：「卓嘎。」

這個字令我當場停步。那是卓格【註二】的複數，而卓格可不是你會想要一次看到兩隻以上的怪物；就算只是單數也能摧毀大多數人美好的一天。我等待片刻，看看有沒有什麼恐怖的東西現身。沒有。寡婦臉上再度揚起邪惡的笑容；就在赫爾對我竊笑時，我聽見身後傳來一聲尖叫。是關妮兒。

「阿提克斯！快來幫忙！」

我回頭看了一眼，只見我與朋友之間多了三具深藍膚色的屍體，帶著強烈的敵意朝他們前進——屍體伸出的雙手看來可不像在討抱。顯然赫爾有能力隨意召喚卓格。就屍體而言，它們的體型本來就已經十分巨大，而且還在像微波爐裡的軟糖一樣不斷漲大。我不想背對赫爾，但看不出還有什麼選擇。我的狗和我的學徒——還有法蘭克，或許加上凱歐帝——都已經身陷危機。

但是赫爾也不打算跳到我背上。她只希望我不要跳到她背上。她再度轉身奔向北方，留下我對付三具壯到難以形容的殭屍——不是喬治・羅密歐【註三】那種只想吃人腦的殭屍，而是在某些故事中能夠施法的北歐猛屍。歐伯隆大叫，背毛在卓格逼近時根根豎起。

「不用叫了。它們不知恐懼爲何物。從後方或側面攻擊。看看你能不能撲倒它們，但是別讓它們抓到了。」我在衝過去幫忙時對歐伯隆說。

「收到。」他說，接著匆忙奔向最接近的卓格身側——那傢伙完全不理他，眼中只有關妮兒——狂奔兩步加速，然後跳到卓格身上。

高中數學老師爲什麼從來沒想到過這麼酷的數學題？如果一頭一百五十磅重的愛爾蘭獵狼犬以時速十七里撲向一隻兩百五十磅重的卓格，那具天殺的死屍會不會倒地？答案是他媽的會。歐伯隆

註一：巴洛格（Balrog），《魔戒》中的摩瑞亞炎魔。
註二：卓格（Draugr），北歐神話中的不死生物。它們住在自己的墳墓中，捍衛陪葬品。
註三：喬治・羅密歐（George Romero, 1940-），好萊塢著名殭屍片導演，代表作爲《活死人之夜》（*Night of the Living Dead*）。

甚至來個一箭雙鵰，因爲被他撲倒的卓格又夾到了另外一隻藍色怪物的膝蓋。我的獵狼犬在對方以笨拙的動作企圖抓他時靈巧地跳開，繞回去擋在卓格和關妮兒之間。

「跑！」我對她大叫，衝入攻擊範圍。「快跑！」在手無寸鐵、欠缺訓練的情況下，關妮兒不可能打得過這些傢伙，幸好她願意聽從我的指示。法蘭克・起司奇里也應該要接受我的建議。他不年輕了，而且跟著我們跑了這麼久，他已經氣喘如牛；凱歐帝在勸他後退。但他從褲子後面的口袋裡拿出個小吉許，一邊後退遠離第三頭卓格，一邊解開皮繩。凱歐帝看來像是在勸法蘭克住手的模樣，不過因爲他們用納瓦霍語交談，我聽不出來到底在說什麼。我看到最後的景象就是法蘭克解開皮繩，把吉許裡的東西倒在自己頭上。吉許裡面似乎就裝了一些藥草、粉末，還有沙。

之後，我得要專心應付被歐伯隆撞倒的兩頭卓格。在地上掙扎片刻之後，它們沒有爬起身，而是化爲煙霧，然後重聚形體——只不過當它們恢復原狀時，是站著的，而不是躺在地上。我還在它們身後，迅速逼近。

「它們就是這樣出現的。」歐伯隆解釋道：「它們就這麼從岩石中冒出來，像蒸汽一樣，然後，碰，它們就變成了朝我們行軍而來的藍莓。」

「看看它們被劍砍到會不會變成煙。」我說。據我所知，鐵傷得了它們，但並非總能致命。這是我第一次遇上卓格。儘管我敢肯定赫爾手下還有其他怪物，但卓格就是她的主力部隊。它們頭戴沉重頭盔，還有鎖甲面罩保護頭部；這種裝備花費不多，但可以防止被輕易斬首。除此之外，它們身上只有許久以前死時所穿的破爛衣褲；腐敗脫落的壞死藍皮膚上處處露出白骨。

我從後追上，砍向右邊卓格的手臂，滿心以爲劍刃會乾淨俐落地砍穿，結果卻卡在腐肉跟白骨中，彷彿砍進軟木裡一樣。卓格大吃一驚，順手甩臂，我的劍竟然脫手而出，莫魯塔就這麼隨著它的手臂晃來晃去。妖精魔法開始生效，藍色血肉變黑，不過只有讓那個怪物發抖。它的肉早已腐壞，身軀早已死去，劍上的魔法不能再度殺死它。

「我懷念富拉蓋拉。」我在兩頭卓格轉身看我時說道。空蕩蕩的眼眶和骷髏笑容對我露出怪相，隨即撲上前來。被我砍中的那頭沒有試圖拔出手上的莫魯塔；它的手臂腫大，包覆住劍刃。

「你可以撞倒藍色那隻，幫我爭取時間嗎？」我問歐伯隆：「我得要先解決黑色這隻。」

「簡單。」歐伯隆說。他現在位於它們身後。我提昇速度和力量衝向黑卓格，它則敞開雙臂迎接我。歐伯隆衝向藍色那隻，當他撲到對手背上時，我矮身閃向右側，在被岩石擦破皮膚時痛縮。這下矮身撲倒讓我滾到卓格腳旁，接著我以雙掌和手臂護住身體，轉過身踢中它的膝蓋後方；它背部重重落地，倒在我身旁。它的左手手肘捶中我的後胸，把肺裡的空氣通通打出體外，不過我很高興看到莫魯塔劍柄率先著地：撞擊的力道令長劍插出怪物手臂，向後倒下。在怪物決定化身煙霧前，我一邊奮力吸氣，一邊以左臂架住它的喉嚨。它揮手攻擊我，善用它的左手肘，但我不打算放手。幾下脊椎碎裂聲過後，我手中的阻力突然消失，它的頭已經被我扯下。我提著頭顱喘著粗氣站起身來，在五碼外找出藍卓格的身影，被歐伯隆撞倒後再度凝聚形體。我把它夥伴的頭顱丟過去，剛好砸中它的臉；它向後跌開兩步。我趁機找出莫魯塔，撿起來。當我準備好要對付那頭卓格時，右方傳來一聲轟然怒吼。我冒險朝吼叫聲處迅速瞄了一眼，看見這輩子見過最難以想像的附身景象。

法蘭克・起司奇里突然間變得強壯非凡，因為他單手舉起一顆起碼兩噸重的巨石。就在我眼前，他帶著巨石躍入空中——如同動漫裡那種超級跳躍，毫無必要偏偏酷得要命，然後像灌籃一樣把那顆巨石狠狠灌下——他把兩噸重的砂岩籃球灌到第三隻卓格的腦袋上。怪物就這麼消失在巨石底下，法蘭克以蹲姿落在巨石頂端。如果是在電影裡的話，他就會待在上面，於煙霧消散的同時姿態英勇地緩緩起身，但他跳下巨石，衝向最後那隻朝我撲來的卓格。法蘭克的襯衫讓之前不存在的肌肉撐到幾乎爆開；他的雙眼全白，微微發光。我將視線轉換為魔法光譜，法蘭克靈氣裡那些可愛的白線消失了；現在他幾乎是由純粹的白色魔光組成，接近神的程度。他反手揮出右臂，甩向卓格的腦袋，拳頭接觸目標時，感覺就像高爾夫在第四洞發球。卓格的腦袋飛向北方天際，朝赫爾逃跑的方向竄去，藍色軀體則癱倒在地。法蘭克朝屍體吼叫，樹幹般的頸部青筋脹現；波洛領帶上的綠松石繃斷細線，呼嘯而出，抖動的超大胸肌讓我聯想到盧・法里諾【註】。他明白表達對卓格的看法，接著原地轉了一圈，尋找更多敵人；發現沒有敵人後，他看起來有點失望——赫爾已經跑了——再度以發光的雙眼打量我們，令人一陣不安，這才確認我們不是目標。接著他開始洩氣，眼中光芒消逝，劇烈咳嗽一聲，然後昏了過去。凱歐帝迅速上前扶住他；他又變成了虛弱老頭。

註：盧・法里諾（Lou Ferrigno），美國演員兼健美先生。曾演過綠巨人浩克。

第六章

「好了，凱歐——我是說，班納利先生——剛剛他媽的是怎麼回事？」

「我還要問你呢，柯林斯先生！」凱歐帝吼道：「那女人是誰，那些東西又是什麼玩意兒？」

「先說法蘭克的事。他會沒事吧？」

「對，他會沒事。」凱歐帝說，語調由憤怒轉爲遺憾。法蘭克的胸口仍在起伏。「不過我希望他沒有那麼做。他那招只能施展一次，而我本來寄望他用在其他地方。」

「他做了什麼？」

「他求助於改變女神【註】，告訴她這裡有怪物，讓自己變成附身的軀殼，懂了嗎？於是她派遣兒子屠魔者來幫助我們，這是只能使用一次的能力。」所以剛剛在他體內的是個神——名符其實的神。

關妮兒的腳步聲自南方而來。「我假設我們已經安全了？呃。」她說著看向地上的無頭屍體。

「那些是什麼東西？」

「有點像是喝了紅牛能量飲料，又摻雜了一點鬼魂的殭屍。」

註：改變女神（Changing Woman），納瓦霍族最重要的女神，象徵生命的力量與四季更迭。她與太陽生了兄弟戰神屠魔者（Monster Slayer）與水之子（Child-Born-of-Water），兄弟倆聯手屠殺了怪物Yé'iitsoh。

法蘭克呻吟一聲，突然睜開雙眼。接著他再度閉眼，伸手摸頭，說了句讓凱歐帝發笑的納瓦霍語；他此刻必定頭痛欲裂。凱歐帝扶他坐起，親切地拍他的背。

「好了，柯林斯先生，」凱歐帝說：「該你了。那位女士是誰？」

「沒錯，」法蘭克說：「嚇得我差點屁滾尿流。」

「那是赫爾。」我回答：「北歐的死亡女神。」

法蘭克轉向凱歐帝，看看他相不相信。「他不是在胡扯？」

「不是。這傢伙通常不會拿神來開玩笑。」他回答。接著問我：「她找你幹嘛？」

「她，呃，要我幫忙，我想。」

「幫什麼忙？」關妮兒噘起嘴唇問道：「個人衛生嗎？」

「呃……毀滅世界。」我丟下莫魯塔，一屁股坐在法蘭克身旁的紅土上，伸出雙掌摀住臉。大聲說出這句話讓我覺得身心俱疲。我究竟做了什麼，居然讓赫爾這種傢伙跑來提議結盟？我參與阿斯加德行動最主要的原因是要透過遵守承諾來維護我的榮譽。但現在我發現完美無瑕的聲望根本毫無榮譽可言；如果諸神黃昏因爲我而開始，世界上根本就不會有人記得或在乎我遵守承諾的事。不會有任何好心的歷史學家幫我撰寫道歉文。

通常我會試圖壓抑帶有悔恨的情緒，因爲這些情緒肯定是沮喪主餐的開胃菜，而對長壽者來說，沮喪就是自殺的藥方。但這並不表示這些情緒不會偶爾偷偷來襲。

然後好像聯合起來把我拖垮。

所作所為引發的嚴重後果令我頭暈目眩。我躲在雙掌之後無聲哭泣，為了麥當納太太、為了李夫、為了剛納、為了瓦納摩伊南、為了北歐諸神，以及所有即將因為我的錯誤決定而亡的人們。德魯伊理應擔任保護大地的勢力，而非摧毀世界，而我也沒有辦法對自己否認愚蠢的驕傲已經把我變成可惡的混蛋。

關妮兒蹲在我身邊，伸手輕拍我的肩膀。「好吧，她顯然不喜歡你的回應。」她說。

「我只是想問一下，」法蘭克有點口齒不清地說：「通常不會有人找地質學家一起毀滅世界，對吧？」

我在雙掌之後搖了搖頭。「不，」我說：「通常不會。」我用掌心擦去淚水，然後放上大腿。

「但是現在別問我的眞實身分。我應該已經死了。」

「好吧，今天似乎是個死人走來走去，」法蘭克說：「還有灰飛煙滅的好日子。」他指向卓格的屍體，只見它們都在化為灰燼，與高原上的塵土混雜在一起。

「她那把詭異的匕首是怎麼回事？」凱歐帝大聲問道。

「它叫作飢荒刃。她說她用那把匕首割傷的下一頭生物將會不眠不休地追殺我。」

「噁。」關妮兒說。

歐伯隆試圖逗我開心。「我要給她的原創性加一分。『德魯伊：晚餐就吃他了！』不過她的臭味要扣三百萬分。」

法蘭克・起司奇里瞇起雙眼。「她有說只會對一頭生物有效，還是割多少有多少？」

「這是個很特定的問題。為什麼問？」

「因為此地以北住了兩個皮囊行者。她正朝它們的方向前進。」

「皮囊行者是什麼？」歐伯隆問。

關妮兒臉揪成一團。「它們不是某種變形者嗎？採用動物的皮囊？」

起司奇里點頭：「每種形態都需要不同的皮囊。它們大多維持原形，除非你入侵它們的地盤。」

「你說附近有兩個？」我問。

「那個方向的牧場再過去幾哩外。」他指向赫爾離開的方向。

我轉移目光，瞪向凱歐帝。「我想我知道你為什麼堅持要在這裡開礦了。」我說：「主要原因不是接近凱楊塔的人力；而是因為這裡鄰近皮囊行者。你要我在它們跑過來守護地盤時，出手幫你打發。」

凱歐帝聳肩，完全沒有費心否認。「我不能親自出手。萬一被它們殺了，它們就會取得我的力量。」

法蘭克．起司奇里皺眉，顯然不了解殺死一個凡人怎麼可能讓皮囊行者更加強大。但是我了解。皮囊行者不能使用人類的皮囊——它們已經擁有自己的了。不過凱歐帝不是人，這就是法蘭克還沒想通的關鍵：凱歐帝是第一先民之一，他每死一次都會留下屍體。如果皮囊行者取得凱歐帝的皮囊，那就難以想像它們會用他的力量做出什麼事來。另外我想到莫利根說要三倍小心騙徒神眞是說得沒錯。他們就像洶湧水道上的濺水，將快樂濺灑在無辜和可恨之人身上。

爲了避免哈塔里追問會讓凱歐帝不自在的問題，我決定先提出一個問題，「你都怎麼應付皮囊行者，法蘭克？」

這個問題令他驚訝到忍不住輕笑，還笑到岔了氣。當他咳完之後，說：「你無法應付他們。只能想辦法保命，然後等待天亮。」

這樣聽起來像吸血鬼。「殺不掉它們？」

法蘭克擤出一團綠色的液體，吐到地上。「或許有辦法應付它們，不過我沒聽說有人成功過。至少普通用來殺人的方法都殺不了它們；它們動作飛快。」

關妮兒問：「它們晚上才會出沒？」

「通常是這樣。陽光要不了它們的命，不過它們肯定不太喜歡陽光。」

「所以你曾經和它們交過手。這是親身經驗。」

法蘭克點頭。「很久以前。」

「當年是怎麼應付的？」

「我們反轉了一道它的詛咒。要不是這樣，我們根本毫無機會。它對某人射了一顆骨珠，然後第二天跑回來察看骨珠生效了沒有。我們趁它站著不動的時候幹掉它。」

我瞇眼看他。「怎麼幹掉的？」

「就用那顆骨珠。那顆珠子上有詛咒。它們基本上是巫師，只要你知道它們怎麼對人施法，你或許就有可能把法術反轉到它們身上。不過這兩個和我以前遇過的不同。它們不用儀式魔法，單純以蠻力懲罰別人。我們沒辦法反轉它們的蠻力。」

「好吧，既然它們喜歡晚上出沒，我們最好在太陽下山前回到室內。」

「是呀。」哈塔里說，接著在凱歐帝扶他起身時拍拍胸口。「可惡。我的波洛領帶呢？」他問。

「撐斷了，飛到那邊去。」凱歐帝說著指了指。

趁大家四下找尋時，我對我的獵狼犬發出一個想法。

「歐伯隆，你想你能把它找出來，然後拿給我嗎？」

「當然！藍色的石頭。我找得到藍色的。」他跑向松綠石最後飛出的方向。

我站起身來，拿起莫魯塔，但法蘭克在我邁步進泥草屋前叫住了我。「不管你是什麼人，柯林斯先生——如果你真叫這個名字——我有預感你是被當作B計畫帶來這裡的。」他目光飄向凱歐帝。「不過現在你是A計畫了。」

我又看了凱歐帝一眼。「是呀，計畫已經逐漸明朗了，」我說：「還有多少人涉入這個計畫，法蘭克？」

「喔，你是說達倫、蘇菲、和其他人？他們都知道皮囊行者的事情。」

「可惡，法蘭克。」凱歐帝輕聲磨牙道。

「怎樣？不能讓他知道嗎？那你帶他來幹嘛？」

「現在已經太遲了，通通說出來。」我說。

「這個，班納利先生說我們要建造一座礦坑還有其他東西，不過我們也在利用建設的地點引誘皮囊行者。並非所有人都相信它們存在，你知道。很多人都以爲它們只是傳說——我是說有很多迪內人相信世上除了科學，什麼都沒有的觀念。因爲我說眞的有皮囊行者，他們就認爲我是瘋子，應該被關起來。但是班納利先生相信我，蘇菲和其他工人也一樣。你呢？柯林斯先生？你相信有皮囊行者嗎？」

「信呀，我願意相信大部分怪物都是眞的——或至少曾經是眞的。」

「是呀，我想也是。能跟北歐女神交談的男人應該會相信一、兩種怪物。」

「我要去車上拿點東西。待會在工地會合。」我對法蘭克說。他揮揮手，開始走上臺地斜坡。我以眼神意識凱歐帝留下。

「你，先生，」我說：「你的尊嚴就和感染淋病的獾差不多。鯊魚大便裡的纖維都比你的多。我要把你的睪丸綁在猴籠裡，然後把你發出的聲音做成錄音帶。接著我要拿一袋棉花糖和一條老奶奶內褲——」

凱歐帝舉起雙手，作勢投降，然後小聲說話，避免還沒走遠的法蘭克偷聽。「我聽到了，德魯伊先生，但是，聽著，這還是沒有改變任何事情。你想要跟我交易，而你同意了我的條件。」

「我沒有同意幫你殺皮囊行者。」

「法蘭克也沒有同意殺那些藍皮膚殭屍。」

「是沒有，但又不是我帶法蘭克跑來這裡和它們衝突的。別期望我會提供任何額外服務。皮囊行者是你的問題。」

凱歐帝輕笑。「這個嘛，如果那個死亡女神帶著匕首去找它們的話，它們或許也是你的問題了。那你可不能怪我，德魯伊先生。我可沒有邀請她帶著那把飢餓的銀器來這裡。」

歐伯隆咬著法蘭克的松綠石回來。〈一顆濕淋淋的石頭。〉他說：〈今天你會貨到付點心嗎？〉

「謝謝，歐伯隆，」我說著在牛仔褲上擦乾松綠石。〈我們去車上找找有沒有點心。〉我二話不說，轉身背對凱歐帝。他不想知道我打算拿老奶奶內褲對他做什麼。

我倒是沒想到關妮兒會想知道。「老師，你打算拿那些棉花糖和內褲做什麼？」她在我們並肩而行時低聲問道：「我是說，我敢說一定很殘暴，但是怎麼聽也不像比得過猴子能對他的睪丸做出的事。」

「我的食譜還沒唸完呢。」我承認道：「他在我說冰熱膏和黑唇松蛇之前就打斷我了。」

「噁。你要拿那些東西做什麼？」

「那就留給妳當功課了。」

我認爲從現在開始最好隨身攜帶莫魯塔。這對維持我那個地質學家的身分沒有多大幫助，但那已經不是首要重點，之前也未必是。隨便法蘭克和其他人想要怎麼看我；他們永遠猜不到眞相。

我比較擔心的是赫爾在亞歷桑納發現理應死亡兩天的諾恩三女神屠夫後，會把此事告訴誰。如果赫爾四下散布我還沒死的消息，我精心策劃的詐死就會白費了。我必須盡快讓她相信我死了——或是直接殺了她；但是入侵尼弗爾海姆，在赫爾的地盤除掉她聽起來贏面不高。她手下有難以計數的卓格大軍，還有一頭食月大狼藏在她的基地裡蠢蠢欲動，還有世間地獄犬的原型加爾姆【註一】，八成會把我當成小點心。

我從關妮兒的車上取出劍鞘，把莫魯塔插回去，然後掛在肩上，將皮繩綁在胸前。關上後車廂前，我拿出一塊點心丟到歐伯隆嘴裡。

「嘿，阿提克斯，是不是在背上揹把長劍就會讓你自認變成狠角色？」歐伯隆問。我們三個走在新出現的道路上，前往礦坑預定地。

我想了想。「這個嘛，我想是有這種效果。」我回答。

「劍對我來說沒有多大用處。」歐伯隆傷心地道：「但是如果我有終極戰士【註二】裡那種肩負式火箭發射器，我就會覺得好過多了。你可以幫我弄一副嗎？」

「你的肩膀不夠寬。」我解釋。

「裝在我背上。想要發射火箭時，我會低頭。」

「嗯，聽來可行。不過得先弄套很複雜的背帶。搞得這麼不舒服，值得嗎？」

「當然值得！想當狠角色總得付出代價。尼歐在《駭客任務》和《駭客任務：重裝上陣》裡都是

註一：加爾姆（Garm, or Garmr），北歐神話裡爲赫爾守門的巨犬，全身沾染滿鮮血。傳說在諸神黃昏時，牠會與戰神提爾互鬥、同歸於盡。

註二：終極戰士（*Predator*），在同名科幻電影中登場的外星生命，好戰、肉體強韌、配備了高科技武器。也在與《異形》系列合作的《異形戰場》系列電影中登場。

狠角色，但是他在《駭客任務：最終戰役》裡可付出代價了。儘管如此，利大於弊，而我假設這裡也是一樣。想想看我可以對全世界那些爬到欄杆上挑釁狗狗的壞貓做出什麼事來。只要忍受一點小小的不適和發炎，我就能成爲犬科動物的傳奇英雄！」

「是呀，歐伯隆，我想你會的，但不幸的是，那種火箭發射器都是道具和電腦動畫。」

「噢。你應該早說嘛。我講得興高采烈，而你就這麼冷酷無情地戳破我的希望。」

「獵狼犬四分，德魯伊兩分。」我說，很高興終於實實在在得到一分。

「嘿，等等！我昨天已經贏了！」

「你又沒有宣告獲勝，所以比賽繼續。」

「好吧。今晚我會宣告，到時候你就欠我一客上好牛排了。」

臺地上的工人注意到我的劍，達倫和蘇菲也一樣，但是他們都沒有多說什麼；他們太禮貌了。我請歐伯隆在外面站崗，自己和關妮兒一起步入泥草屋，檢視內部空間。泥草屋都不是什麼大型建築，室內只有兩百五十平方呎，但它們對注重儀式的生活形態十分重要，在這種大型企業的起頭是不可或缺的。這間泥草屋的設計較爲現代，呈八角形；牆壁上沒有縫隙，因爲它們是由切割好的木材所製，天花板架有橫梁、採用四平面設計，此刻上方鋪著黑色塑膠布。明天天花板就會蓋好，鋪上泥巴，加以密封，外牆也會全部鋪完。我覺得這間泥草屋沒有窗戶十分有趣；室內通風完全交給門和所有梁柱交會處的煙囪。地板中央是個火坑，法蘭克．起司奇里正彎腰蹲在火坑上生火。火坑四周放了火山岩，法蘭克在上面撒了些草藥。燃燒的草藥冒出絲絲白煙，順著煙囪排出。

他抬頭看我一眼，接著對關妮兒說：「我們今晚待在這裡。」他說：「比較安全。」

關妮兒注意到屋內沒有廁所。「看來我最好在太陽下山前去方便一下。」

「沒錯。等所有人準備好，我們就開始吟唱。」

「有什麼我能幫忙的嗎？」她問。

法蘭克目光飄到我身上。「這個嘛，如果妳剛好知道能夠阻擋或驅逐邪靈的方法，」他非常嚴肅地說：「那就幫得上大忙。」

這倒是個很有趣的挑戰。「什麼樣的邪靈？」我問，因爲我不清楚我們會面對哪種力量。

法蘭克難以置信地看著我，朝火堆吐口水，然後才說：「難道不只一種嗎？」

「不只，世界上的邪惡各式各樣，就像有各式各樣的良善一樣。我要知道的是邪惡來源爲何。我們此刻面對的不是基督教地獄或吠陀教的羅剎。你的邪靈來自何處？這個世界還是其他世界？」

「喔，我懂你的意思了。那些邪靈來自第一世界。」

「就是黑世界，對吧？」我問。我對納瓦霍信仰略知一二，但我絕對稱不上專家。他們的創世神話是屬於浮現論的體系【註】，也就是人類爬過幾座地底世界，於過程中不斷進化，終於浮現在這個世

註：描述世界誕生的創世神話體系繁多，例如：從無中誕生、自混沌或世界卵中誕生、經由父神與母神的結合而誕生……等等，而浮現（from the process of emergence）體系創世神話認爲，這個世界的人（神）來自另一個世界。不過，一個創世神話內可能同時擁有兩到三種體系的概念。

界上的那種。根據我有限的知識，我們的世界是第四世界，人稱光輝世界或白世界。關妮兒聽不懂我們在講什麼，但是沒有插嘴詢問。

「對，是黑世界。」法蘭克說。

「他們怎麼有辦法爬到這裡來？」我問。

「這個問題的答案因人而異。你想聽聽我的猜測？」

「當然。」

「我認爲打從這個世界剛創造出來開始，它們一直都在這裡。我們知道地底世界的怪物和邪靈從一開始就跑來第四世界，但是改變女神派遣她的兒子屠魔者與水之子前來殺光它們。我認爲他們殺光了大多數怪物——不過故意留下年老、飢餓、寒冷與貧窮。」

「啊，但是他們沒有除掉所有邪靈，是吧？」

「沒錯。來自第一世界的邪靈乃是空氣之靈，不過大部分都只是下等昆蟲——憤怒的甲蟲、螞蟻、蝗蟲、蜻蜓之類的。它們因爲隨時都在鬥爭、想要支配他人而遭所有世界驅逐。大多轉化成眞正的蟲，但是有些沒有，依然維持靈體。根據我的猜測，當一條靈魂黑到與黑世界一樣黑的時候，這些古老邪靈就會將它視爲舒適的家園，而如果對方召喚它們進駐，它們就會應召而來。皮囊行者就是這樣：一個體內盤據著惡毒邪靈的惡毒混蛋。」

「我在狗狗公園裡遇到過這種傢伙。」歐伯隆說：「它們通常都黏在吉娃娃身上。」

「嗯。好吧，我從來沒有應付過這種對手，不過我會看著辦。」

哈塔里沒有多說什麼，只是點了點頭，繼續照料他的營火。關妮兒和我離開小屋，和外面的歐伯隆會合。我們走出一小段距離，然後壓低音量交談，除了歐伯隆外不讓別人聽見。

「你有應付皮囊行者的防禦力場嗎，老師？」關妮兒問。

我搖頭。「沒有專門用來防禦它們的。我從來沒有去過第一世界，也沒有遇上過皮囊行者。我已經好幾個世紀沒有應付過美洲原住民法術了。我一直爲了遠離妖精而藏身城市，原住民巫醫和聖徒則都在保留區隱居。」

「上次和原住民法術交手是什麼時候？」

「這個嘛，當年有個馬雅雨神給我惹了些麻煩……」

「馬雅！你知道他們出了什麼事嗎？」

「不能肯定，不過他們或許離開了這個世界。他們有個祭司辦得到這種事。但納瓦霍是完全不同的信仰體系。」我說著朝泥草屋揮揮手。「魔法的規則也不一樣。如果想要弄出專門防禦皮囊行者的力場，我就必須和它面對面，觀察它在魔法光譜中的特徵。針對來自其他世界攻擊的一般防禦力場可能有用，也可能沒用。這就是防禦力場的問題，關妮兒。」我決定趁機機會教育。「妳沒辦法防禦所有力量，有時候不管防禦得有多完美，壞蛋還是有辦法突破或是繞過防禦。妳知道在那種情況下會怎麼樣嗎？」

「壞蛋會贏？」

「什麼，這樣就贏了？突破妳的防禦力場就表示妳會立刻死亡？」

「這個，不，我會先動手反抗。」

「一點也沒錯。妳動手反抗。問題在於，妳不知道該怎麼反抗。」

關妮兒輕哼一聲，感覺自尊受損。「我有練過踢拳。」

我對她笑道：「啊，是喔？來試試。」我擺開防守架勢。

我的學徒皺起眉頭。「你會用魔法。」

「我保證不會。一點都不——」

她把握主動進攻的機會，在我說完話前轉身踢向我的腹部。我也順勢轉身，肚子被她的腳趾輕輕掃到。我知道她是個運動型女孩，但是今天是我第一次看她出手。她動作很快。我衝上前去，在她恢復平衡前擊中她的肚子。她向後跌開，大口喘氣。我沒有趁勝追擊，她似乎也不打算繼續。

「你不只學過踢拳，是吧？」她問。

我點頭。「我學過的武術可多了。喜歡的話，我們可以來個全套的白眉【註二】式教學法，但是我不想傷害妳，也沒有飄逸的白鬍鬚擺出受人尊敬的形象。」

「如果我把下巴的毛一直留到白眉那麼長，你會幫我梳到能夠同時保持柔順又展現威嚴嗎？」

「每當你低頭聞東西或吃東西的時候，那堆毛就會拖到地上弄髒。這很難處理。」

「喔。有道理。」

「謝謝你。獵狼犬四分，德魯伊三分。」

「噢！」

「沒關係，老師，你說我就信。」關妮兒捧著肚子說道：「我要不要挑水上臺地或什麼的？幫我的車打蠟？幫岩石上漆？【註二】」

「不用。」我想著那些電影場景笑道：「我想我不需要擊潰妳的意志。不過我們必須訓練妳的肌肉，讓妳習慣拿武器作戰。」

「那就是說我要練劍了？」

「我們會練劍，沒錯，但我不認爲劍是最適合妳的武器。妳的身材和手臂長度會讓妳在鬥劍時處於劣勢；我認爲棍子比較適合妳，另外看看妳丟飛刀的天資如何。」

「棍子和飛刀要怎麼應付高舉盾牌對我衝來的壯漢，或是拿槍的聰明人？」

「很棒的問題。每種武器都有缺點。我們會讓妳準備好面對各式各樣的對手。」

「自動武器怎麼樣？你會尼歐閃子彈的那招嗎？」

「我就說尼歐是狠角色。」

「不。有時間的話，我會作弊，用解除羈絆的法術分解擊發構造。」

「萬一沒時間呢？」這是個更好的問題——應該鼓勵開始產生偏執妄想的學徒提出的問題。「狙

註一：白眉（Pai Mei）在《追殺比爾2：愛的大逃殺》中教導烏瑪．舒曼飾演的新娘五指穿心掌。

註二：經典功夫電影《小子難纏》（The Karate Kid）中，日本老人宮城利用刷油漆、幫車打蠟等等日常生活的技能訓練他的功夫。

擊手怎麼處理？」她又補了一句，我差點驕傲到爆了。我緊握拳頭，貼在身旁。

「問得好！我每天到哪裡都會問自己這個問題。很好。答案就是——眼觀四面，耳聽八方。」我指向位於北邊和南邊的兩座山峰。「我不喜歡在這裡建泥草屋，因為這根本是被狙擊的絕佳場所。妳得在狙擊手發現妳前搶先發現他們、尋找掩蔽，然後把他們的玩具解除羈絆成一堆無用金屬。」

「但如果無法及時發現他們，或是他們使用那種花俏的塑膠槍，那你就束手無策了。」

「沒錯。除了閃躲。德魯伊並非刀槍不入，不然世界上肯定還有更多德魯伊。」

關妮兒轉身打量在落日照耀下呈現紅色的泥草屋輪廓。

「那你究竟是怎麼製作防禦力場的？」

「妳可以把它當作網路上的布林搜索【註一】。一開始先定義妳的界線——『所有生命都可以進入』——然後開始設定要排除的例外，『不過可惡的賽隆人不行、混蛋不行、帝國暴風士兵【註二】也不行。』」

「就這樣？」

「防禦力場就是這樣。技巧在怎麼定義限制，防禦力場要如何分辨混蛋與來自史考特谷的男孩？」

「喔，我懂了。」關妮兒點頭。「他們基本上是一樣的。」

「沒錯。架構防禦力場有很多時間都是花在以魔法定義限制上。而除非見過對方一面，看過對方的魔法光譜，不然妳不可能定義對方的魔法特徵，所以我沒有對付皮囊行者的魔法力場；現在試圖架構這種力場幾乎可以肯定徒勞無功。」

「但是你有對付混蛋的魔法力場？」

「哎呀！結果他們根本不是邪惡的魔法生物，只是自然現象，現代社會革命性的突變。」

關妮兒對我揚起一邊眉毛。「革命性？你的意思是混蛋都是物競天擇的產物？」

「當然。人類退化的狩獵行爲在男人面對遭受閹割的現代男性角色時就會化爲混蛋行爲展現出來，因爲社會不再期待他們爲家人提供食物、住所、甚至精神指引，反而要求他們直到上床的時間爲止，都不要干涉家人的行爲。」

「當眞？」關妮兒對我揚起一邊眉毛，語氣中充滿諷刺與質疑。

「或許。我瞎掰的。」我轉向歐伯隆。「這樣應該得一分。」

「不，關妮兒又沒參加！你不能得分！」

「我不認爲，老師。你這樣講聽起來很沒道理【註三】。」

「哇，或許她有參加。獵狼犬四分，德魯伊三分，聰明的女孩一分。」

註一：布林搜索（Boolean Search），在網路進行資料探勘時，利用and、or、not、near來包括或排除關鍵字。

註二：帝國暴風士兵（Imperial Stormtroopers）是「星際大戰」系列電影中的銀河帝國士兵，特徵是從頭包到腳的全白裝備。

註三：沒道理（pointless），也可以解爲沒有得分。

裝備都安置妥當後，達倫・亞希的六人小組——我認為每個人都是凱歐帝親自挑選的——就會在工地過夜，成為起司奇里的祝福之道儀式的一分子。他們從卡車卸下兩台冰箱抬到室內，點燃幾盞煤油燈提供照明，然後開了幾瓶汽水。他們鋪好睡袋，取笑彼此，猜測誰打鼾最大聲。達倫宣布他要到鎮上去弄點蔬菜拼盤和冰塊，結果只有蘇菲理他；她對他露出親切的笑容，看來他這一趟是為她跑的。法蘭克完全沒有聽見他說話，專心擺設吉許、準備儀式。

「他們為什麼要留下來？」關妮兒問：「我是說，我知道這是儀式的一部分，但是為什麼？」

我聳肩：「我猜他們的力氣與能量可以強化保護的效果。在場的人越多，祝福的力量，或說羈絆的效果就越強。我會觀察儀式的過程。」

法蘭克一準備好就開始吟唱，當時西方天際還有一點深藍。正如我所料，工人並沒有因為他唱歌而安靜下來。他們或許有壓低音量，也有兩個人在注意儀式，不過只是隨便看看。儀式是用納瓦霍語舉行的——這種語言我只會幾個單字——但是法蘭克邊唱邊在神聖的鹿皮上畫沙畫。他在畫一名聖徒，不過我不確定是哪一個。

我啓動妖精眼鏡，看看如果他有使用了魔法的話，會是什麼樣的能量，結果發現法蘭克在做的事情遠比我想像中複雜。

在德魯伊眼中，所有魔法，不論出處，都是羈絆和解除羈絆。其他魔法體系與德魯伊魔法的不同處就在於它們能夠羈絆什麼，還有如何羈絆，而通常它們都會擷取和蓋亞不同的能量，但是那些圓圈、五星芒、犧牲都是為了達成某種羈絆。通常施法會牽涉到某個宗教，信仰也會提供極大的幫助。巫醫體系，就像許多美洲原住民信仰一樣，施法的目的經常是將人與精神世界緊密羈絆在一起，加以治療及保護，或是解除他們和邪靈之間的羈絆。我覺得這種做法非常迷人，同時也非常恐怖，因爲除了我自己的變形羈絆——只和我本身的靈體有關——我完全無法對精神世界造成影響。德魯伊的羈絆都是有形的，但是法蘭克施法的效果幾乎完全屬於精神層面。

現在我肯定了所有人都有參與儀式的猜測；不管他們知不知情、有沒有主動參與，他們的能量、精神中有一部分已經開始守護泥草屋。這對他們的外在行爲沒有造成影響；法蘭克蒐集能量、搬運能量、導引能量，完全是透過吟唱與沙畫來進行。由於從未見過其他哈塔里施展這個儀式，我不能肯定這正不正常——但我懷疑法蘭克可能自成一格。在我眼中，其他人的能量以各種顏色的光珠匯入法蘭克的沙畫，接著轉爲白色的光線釋放而出；這些光線射向牆壁底端。根據法蘭克的說法，儀式要到第四天才會完成，但是建造屋子時的歌曲和現在所吟唱的歌已經沿著牆底形成基本防禦——而這也算是件好事——因爲和我們一起待在泥草屋裡的歐伯隆幾乎沒有時間警告我敵人來襲。正當我要打開一罐糖水時，他的耳朵豎起，低聲嚎叫。

「嘿，阿提克斯，有東西來了——」

右方傳來貓科動物般的吼叫，接著是一下撞擊撼動了北面的木牆，弄得天花板搖晃起來，也讓好幾個人驚慌咒罵。我身後隨即傳來另一下撞擊，四周木屑飛竄，好幾根碎片插入我的背。

第七章

任何經驗老到的戰士都會告訴你，準備戰鬥是一回事，真正第一次上戰場又是另一回事。就像是聽說閱讀雨果的作品會讓你喪失生存的意志，但是除非真的去讀幾個章節，然後在目光呆滯，得要有人用電擊器救回你來之後，你才會了解那是什麼意思。蘇菲和六名工人或許聽說過皮囊行者擁有超人的力量與速度，但當真親眼見識還是嚇得他們驚慌失措。這兩頭怪物幾乎第一拳就打爛了牆。

法蘭克・起司奇里對蘇菲露出懇求的目光，然後繼續吟唱。如果中止儀式，魔法就會流失；他必須繼續吟唱，必須繼續畫圖。

「繼續儀式！」她叫道：「一起唱，盡量幫助法蘭克。這是我們最好的防禦。」他們點頭，有些人在知道歌詞的地方開始和法蘭克一起唱；副歌會重覆。

「知道是什麼在外面嗎？」我問歐伯隆。

「聞起來像是貓科動物。但是有點不大對勁。」

我轉身，心想可以問凱歐帝，結果卻發現他根本不在泥草屋裡。現在想想，我最後看到他時就是趕他走的時候。

「班納利先生在哪？」我問其中一名工人。

他聳肩。「他不久前離開了。」

「天殺的愛羊騙徒。」我喃喃說道。總是想盡辦法讓其他人幫他打架。但接著我感到毛骨悚然；凱歐帝害怕的並非死亡，而是皮囊行者能用他的皮囊做些什麼。他的缺席顯示他認爲今晚皮囊行者很有可能取得他的皮囊——這表示我們全都處於電影預告片的情境，也就是有個聲音低沉到好像一天喝十二箱啤酒的男人說你正「身處一個……充滿恐怖危機的世界」。

我身處靠近門邊、法蘭克對面的東牆。我在北牆再度遭遇攻擊時繞了過去。衝撞的力道強到誇張；撞擊聲讓我聯想到小型攻城鎚。我聽見木頭破裂、化爲碎片、屋外木屑飛射的聲音，看見室內牆壁上的損壞。如果敵人單憑赤手空拳就造成這種效果，那麼它們的力量可以與吸血鬼比美，而這面牆撐不了多久。我啓動項鍊上的兩個符咒，蹲下身去，從兩根木頭間的縫隙望出去。第一道符咒是夜視能力，讓我能看清楚外面的東西；第二道是妖精眼鏡，因爲這是我第一個觀察皮囊行者魔力運作方式的機會。

我花了點時間才找到它們；它們的動作快到在我眼中化爲殘影。找到它們之後，我無法肯定眼前看到的是什麼；它們兩個都是三種不同生物的混合體，要不是法蘭克有告訴我第一世界古老邪靈的事，絕不可能分析眼前的景象。攻擊泥草屋的實質形體是山貓，凶暴程度遠遠超過自然形態——這就是它們此刻披上的皮囊；但是皮囊之下，我看見某樣黑暗、粗糙的東西，是有著橘眼睛、身上布滿斑點、蓄勢待發的恐怖昆蟲；而在那之下，幾乎殘破到難以辨識，並被納入其他兩種存在之下，高貴天性受到惡意與怒氣壓抑的，是一個人。

擁有惡魔眼的怪物乃是其他兩者之間的黏著劑；就是它讓那個人可以利用動物的皮囊變形。我很好奇它在法蘭克的魔法視覺裡看起來是什麼模樣。我的腦中突然浮現一個想法——或許是因爲那隻昆蟲怪利用黑暗觸鬚包覆山貓和人類的方式——我了解到這是種魔法共生的生命形態。單獨生存在第四世界的空氣系邪靈對其他生物的影響力，就與代課老師能對滿滿一教室睡眼惺忪高年級學生造成的影響不相上下。但是有了自願合作的腐化人類，它幾乎就有能力戰勝一切。我的魔法策略應該是要想辦法切斷邪靈與人類或山貓之間的聯繫。那兩個形體都不太可能單獨對我們造成傷害；然而，羈絆在一起時，皮囊行者在日出前都和世界主宰差不了多少。

然而，法蘭克的魔法並不能切斷任何連結；他的祝福之道只是在泥草屋四周布下防禦力場。

我四肢著地，仔細研究那些光絲滲入最底層的木頭後產生什麼效果。我必須解除雙眼之前木材纖維的羈絆，想辦法弄出一個偷窺孔；在我眼睛貼上偷窺孔後，立刻清楚看見室外土地上法蘭克的儀式成果。他的力場是從地面向上建構的；現下皮囊行者已經沒辦法藉由挖掘地道攻入泥草屋了；但是目前防禦力場還沒有延伸到地面上。我在地上看見由明亮線條組成的光網，於黑暗中格外明亮，就像有人在小孩子於宴會裡使用的螢光棒裡裝飾當燃料一樣。我試著過濾光線，看清光網中央有什麼東西，但是似乎什麼也沒有。一個皮囊行者撞上我正前方的木頭，我承認自己嚇了一跳，不過接著它在碰到地面的力場時慘叫一聲，迅速退開。

我登時了解光線本身或許就是關鍵。在第一世界，也就是黑世界裡，光線十分稀有——對所有住在那裡的黑暗空氣邪靈而言都是可恨的詛咒。在魔法光譜裡製造出一點光線，第一世界的魔法就會被中和掉。聽起來很簡單，實際上不簡單。我不會在任何光譜裡製造閃亮的魔法球、手持式火球或柔和友善的光芒，那些不是德魯伊擅長的把戲。不過很顯然地，法蘭克和參與祝福之道的人正在產生某種有效的光芒。我無法複製它，也不能在皮囊行者闖進來前想出其他抵抗它們的力場——從它們攻擊木頭的速度來看，大概不用五分鐘。在這麼短的時間內，我也沒辦法弄出足以切割人類與它們的第一世界共生體的子彈。不過我倒是可以把木頭羈絆回原位，緊密到不至於被它們打碎。這樣做很耗時費力，但是只要撐一整晚就可以了。

「哈哈，太簡單了！」

「什麼簡單？」

「我大聲說出口了？」

「對。」

「別管了。只是正向思考而已。」

我不確定有沒有擬聲詞適合用來形容一頭墮落山貓一爪打穿木頭的聲音。砰唰啦？但是那個聲音自我頭上爆出，幾塊木屑插入我的臉頰。對方只要再打一、兩下就能清出個大洞，到時候它們只要把洞弄大到可以通過就行了。沒時間浪費了；關妮兒和歐伯隆對我說話，但我必須隔絕他們的聲音，全神貫注地阻擋皮囊行者進入。

我專注在木頭上，鉅細靡遺到任何細節都不放過。然後我開始把碎屑通通羈絆回原位，基本上這是世界上最簡單的羈絆法術，儘管下一次撞擊幾乎讓對方整個爪子穿牆而入，我還是在它們有機會打穿牆壁前重新填滿那個洞。當皮囊行者察覺出了什麼事後，討厭的貓吼聲瞬間提高八度，進入狂怒的音調。它們後退一段時間，考量當前形勢，接著我就看不到它們了。接下來的撞擊來自兩面不同的牆壁；另一下撞擊又來自其他位置。它們認爲我沒辦法一心二用，同時強化兩個不同的地點。但是我發現了一個之前沒有發現的動作模式：它們總是攻擊同樣高度的木頭；每次都是從地上數上去第五根。我想想也覺得這很合理：它們得用力撞擊木頭，還要跳起來遠離祝福之道力場的影響，然後向後跳或反彈出力場範圍。如果跳得太低，就沒有夠高的弧度可以安全反彈回來；如果跳太高，它們就不用擔心落地的問題，但撞擊的力道卻會因爲簡單的物理定律而大幅降低。所以如果我能強化所有牆壁上的第五根木頭，它們就會處於嚴重劣勢。

它們攻擊數個位置的策略反而對我有利；我可以趁它們慢慢來的同時嘗試其他做法。我一邊用古愛爾蘭語施展羈絆法術，一邊分一點注意力去用英文溝通，藉以持續關注魔法光譜裡的狀況。

「關妮兒，去拿那邊的鏟子，」──我指向靠在門邊的鏟子──「從火堆裡鏟一塊火山岩出來。拿來給我，快。」

她二話不說開始動作，心知我如此要求必定有原因，而她要不了多久就能看出原因。史上最好的學徒。歐伯隆什麼也沒說；他聽得出來我這種辦正事的語氣，也可以從我眼中遙不可及的目光看出我此刻根本看不見他。幾名納瓦霍人看著關妮兒做事，朝我露出詢問的目光，不知道我們想幹什麼，但他們不打算在這個節骨眼上打斷祝福之道儀式，開口提問。他們任由關妮兒鏟出一塊岩石，拿到我身邊。

「太好了。現在抬到這根木頭上，鏟緣抵住，讓火山岩靠上木頭。」

關妮兒看著冒煙的火山岩，然後看看乾木頭，沒辦法放下心中疑慮。「這樣不會燒起來嗎？」

「不會。相信我。在我說可以之前，不要移動鐽子。」

「好吧，老師。」她依照指示去做，我則停止一心二用，將全副心力放回魔法光譜上。趁著皮囊行者攻擊所有牆壁上不同位置的時候，我開始將岩石解除羈絆為成分二氧化矽和碳酸鹽。在岩石化為灰燼，其內的熱能如同火爐般竄向前去時，我將岩石的成分注入外牆面的木材纖維，產生石化效果，大幅提昇木頭強度。岩石裡的二氧化矽並不足以石化整根木頭，於是我專注在兩呎左右的區域，深入表面四吋。即使擁有不自然的強壯肌肉和骨骼，皮囊行者還是要耗費更大的力氣才能打穿那裡——就算眞的打穿了，八成也會在過程中弄傷自己。用完所有二氧化矽後，我分心讓關妮兒知道她可以放下鐽子了。

我不知道納瓦霍人看見了多少，不過應該不用擔心和這些人解釋魔法效用的事情。他們或許會想知道我做了什麼、怎麼做到的，但他們不會懷疑這麼做的可能性。畢竟，他們的信仰加上法蘭克的歌與畫，正在建構遠比我能想像得到任何做法還有效的皮囊行者防禦力場。

「還要岩石嗎？」關妮兒問。

「不。先看看這招有沒有效。」我來到木頭被石化的區域後方，提高音量挑釁皮囊行者。「這裡，貓咪、貓咪、貓咪！」我發出親親的聲音。「過來抓我啊！」

其中之一受激不過。前一秒裡我眼前還只有北邊的一片漆黑，下一秒就聽見一下撞擊聲，聽起來比之前更悶、更低沉，然後看到一頭皮囊行者狼狽落地——直接落在泥草屋四周的力場上。山貓放聲慘叫，連滾帶爬地遠離力場，不過身上已經出現焦痕。它停下來察看傷勢，這讓我有機會仔細打量它。現在它的毛皮上烙上了幾道白線，就跟之前在力場中看見的光網一樣。燒傷的面積不大，彷彿被丟到烤肉網上一下子，但由它難看緩慢的動作可見得傷勢顯然不輕——可能是力場的效果，也可能是一頭撞上石化木頭的關係。如果它還跳得起來的話，也不能再以之前的力量和速度撞向泥草屋。我微微一笑，檢查木頭。還撐得住。

「好，再給我一塊岩石。」我說：「效果不錯。」

關妮兒聽命行事，但是法蘭克連忙搖頭，蘇菲代他發言。「不能再拿岩石了。」她說：「剩下的我們儀式要用。」他們還在那些岩石上燒藥草，顯然那些藥草對儀式而言的重要性超乎我的想像。

我的學徒無奈地看著我。「沒關係。」我說：「我撐得住。反正這樣已經提昇了我們的勝算。」由於只剩下一頭皮囊行者攻擊泥草屋，我有辦法跟上屋子受損的速度。今晚會是非常漫長的一夜，不過撐得下去。我鬆了口氣；我們可以度過這一關。

我鬆懈得太早了。

輪胎激起砂礫和Ｖ８的引擎聲提醒了我們達倫．亞希跑去凱楊塔買東西，而他回來的時機非常不巧。

泥草屋裡的人瞪大眼睛、不再出聲，只剩下起司奇里繼續吟唱。沒有以恰當的方式完成儀式有可能會觸怒聖民——那可能讓整場儀式徒勞無功。

「是達倫！」蘇菲說，神色擔憂地伸手摀在嘴前。「我請他幫我去鎮上——我沒想到會這麼快就遇上它們！」她朝門口跑去，一個工人——之前沒被介紹過——上前阻擋她。

「現在我們幫不了達倫，只能靠他自己搞清楚情況，然後回頭。」他說：「出門的人必死無疑。皮囊行者的速度沒人跟得上。」

他說得沒錯。那些傢伙的動作比李夫還快，表示它們也比我在魔法加持下的速度更快。不管有沒有莫魯塔，我都打不過它們。它們的魔法與我所熟知的天差地別，我懷疑就連圖阿哈．戴．丹恩都應付不了它們。

「待著，孩子。」歐伯隆命令我。

「別擔心，我不打算出去。」

關妮兒從牛仔褲裡拿出手機，臉上浮現一絲希望。「這裡竟然有信號！」她說：「我們可以打電話給他。」

不管有沒有信號，現在打電話都已經太遲了。對方不再攻擊泥草屋，接著我們聽見一聲金屬撞擊和玻璃粉碎的巨響。我衝到東牆，就是門面對道路的方向，透過門上鉸鍊的縫隙偷看；法蘭克在達倫驚慌的叫聲中繼續吟唱。透過這條小縫，我只看得見他的卡車頭燈照在臺地邊緣。光線在皮囊行者撞擊車身時劇烈搖晃。我聽見一聲吶喊、兩下槍聲——他一定是在手套箱裡放了手槍——更多玻璃碎裂、山貓嚎叫，然後是人類慘叫，最後車頭燈瘋狂轉動，然後消失。緊接著而來的是車輛翻滾、撞爛的聲響，顯然達倫的卡車翻下道路，沿著岩坡一路滾下半哩之外。我很懷疑他能倖存下來；只能寄望有一頭皮囊行者和他一起摔下去，兩頭更好。

法蘭克繼續吟唱，但其他人全都默不吭聲。蘇菲盡可能保持冷靜，但我看到她淚流滿面，如果沒有尋求幫助的話，她很可能會內疚很多年。

我趁大家等待任何能讓我們得知皮囊行者命運的聲響時，把所有木頭羈絆起來。不再聽見山貓的叫聲，泥草屋也不再遭受攻擊。半小時過去了，屋外沒有任何聲音，所有人都希望寂靜能持續下去，但又覺得不可能。最後打破寂靜的並非山貓。那是人類的聲音——或者說，兩個人的聲音，發自勉強可以稱之爲人的形體。它們的聲音很沙啞，充滿威脅，在泥草屋北方說著納瓦霍語。

透過縫隙，我看見處於人類形態的皮囊行者。儘管它們化爲殘影，不停移動，不過會在某些地方短暫停留，彷彿是循著臺地上某個看不見的連連看圖案一樣。趁著它們短暫停步的瞬間，我看出它們都很瘦、有點發育不良，而且沒穿衣服。這並不表示它們不令人印象深刻；它們的惡意強烈，如同以邪惡維他命強化過的冰凍柳橙汁，而雙眼隱約反映出這一點，眼眶裡彷彿裝著沒有瞳孔的液態火焰。山貓皮囊消失了，就只剩下它們，還有包覆在它們體外的邪靈；它們的人類靈氣受到黑色濃汁污染。我很想知道赫爾砍傷它們什麼地方，可是它們看起來都不像有傷的樣子。不管它們在說什麼，都在一直複誦同一句話，而且沒事就往我的方向瞄一眼，然後偏開目光，假裝沒看到我。法蘭克聽它們說第一次的時候皺了皺眉頭，然後嚴肅地繼續畫他的沙畫、領頭唱歌。

我解除妖精眼鏡。「他們在說什麼，蘇菲？」她假裝沒聽到，其他人也一起假裝。沒有人願意直視我的雙眼。他們開始與法蘭克一起吟唱——顯然他的歌曲唱到了一個有問有答的段落。我想如果在正常情況下，這段歌應該可以隨意跟唱就好，但是此刻他們引吭高歌，使盡橫膈膜的力量，彷彿下意識地同意要用歌聲淹沒皮囊行者的聲音。然而皮囊行者雖然沒有提高音量，聲音仍清楚傳來。

「怎麼回事，阿提克斯？」歐伯隆問。

「我不知道，老兄。我不會說他們的語言。」

「外面那兩個傢伙聞起來不像貓了。它們是人類，但是又帶有其他東西的氣味。有點像是燒焦的塑膠。」

「蘇菲。我要知道它們在說什麼。」沒有回應。「拜託，哪位告訴我一下。我承受得起。」阻止蘇菲出去救達倫的人——同時也防止她害死自己的那位——終於朝我跨上一步，伸出手來。我和他握手，然後感激地點了點頭。

「班·奇歐尼。」他說。

「呃……雷利。」我說。

「我想蘇菲想要唱完這首歌。」他解釋，她和其他人則繼續在該應和的時候出聲應和。「但是如果你要的話，我可以告訴你外面那兩個怪物在說什麼。」

「好，謝謝你。」

「他們說：『餵白人給我們吃。』」

第八章

可惡的赫爾。

歐伯隆跳到我身前，開始對班嚎叫，露出牙齒，背毛豎起。「如果有人想把你丟給皮囊行者吃，他們就會被獵狼犬吃掉。」

「哇，冷靜點，歐伯隆。別叫了。看得出來他根本沒有在考慮這麼做。」

「那是因爲他在考慮我的牙齒。」

「好啦，我敢說他很明白你的意思了。」「不要叫。」我大聲說道。歐伯隆立刻安靜，滿足地搖起尾巴，抬頭看我。

「如此忠誠的表現可以得到什麼肉當獎賞？羊肉嗎？我覺得我的表現應該獲得一份羊肋排，或至少一條羊腿，淋上安可辣椒醬與薄荷醬。」

「夠了。我要用家長監護功能鎖住美食網路頻道。」

「很抱歉。」我對班說。他搖搖頭，擠出一絲微笑。這不是什麼大不了的事。

「你是誰，老兄？那些皮囊行者怎麼會知道你在這裡？」

「這個嘛，那是……嗯……」我不想向他解釋我此刻身處好幾個神的最討厭名單上，而其中之一還把我變成了山貓美味飼料。因爲那樣的話，我就要和蘇菲一起承擔達倫死亡的責任，外加對這裡其他人造成危險的罪惡感——雖然他們本來就打算要誘出皮囊行者。「我們或許該等等再來和法蘭克談談。他知道原因，我想由他解釋最好。」

「阿——我是說，雷利？」關妮兒說：「既然它們處於人形，爲什麼不直接開門進來？」這是個很好的問題。門上除了鉸鍊之外，還有很多鐵絲緊緊綑綁。但我以爲他們至少會試試。

「我不知道。」我喃喃說道：「去看看。」我再度啓動妖精眼鏡，走近了一看，只見門的外緣籠罩了一層魔法白光；門頂沒有魔光，但是兩側和門底都有。「是祝福之道儀式產生的防禦力場。」我讚歎道：「力場從地面開始向上延伸，門口是起始；泥草屋的門向來面對東方，如此架構魔法也比較簡單。聰明。如果現在來碰門，它們就會燒起來。」

關妮兒點頭，不再繼續提問。我切換回正常視覺，等待歌唱結束，皮囊行者則繼續提出要吃超稀有德魯伊大餐的恐怖要求。

我試著蹲在外面看不見的北側；這麼做讓皮囊行者一直在北邊遊蕩，因爲赫爾那把可惡的七首把我變成美味佳餚。歐伯隆和關妮兒過來和我一起蹲。

「現在怎麼辦，老師？」關妮兒輕聲問道。

「現在我們要面對漫長的失眠夜。如果他們再度攻擊泥草屋，我就會修復它。一直撐到日出，希望它們到時候會自行離去。」

「萬一它們不走呢？」

「那我就想辦法在不造成直接傷害的情況下用魔法惡搞它們。不過我認爲它們會離開。導致它們雙眼發光的東西不喜歡光。」

法蘭克雙手揮動，眾人同聲吶喊，第一首歌終於唱完了。法蘭克癱倒在地，精疲力竭。在他開口之前，皮囊行者複誦的句子變了，納瓦霍人開始交頭接耳。

法蘭克在它們一句話說完又重頭複誦時搖頭說道：「鬼扯。」他說，聲音聽來比之前刺耳。他看向班、蘇菲，還有其他人。「就算我們能肯定它們不是在說謊，而我們不能，它們也不可能遵守約定。」

「什麼約定？」歐伯隆問：「如果他們拿你的命去跟人交易，我一定要發表意見。」

「先看看情況。」

蘇菲說：「但萬一他還活著呢？如果有機會救他，我們不該至少想想辦法嗎？」

法蘭克語帶同情：「他死了，蘇菲。」

「你怎麼知道？」她絕望地問道。

「我現在就叫它們證明他還活著。等等妳就知道了。」法蘭克暫時放下沙，小心翼翼地起身，走到北牆前，站在關妮兒身邊。他面對牆壁，以納瓦霍語大聲說話。

「這下我懂了。皮囊行者想拿達倫交換我。法蘭克認為它們在說謊，達倫已經死了。他要求它們證明達倫還活著。」

「萬一他還活著呢？」

「那我們就不能光是坐這裡等天亮了，得想辦法救他。」

「但那並不是說要把你交出去，是吧？」發現我沒回答，歐伯隆繼續逼問：「是吧，阿提克斯？」

皮囊行者嘶聲吼叫，顯然對於法蘭克一定要看到達倫還有在呼吸很不滿。它們說了一句話，不管內容爲何，總之都讓蘇菲痛哭失聲。法蘭克看她一眼，說：「告訴過妳了。」接著臉上的線條重新排列，變成後悔的表情。他輕輕跪在吉許旁邊，宣稱他要開始唱下一首歌。

「達倫死了，」我對歐伯隆說：「你不必擔心我了。」

「喔。好吧，很遺憾聽到達倫死了。他聞起來像個很好的人。」

我也很遺憾。但是我現在還不能爲他哀悼，法蘭克也不能開始吟唱下一首歌。

皮囊行者的喉嚨發出類似鋼鐵撕裂的聲音，這次直接用邪靈加持的人類拳頭再度攻擊牆壁。這樣做的效率不如山貓形體，我能夠輕而易舉地修補它們造成的損傷。

幾分鐘後，它們了解這樣做徒勞無功，於是退開，儘管這種情況讓大家鬆了口氣，我卻有點不安。我對付過無數惡魔和怪物，而通常它們都是滿腔青少年的怒火，在殺死某人之前都無法壓抑暴戾之氣。在這種怪物面前，你幾乎無法靠嘴脫身，但卻可以預測它們的行爲，然後用來對付它們。截至目前爲止，它們都還採用「浩克猛擊」的攻擊手法。安靜無聲只表示它們打算嘗試其他方法。但是什麼方法？地面都處於力場守護下，門也很安全，牆壁沒有危險到哪裡去；這表示……只剩屋頂。

屋頂尚未完工。那塊塑膠墊擋不了它們多久，而那兩個小子瘦到可以輕易穿越那些草束和木梁。但它們得待在原地一段時間才有辦法撕裂塑膠墊，那段時間它們將會毫無防備。我站起身來，對所有人說話。

「有人有槍嗎？」從眾人的表情來看，我問了一個大家都很討厭的東西，像是涓滴經濟【註一】或威廉・布萊克【註二】的詩。「好吧，那匕首呢？」

班的皮帶上插了一把好匕首。他對我點頭，刀柄向前遞出匕首。

「謝謝。」我說。我拿起關妮兒之前用的鏟子，將木柄和鏟刀分離。我用匕首削尖木柄，稍微弄鬆木材纖維間的羈絆，好削得輕鬆一點。三十秒不到，我就做出了一把臨時標槍。我將標槍和匕首換手拿，然後將槍頭拿到火上烤，隨時留意天花板。

關妮兒和歐伯隆從我的行動看出端倪。

「喔，不，屋頂……」她低聲說道。

「沒錯。」我說：「最容易攻進來的地方。」我輕輕將匕首丟到她腳邊。「如果攻進來了，它們會基於赫爾置入它們體內的強制力量來找我。當它們這麼做時，在它們背上捅一刀，然後躲開。」

「這樣殺得了它們嗎？」

註一：涓滴經濟（Trickle-down economics），又作「下滲經濟」，反對特別優惠社會上的弱勢者，優先發展起來的群體或地區可藉由消費或就業等惠及弱勢階層或貧窮地區，帶動發展。主張政府救濟不是救助弱勢的最好方法，而該通過整體經濟發展帶來財富。

註二：威廉・布萊克（William Blake, 1757-1827），英國浪漫主義文學的代表人物之一；後期的作品動輒成百上千行，更是充滿神秘哲學、宗教等抽象象徵，詩風晦澀難解。

「大概不行。不過這樣能夠擾亂它們，或許讓我有機會拔劍自保——妳知道，就是那之類的。」

我對她露齒微笑，試圖讓她放鬆心情。她似乎沒有因此而放鬆多少。標槍的槍頭開始冒煙、轉爲橘色：很好。我回到北側牆前，藉以鼓勵皮囊行者從這個方向進攻，如果它們打算進攻的話；我用短時效的羈絆法術強化我的反應與力量，希望這樣足以讓我擊中目標。只有一次機會。

「它們要怎麼上去？」歐伯隆問。

「我猜是用空中接力。其中一個把另一個甩上去，它們的力氣大到可以這樣搞。」幾秒之後，它們證實了我的猜測。

把兩輛一九四〇年代的福特汽車以三英哩的時速緩慢擦撞，然後把那種聲音丟到演唱會的擴大器去播放：這就是皮囊行者落在我正上方的屋頂、試圖透過撕裂塑膠墊來以恐懼癱瘓我們時發出的聲音。幾乎所有人都一臉畏縮，因爲這陣聲音和聲音的來向嚇得慌了手腳。看到黑暗星空下的皮囊行者輪廓，我立刻毫不遲疑地採取行動；筆直拋出標槍，希望一擲中的，隨即反手去拔莫魯塔。

標槍射得很準，但是皮囊行者動作超快，即時縮身，避開胸口，以肩窩承受攻擊。我的強化力量可不是鬧著玩的，標槍直接穿透它的身體，肯定毀了皮囊行者的肩膀，衝擊的力道導致它摔落屋頂。它一邊尖叫，一邊墜落。不幸的是，它沒有落在祝福之道的力場裡，不過我想它們兩個都不會再把攻擊屋頂視爲好主意了。

「嘿，我想你已經表達了你的論點【註】，阿提克斯。」

「地下諸神呀，實在太可怕了！你剛剛違反了二〇一〇年的減少使用史瓦辛格雙關語協定。」

「什麼？不，這不能算！」

「當然算。就定義上來說，任何與武器威力或受害者身體最後狀況有關的雙關語都是史瓦辛格相關語。根據協定第四條第二段中規定的制裁方式，你要扣二十根香腸。」

我的獵狼犬哀鳴。「不！不要扣二十根香腸！我永遠吃不到那二十條鮮美多汁的香腸了？你不能這麼做——這是虐待動物！」

「這可沒得商量。協定上蓋了你的掌印，你同意史瓦辛格雙關語都是令人厭惡的語言，爲了校正與制止這種語言，必須採用與食物相關的懲罰。」

「啊！我還是堅持當初租《魔鬼司令》回來看是你的錯！這一切都是你起頭的！」

「誰起頭的無關緊要。你繼續這麼做就是違反協定。」

「這實在太可怕了。太可怕了！但是，等等，今天已經結束了，而我還是領先，四比三！這表示我贏回了十根懲戒香腸！」

「十根太誇張了，歐伯隆。一根。」

「八根。」

「三根。」

「五根！」

註：論點（point），也可指槍尖，歐伯隆說了個雙關語。

「好吧。你可以用今天的小勝利換回五根懲戒香腸。」

歐伯隆躺下，雙爪蓋在眼睛上。「喔，偉大的大熊呀，負十五根香腸！這是場惡夢，一定是夢。」

他這話比他想像中更爲眞實，不過重要性遠遠超過損失肉類食品的問題。如果我沒觀察錯誤，皮囊行者就是納瓦霍世界裡最可怕的惡夢，因爲其他怪物早在很久以前就被屠魔者驅逐殆盡，而我敢說在他們內心深處，世界上最可怕的事情就是落入皮囊行者手中。這對我而言也是場惡夢，因爲我的魔法沒有辦法擊敗這些傢伙，而它們的動作又比我快，搞不好力氣也比我大。我沒有準備好應付這種情況，就像很糟糕的童子軍一樣。它們的魔法和我的一樣古老，說不定更老，而且獨立發展，與我所熟悉的歐洲傳統毫不相關。

我想起求學時期某個奇特的日子，我的大德魯伊教我如何分解吸血鬼、迷惑龍、馴服人面蠍尾獅。「你或許永遠不會用到這些技巧，」他說：「但如果你哪天遇上這些怪物，你就會很高興我有費心教你。現在，別再看那個女孩了，專心一點，諸神懲罰你！」

學徒時期我有時候很難控制、容易分心。但我很肯定德魯伊學識裡沒有任何東西能夠應付這些傢伙。我需要幾天、甚至幾星期實驗，才能想出有效的新方法，但是我沒那麼多時間。要是它們再度嘗試從屋頂進攻，我也沒有東西可以往上丟了；我已經沒有鏟子或是任何可以改造成投擲武器的東西。好吧，或許我可以把鏟刀當作方形飛盤來丟。

幸好皮囊行者並不打算再度進攻。它們有很多傷口要舔，更別提要把根尖銳的棒子拔出體外，而它們（還）沒有餓到要在這種狀況下繼續進攻的程度。它們一邊咒罵一邊蹣跚離去，納瓦霍人臉上流露期待的神情。

法蘭克擁抱這份期待，放鬆緊繃的情緒，然後說道：「它們會回來的。如果不是今晚，就是明天。」這話讓人不安地改變站姿。「如果你們在想明天要請病假的話，請好好考慮。這裡的計畫不能失敗。事情不光關乎你的工作，還有所有人的工作。再說，外面那個人會希望我們完成的。」工人全都嚴肅地點頭，蘇菲噙下一聲哽咽，法蘭克帶領他們唱下一首歌。

關妮兒朝我面露詢問之色。「那個人？」她低聲問。

我以同樣的音量回答：「就是工頭。死在皮囊行者手上的那個。」

「你是說達——」

「噓！」我揚起一手打斷她。「有些文化不提死者名諱，其中包括納瓦霍文化。」

關妮兒四下看看有沒有人聽見我們低聲交談。「為什麼不提？」

「每個文化不提的原因都不一樣。但是對納瓦霍而言，他們不希望死者的靈魂受到名字吸引。他們稱鬼魂為奇迪，而奇迪並不友善。把一個人內心所有壞脾氣、紛爭、不安、在世時壓抑下來的邪惡念頭與衝動通通加在一起，那些就是死亡時離開肉體、變成奇迪的東西。」

「嗯。那些東西就這樣到處亂飄？」

「這個嘛，如果人間沒有什麼東西留住它們，它們自然就會消失；但它們必須身處室外。如果有人死在泥草屋裡，除非有施行過祝福與重生的儀式，之後就不會有人繼續住在那間泥草屋。」

「喔，因爲泥草屋鬧鬼？晚上會有怪事發生？像是喧鬧鬼之類的？」

「不，不是那樣。奇迪單憑惡意就可以讓人生病。他們稱之爲鬼病或屍病。事實上，皮囊行者會利用這種病來殺人。」

「它們怎麼做？」

「妳有聽到法蘭克說他很久以前，曾用骨珠攻擊皮囊行者藉以反轉一道詛咒？」

「有。」

「好了，他們將骨珠射入人體的用意就是要邀請奇迪入住妳的身體。奇迪會待在屍體附近，懂嗎；在有機會消失前，它們都會跟著屍體。所以妳如果被骸骨的碎片擊中，就會染上屍病而亡。傳說有些巫師會偷偷溜到泥草屋外，從煙囪倒入屍粉——就是磨碎的骨頭混入骨灰。屋內的人全都會吸入屍粉，然後全家人通通死光。這就是所謂的巫術之道。」

「眞是非常邪惡的狗屎。」關妮兒說：「這些巫師像你熟悉的歐洲女巫嗎？」

「不，納瓦霍巫師多半都是男人。而他們的巫術就是反轉整套祝福之道——比方說，他們會用骨灰取代沙來作畫，有點像是舉行黑彌撒【註】。」

關妮兒皺眉。「我開始了解你爲什麼不喜歡女巫了。」

「沒錯，我一直聽說世界上有些善良的女巫，但除了瑪李娜的女巫團有可能算之外，我一個都沒遇過。」

「你有看過奇迪嗎？我是說透過魔法光譜？」

「沒，從來沒有機會遇上。」

她低頭看著地面，小聲說：「我猜明天早上你就有機會了。」

註：黑彌撒（Black Mass），傳說中褻瀆上帝的儀式，沒有既定的儀式，通常是反轉基督宗教彌撒儀式，如：穿著有山羊頭與逆向十字架標記的衣著、踐踏十字架等等。女巫狩獵時許多人被指控參加黑彌撒；中世紀於法國貴族間盛行。

第九章

皮囊行者走後，我們大多睡了三到四個小時。法蘭克暫停儀式，叫我們去休息休息。我睡得並不安穩，夢到煙霧般的無形惡魔閃過我的長劍，在我身上留下齒印和爪痕。就像是凝固的黑暗，我沒辦法把它們羈絆在定位，或是瓦解它們的存在——誰有辦法控制缺乏光線的存在？

日出時，納瓦霍人向太陽招呼——這是根深柢固的傳統，因爲他們相信諸神會與太陽一起東升，這也是泥草屋的門總是面對東方的原因——而且我們也想知道達倫的情況。

他躺在路上，被卡車壓碎，又遭皮囊行者啃食。他的血滲入地面，導致紅土變得更紅。山丘下，道路北邊，達倫的卡車化爲一堆廢鐵和碎玻璃。

蘇菲・貝舒情緒失控，跑回泥草屋去哭。她用一根「如果」組成的棍子痛毆自己，而我很清楚那是什麼感覺——如果我沒這麼做；如果別人沒有那樣做。我希望她能夠盡快學會人沒有辦法逆轉任何人的選擇，特別是自己的；你唯一能對過去做的就是從中學取教訓。

達倫的工人遠遠繞過屍體，走向他們的卡車，有些人已經在講手機，打電話給警察或是家人。

「我可以看看嗎？」關妮兒問，一手漫不經心地拍著歐伯隆。「奇迪？」

「我看看。」我啟動妖精眼鏡，看向達倫屍體附近。眼前的景象令我顫抖。它讓我不安地聯想到我的夢境。

「阿提克斯，怎麼樣？你看到了嗎？」

「看到了。坐下，我把妳的視覺跟我羈絆起來。」

她盤膝坐在歐伯隆身旁，我凝視她的靈氣，隔離出意識的靈絲。我挑出代表視覺的部分，與我的視覺羈絆在一起，她立刻在眼前的景象變成我看到的景象時深吸一口氣。看到奇迪後，她彷彿螃蟹一樣倉促後退。

「嘎！那東西——看起來好邪惡！」她叫道。

「我知道。」我說。一團黑漆漆的煙霧——呈煙囪狀，上面還有兩隻蒼白空洞的眼珠始終面對我們——以順時針方向在達倫屍體上方盤旋。在不斷變動的煙霧中看見如此穩定的目光令人非常不安。

「但他看起來是個大好人。」關妮兒說：「他體內怎麼會有這種東西？」

「我們都有黑暗面。」

「你是說我體內也有類似的東西？我死後會在我屍體上飄蕩？」

「除非妳相信會這樣。我們體內長存的部分都必須在我們死後透過某種方式表達自己。他相信奇迪，於是妳就在他身上看見奇迪。」

「這實在太慘了。」

「呃，不要這麼急著下結論。情況其實沒有那麼慘。就他的觀念來看——就納瓦霍人的觀念來看——他體內善良的部分已經與宇宙融爲一體，懂嗎？他們一輩子追求靈性基本上就是爲了達到霍柔的境界，也就是平衡、美麗的心靈——不管我們如何稱呼它，這不正是所有人在追求的目標嗎？眼前的殘存靈體只是他自然本質的影子。和某些把整個靈魂送去地獄永恆折磨焚燒的人比比看。妳可以批判這種信仰，但是和他們的自我批判相比根本微不足道。」

關妮兒一言不發地坐了一會兒，消化這種觀念。她從沒在哲學課上遇上如此具體的案例。法蘭克·起司奇里走過來站在她身旁，但是沒有說話。他看得出來我們在研究達倫的屍體。再度開口說話時，關妮兒聽起來很傷心，很壓抑。「我們要怎麼處理它？」

「妳就坐在這裡。」我回道：「我看看能不能幫奇迪快點消失，讓他能夠安息。我們不能等他自行消散——反正我也不知道這種東西的半衰期是多久。」

「什麼？嘿，」法蘭克有點激動地抗議我侵犯他的領域。「你看得見奇迪？」

關妮兒大聲問道：「你要幫它解除羈絆？」

「不是用魔法。我只是要讓它嚐嚐寒鐵的滋味。」我上前幾步，奇迪不安扭動，始終注視著我。

「嘿，柯林斯先生，你最好不要太靠近。別碰它。」法蘭克警告道：「碰它的話，奇迪或許會以爲你在邀請它進入你體內。」

「我不會碰它的。」我保證道，將拳頭伸向奇迪，不過小心不去碰到它。空洞的白眼鎖定我的手臂，一絲絲的黑煙彎彎曲曲地纏上我的手掌和手臂。我感受那些煙絲；潮濕、冰冷、充滿污穢氣息。我完全相信這種東西如果進了人體，一定會產生無法治癒的疾病。但是這些煙絲不到一秒就失去形體，被我靈氣中的寒鐵解除了塑型魔法、瞬間蒸發殆盡。它發現我在透過某種方式傷害它，於是採取更爲猛烈，不過無聲、詭異、冰冷的攻擊。不到一分鐘，達倫・亞希的黑暗面就完全消失在晨曦裡。

「做得好。」關妮兒說：「少了那玩意兒在他身上飄，他看起來安詳多了。」

「確實如此。」我說：「法蘭克，他的奇迪已經離開了。我們可以安安穩穩地移動他。」

「我看得出來奇迪離開了。」他說：「不過我不確定你怎麼看得到它，又是怎麼辦到的。」

我嘆氣，有點洩氣。「我應該把你的視覺和我羈絆在一起，讓你也看到它。剛剛我沒想到要這麼做，不過現在我們來彌補一下。沒人在看，而我相信你不會出去亂說，所以我可以讓你看看你昨晚的成果。」

法蘭克對我皺眉。「你到底在說什麼？」

「做好心理準備，不要嚇壞了。我知道你有某種魔法視覺，但是我敢說我的不太一樣。來，扶著我，不要摔倒。關妮兒，可以請妳扶另外一邊嗎？我要讓妳恢復正常視覺，然後對法蘭克施法。」

「沒問題，老師。」我解除她的視覺羈絆，她向法蘭克微笑，站起身來，攙起他的手臂。要在關妮兒的笑容之前不友善並不容易，不過他還是眉頭深鎖，聲音中流露出些許暴躁。

「好了，給我等等，誰都不能對我施法，我絕不允許——」

「放輕鬆，法蘭克，這會是你這輩子首次看見你的法術造成的奇景。你會是史上第一個透過這種方式見證祝福之道的哈塔里。我會在過程中幫你解釋。準備好了嗎？」

「不，我沒準備好，因爲你根本是在胡說八道，你這瘋狂的混——哇！」他突然前傾，要不是我們扶著肯定已經摔倒。「怎麼了？我的眼睛怎麼了？」

「你的眼睛沒事。你只是透過我的雙眼視物，而此刻我正透過魔法光譜看世界。我過濾掉大部分雜訊，所以應該不致於難以承受。現在我們轉身，走回泥草屋，讓你看看昨晚守護我們的祝福之道。」

我們領著法蘭克走到門口，我先專心凝視門四周的力場。「看到那些白色的魔網？那就是你弄出來的。我們昨晚看出這個防禦力場對付第一世界邪靈非常有效。它能燒傷它們。」

「有這種事？」法蘭克小聲問道。

「對。我在一頭山貓摔在這裡時親眼看見力場的效果。」我指向第一根木頭附近的地面，專注在那裡的魔法網絡。「你說完成儀式要四天？」

「對，公共房舍需要四天。」

「那麼我猜第四天結束時，這個力場會完全包覆泥草屋，從地板到屋頂。到時候你就不需要我了。」

「你到底是什麼人，柯林斯先生？說眞的。」

蘇菲還在泥草屋裡，說不定會聽見我們說話，於是我解除羈絆，讓他恢復正常視覺，然後指示他跟著我走出一段距離。等確定沒人聽得見我們交談後，我告訴他：「我是個德魯伊。」

我等他出現一般人那種當我胡扯的反應，但結果卻來了段尷尬的沉默。「我不知道什麼是德魯伊。」法蘭克坦承。

我大笑。「沒關係。我想你可以說我的工作就是在混蛋之前守護大地。」

「喔，我懂了。」法蘭克停頓片刻，問道：「看來混蛋快要贏了，是不是？」

「那是因為我極度寡不敵眾。」

「哈。我懂你的意思。」

「我可以問你件事嗎，法蘭克？」

「當然，請問。」

「你昨晚舉行的儀式——你所布下的防禦力場——那是普通哈塔里辦得到的嗎？」

「這個，不全然算是。我有唱歌，也做了所有普通哈塔里會做的事情，不過我有點像是電視上會在所有菜餚裡丟大蒜，然後大叫『轟！』的那種廚師。」

關妮兒對他微笑。「所以你是在強化儀式效果？」

「沒錯。正常作法，加上熱騰騰的醬料。我就是這樣。」

「如果你不介意我問的話，熱騰騰的醬料是打哪兒來的？」我問。

法蘭克臉上籠罩一層畏縮的陰影。「如果告訴你，你會認為我瘋了。」

「法蘭克，我基本上什麼鬼話都相信。你昨晚看到了北歐死亡女神；她不是我第一個遇上的神——只是最醜也最臭的。既然那種事情我都能接受，我應該可以接受你的祕密。」

法蘭克轉過頭去，嚴肅地說：「好吧。兩年前，我在謝伊峽谷遭到一群嬉皮攻擊。」

「貨眞價實的嬉皮？」

「不，我是說那些因爲偉大的白人世界裡沒有任何信仰接納他們，便企圖剽竊原住民信仰的新時代混蛋。他們會在冬至或夏至時聚集在一起，找人教他們治療儀式，或購買老鷹羽毛之類的違法物品，因爲他們以爲保留區裡有專賣羽毛的大型黑市。六個傢伙在峽谷找到我，我眞該狠狠朝叫他們來找我的人的生殖器踢上一腳。當時我坐在地上，正在吟唱，一場私人禱告，你知道那是怎麼回事——一旦開始吟唱，你就不該停止，因爲那樣等於是侮辱聖民。好了，那些嬉皮找到我，不願意等我唱完。他們開始說『不好意思，先生，』『呦，老兄，』『嘿，老頭，我們可以談談嗎？』我當然不理他們，繼續吟唱。如果要我在對聖民無禮和對白人無禮之間選擇，我肯定每次都選對白人無禮。」

「沒錯。」我說，點頭表示同意。我也絕不會打斷自己的儀式。

「好了，他們不願意接受暗示。他們更加堅持，對我大吼大叫。拍我的肩膀。接著其中之一用力拍了我手臂一下，就拍在這裡。」——他指向他的右手前臂——「拍得我側身倒下，嚇了我一大跳，也打斷了我的歌。」

「實在太過分了！」關妮兒說：「應該給他們每人來一下迴旋踢！」

法蘭克對著她笑。「當時的情況差不多就是那樣，嘿！在我坐起來前，我感到一陣風——吹掉了我的帽子——然後聽見一陣聲響，有點像是關門遮蔽門外的風暴。接著他們的雙腳全部離地而起，向後飛出，屁股著地，然後再也沒有動靜。」

「喔！他們死了嗎？」關妮兒問。

「沒有。只是失去意識。我坐起身來，面向東方，看見了她。是改變女神，她不用開口我就知道了。我為中斷吟唱對她道歉，她原諒了我，說她了解，她是來給我一些禮物的。她在我面前蹲下，觸摸我的眼角。」他說著伸手指著他的眼睛外緣。「然後說我此後將能看見從前看不見的景象。我哭了，因為你知道，天呀，她是改變女神。她觸摸我的喉嚨，說聖民將能更加清晰地聽見我的聖歌。她觸摸我的右手，說此後我的沙畫將會完美無瑕。然後賜給我一個特別吉許，說當我唸誦咒語、使用它時，她的子嗣之一屠魔者將會再度降臨第四世界，不過只有一次。她說我會知道使用的時機。」

「昨晚看到那頭巨大怪物爬出小老太婆腦袋時，我以為使用它的時機到了。那絕對不是屬於這個世界的東西。」

「你沒有想錯。」我說。

「是呀。但現在我不確定自己做得對不對。班納利先生知道——他是少數相信我的人——而他對我說：『不，不要浪費在這傢伙身上，留著對付皮囊行者。』但我聽不進去。」他揚起大拇指，比向達倫的屍體。「現在我認為或許我該等等，你知道？」

如果。

「就算你沒有用掉那個吉許，法蘭克。」我指出。「你昨晚也不可能在不打斷吟唱的情況下救他。」

「沒錯。」他說：「但這個想法並沒有讓我比較不後悔。」

這時除了建議他努力壓抑悔恨之外，不管我說什麼都幫不了他。壓抑可以讓你正常行動。

「那些嬉皮後來怎麼樣了？」我問，爲了讓我們不要去想那些悔恨的事情。

「喔。這個，改變女神說他們遲早都會醒來，不過沒說什麼時候。當時是夏天，那個地方比烙鐵還熱，部分的我認爲既然他們這麼想當紅人，被曬傷也是罪有應得。但後來我想到他們可能會嚴重曬傷，而我不希望爲此負責。於是盡我力把他們拖到陰影底下。其中一個太重了，我拖不動，於是我把帽子放在他臉上，希望他平安無事。」

「你眞好心。」關妮兒對他微笑說道：「根據我的經驗，嚴重曬傷會導致極度不適，你的預防措施做得很好。」

「改變女神摸過你的雙眼後，你能看見什麼？」我問。

「大部分和之前一樣，但是有些東西不一樣。我在我的吉許四周看到一些從前沒有的色彩。我能看出哪些房子有做過完善的祝福，哪些沒有。而在那之後，每當舉行儀式，我就可以大概看出我做了什麼，看見其他人的靈體，還有聖歌和沙畫對他們造成的改變，讓他們與聖民和諧共處，融合靈性世界與物質世界。有時候我也會遇上身體四周籠罩色彩的人。就像你這種人，就像那個體內藏有死亡女神的女士。」

「班納利先生呢？」關妮兒問。

法蘭克瞇眼看她。「這個……沒錯。他也是。」他看向我。「你知道他的眞實身分，是不是？」

「我想是，」我說。「他——」

「等等，」法蘭克說著揚起一手。「不要說名字。這點很重要。」

我不了解，但也不打算和他爭論。如果他認爲這點很重要，那我也沒有立場反對。

「我認爲他是第一先民之一。」我說，希望這種說法沒有踩到任何底線。

「是呀，我也這麼認爲。問題在於弄清楚是哪個先民。他們都很擅長欺瞞他人。我們暫時就說到這裡。」

我聳肩。他似乎已經猜到他是凱歐帝，所以我不打算繼續說下去。

「你暫時一個人沒問題嗎？」

「噢，當然。你要去哪裡？」

「得去遛狗。」聽到這句話，歐伯隆的尾巴立刻咻咻甩動。「應該會往北走。」

法蘭克突然看向我。「你小心點。」

我點頭表示知道，然後招呼歐伯隆，他一直都在安安靜靜地看著我們。「準備來趟小小的狩獵了嗎，老兄？」

「當然，獵什麼？」

我切換到心靈交流。「皮囊行者。我們來找找它們上哪兒去了。如果它們躲在洞裡，或許我可以請科羅拉多弄坍洞口，解決我們的問題。」

「好，但我要先喝點東西。」

「沒問題，出發吧。」我說。關妮兒在我們走向車子時跟了上來。我們輕輕繞過達倫的屍體。歐伯隆嗚嗚一聲，然後鼻頭朝地。

「它們從這裡走。上那條路。那股燒焦的塑膠味很容易追蹤。」我們在關妮兒的車旁停留，倒了點瓶裝水到折疊式狗碗裡。我也趁機在我們的口袋裡放了些牛肉乾和餅乾。接著我們每人拿了兩瓶水，為接下來的旅途做準備。

「準備好了。」歐伯隆宣布。他跑回山丘下，四下聞了聞，然後向北走。「這裡有腳印，氣味濃烈，被你刺傷的那個還有留下血滴。這樣追蹤很簡單。」

「我認為待會兒會越來越難。」

「找到它們的話要怎麼做，老師？」關妮兒問。我們開始慢跑，跟上歐伯隆。

「要看情況。」我回答：「我希望能請求空中支援，不幸的是，我們沒有這個選項。別擔心，我不打算戳醒它們要求決鬥。不管要怎麼做，總之會從遠方冷血無情地動手。」

足跡消失在三哩外的一座小圓丘前。我的臨時標槍躺在那裡，沾滿血漬，附近有很多足跡和氣味供我們分析。身處人類的形體，這些氣味我通通聞不到。

「事先警告：我要脫光衣服了。」我對關妮兒說，解開莫魯塔，脫下襯衫。「我得變形，看看歐伯隆聞到什麼氣味。」

關妮兒沒有回應，但卻在我脫下牛仔褲時發出狼嚎般的口哨。我迅速變形獵狼犬，以免讓她發現我臉紅。

我立刻打了個噴嚏，變身獵狼犬時常會這樣。隨著這個形態而來的敏銳嗅覺遠比突然之間變成四足行走來得刺激。我首先聞到的就是歐伯隆所說那股燒焦塑膠的氣味，不過其中還混雜著某種更臭的味道。感覺像是在公車起步時把臉貼在排氣孔前；柏油、塑膠、汽油，以及所有黑黑臭臭的東西通通混合成一股臭得要命的黑煙。但在那之下還有其他氣味：血與汗、恐懼和憤怒，發自兩個人、兩隻山貓、還有……其他東西。

「阿提克斯，你聞到了嗎？」歐伯隆問。

「你是說聞起來有點像雞，但又不是雞的味道？」

「對。不管是什麼，總之是種大鳥。但是味道不像老鷹或渡鴉。也不是烏鴉。」

「嗯。這裡有山貓足跡，也有人類足跡……」都是一些砂土地上的污點和磨痕；這裡沒有泥巴地上的完美腳印。「找找看鳥的蹤跡。小心不要亂踩。」

「好了，我想我找到了。這些不是山貓爪印。」

「我看看。」我走到歐伯隆鼻子貼在地上聞的地方，打量著兩隻大禽爪的痕跡。不是完整的爪印——在缺乏完整爪印的情況下無法辨識種族，不過肯定是種大鳥。

「你認爲它們從這裡飛走了？」歐伯隆問。

「對。它們把這座小圓丘當作準備場所。用爪子抓著山貓皮囊飛到這裡降落。脫下鳥皮，留在這裡，換上山貓皮囊攻擊我們。殺害達倫後，它們可能回到這裡，脫掉山貓皮，因爲它們必須交談。後來我射中一隻，它們就回來這裡，再度化爲鳥形。這是預防別人跟蹤回家最完美的方法。但是其中之一肩膀受傷，所以它的夥伴可能得要帶著它。我懷疑它在那種狀況下有辦法飛。」

「鳥抓著另外一隻鳥飛，這有可能嗎？」

「當然，有些大鳥可以抓起超過牠們本身重量的事物；我處於貓頭鷹形態時，可以抓起比我身體重兩倍的東西。」

「啊，但是五盎司重的小鳥卻拿不動一磅重的椰子。懂了。」

「它大概要跑兩趟，還得要回來拿山貓皮囊。」

我抬起頭來，環顧四周。北方和西方有很多地方可供皮囊行者躲藏，臺地上有各式各樣小洞、許多溶蝕山洞之類的地方。如果法蘭克・起司奇里知道它們藏身何處，我敢說他一定會告訴我的。見鬼了，如果凱歐帝知道它們在哪裡，他根本不須要騙我來幹這件事情。所以現在我們有兩個選擇：我們可以把一整天都用來搜索它們，很有可能徒勞無功，不然我們也可以回泥草屋，換個不同的方法來解決這個問題。

「可惡，它們比我想的還要狡猾，歐伯隆。我希望我的死敵笨一點。」

「這裡的事情結束了嗎？我可以標記地盤了嗎？」

「當然。事實上，爲了好玩，我想我要和你一起標。我好像已經很久沒做任何幼稚行爲了。」歐伯隆跟我跑來跑去，在灌木叢、大圓石、還有那根標槍上撒尿。

關妮兒皺起鼻頭看著我們。「超經典，老師。」

歐伯隆和我朝她發出嚓嚓嚓的笑聲。

第十章

B計畫是要把黃金移動到山下，然後離開，好讓皮囊行者來追我——飢荒刃詛咒的解藥——不去騷擾納瓦霍人。問題在於，等我回到預定地，提出這個計畫時，科羅拉多不願意合作。

//不情願/爭議/討厭礦坑//它告訴我。好吧，這也不能怪它。但我必須讓它同意，一方面爲了履行我對凱歐帝的承諾，一方面也爲了讓我可以好好應付皮囊行者。

//必要/急迫//我回應。

//問題：為何必要？//

我花了一段時間解釋凱歐帝的太陽能和風力發電比目前的煤炭礦坑好很多的原因。對科羅拉多而言，礦坑就是一個浪費水的大洞，肯定會摧毀所有附近生物的棲息地。但它同意利用乾淨能量來產生電力比用煤炭要好——就算政府試圖稱之爲「乾淨煤炭」也一樣；如果有「乾淨煤炭」這種東西的話，肯定是歐威爾主義【註一】的矛盾修辭【註二】。儘管如此，它還是斷然拒絕在煤礦場持續運作的情況下提供稀有金屬礦場。

註一：歐威爾主義（Orwellian）指政府利用宣傳、誤報、否認事實、操縱歷史等手段進行社會控制。

註二：矛盾修辭（Oxymoron）是一種修辭手法，利用兩種不相合，甚至截然相反的詞語來形容某事物。

／／問題：煤礦結束，金礦開始？／／我問。

／／對／煤礦必須永遠關閉／／

／／同意／和諧／／我說。

／／和諧／／科羅拉多做了個心靈點頭。

和科羅拉多談完後，工人已經開始吃午飯。抬走達倫的屍體後，他們就一直在努力搭建屋頂，蘇菲・貝舒則與勘查人員待在屋內，安排著凱歐帝的計畫。凱歐帝本人尚未現身。關妮兒在學她的拉丁文，歐伯隆找到了個有興趣和他玩拔河的傢伙。他是班・奇歐尼，如今晉升爲工頭。

「嘿，阿提克斯，你有在看嗎？」他問。

「有。你最好讓他贏，歐伯隆。如果你拉倒他，他會在工人面前丟臉。」

「喔。幸好你先說了，因爲我正要把他拉倒，然後去上他的腳，宣告他是我的母狗。」

「對他好一點，你就可以贏回一根香腸。負十四根。」

「好！反正這也很好玩。他在對我低吼。搞不好他能成爲一條好狗。」

我找關妮兒過來聊聊，要她載我回黑臺地一趟。「科羅拉多強迫我搞『活動扳手幫』那一套，然後才願意把黃金移動到這裡來。」

「活動扳手幫是什麼？」

「妳沒讀過愛德華・艾比【註】的作品？」

關妮兒聳肩。「沒。」

「好吧，現在那叫生態恐怖主義，而我承認如果妳有炸爛東西，就能算很恐怖。但我並沒有要那麼做。我會用完全安全的方式破壞他們的機器，能夠有效率地迫使他們停工，除非把所有器具通通換新，不然無法再度開工。」

「你做得到這種事？」

「當然。他們無法阻止我。我只須溜進去，解除機器上鋼鐵的羈絆，或是把活塞羈絆在汽缸的殼上；這樣就能把它們變成大型廢鐵，完全沒有機會修復。」

「這個嘛，你怎麼不多幹一點這種事？那樣不就是在保護地球嗎？」

「我可以將一生致力在這件事情上，不停轉移，但還是沒有辦法阻止他們。我一天可以解決一、兩座大型礦場。這表示在不休假、也不在同一個地方停留兩個晚上的情況下，我一年可以解決七百三十座礦場。妳知道光是這個國家裡就有多少座礦場嗎？上萬座。我每關閉一座礦場，就會有另外一座在別處出現。就連我關閉的礦場也會在一段時間過後重新開張。而這樣做也表示我沒時間處理開發、水壩、過度漁獵、石油外洩，以及爲了讓里約的某個胖子有牛排可吃而剷除處女雨林，變更成牧牛場等等。我絕對不可能跟得上生態破壞的速度。」

註：愛德華・艾比（Edward Abbey, 1927–1989），美國作家與散文家，以擁護環境議題、批評公有土地政策與無政府主義觀點聞名。代表作爲《猴子活動扳手幫》（*The Monkey Wrench Gang*），書中主張採取破壞手段來對抗美國西南部的生態破壞行爲。

關妮兒將一綹髮絲撩到耳後，嘆氣道：「這麼講真令人沮喪。」

「往好處想，凱歐帝打算在這裡做的事情算是往正確方向跨出一步。他說得對，你要有大量資本才能建造新的能源基礎建設。在同一個區域產生大量電能的問題就在無法有效地將電力傳輸到這個國家的其他地方，而短期內政府絕不會出面採取正確的處置。」

「我一直想要問你這個，老師。」

「問什麼？」

「我們怎麼知道凱歐帝會把黃金用在他宣稱的用途上？萬一這只是用來致富和耍你的計謀呢，在圖巴講的話全部都是謊言怎麼辦？他知道你的身分，也知道如何利用你。你爲什麼如此毫無保留地相信他的說詞？」

我指向山丘下。「他們肯定有在那裡投資開發。」

「沒錯，但搞不好是在開發賭場，也可能是凱歐帝要他們裝模作樣給我們看。」

「好吧，」我同意。「這點有待調查。凱歐帝當然值得懷疑。我會叫歐伯隆監視他們，因爲人會對狗說各式各樣的瘋話。」我切換成心靈溝通模式，對還在和班・奇歐尼玩拔河的獵狼犬說：「嘿，抱抱南瓜。」

「很好笑，阿提克斯。」

「嘿！關妮兒和我要離開一會兒。我要你今天下午跟在蘇菲・貝舒後面，晚點把她講過的話通通回報給我。特別注意與這裡工程有關的話題。我要知道他們在建什麼。」

「我們不是已經知道了嗎？我以爲是在建造用來建造其他東西的建築，太陽能什麼的。」

「我們要用裁減核武的態度面對此事。信任，但是要核對。」

「我不知道，阿提克斯。她會一直拍我，說我有多好多好。聽起來對我這種體格的狗來講是很困難的任務。」

「隨便啦，你這個長不大的傢伙。負十三根香腸。」

「十二！」

「十三，如果你的回報讓我滿意，或許可以多減一根。」

「說定了！交給我！」

歐伯隆突然放開繩索，班・奇歐尼繩子突然鬆開時向後跌出幾步。「哇！」他說，看著歐伯隆步伐雀躍地跑下山丘。

「來吧，」我對關妮兒說：「我們走。」我在前往黑臺地礦場時把計畫跟她說了。那礦場位於凱楊塔南方二十哩外。她在高速公路旁的加油站放下我；我隱形，然後直接跑去礦場。她五點過來接我。如果我到五點半都還沒出現，她就去凱楊塔找間旅館過夜，我則明天早上在泥草屋和她會合。

我把莫魯塔留在她車上，因爲致命的妖精魔劍在破壞大型機械方面不是很有用處。我沿著支線道路獨自慢跑，路上有兩輛卡車超過我，然後就沒了。現在是一個輪班的中間時段；他們一週六天，日以繼夜地工作，將煤礦運送到佩吉的一座發電廠，產生本州一大部分地區所需的電力。由於當天是禮拜六，我等於是在他們休假前進行破壞。

礦區的地形與建物比我想像中複雜一點。首先映入眼簾的是大門附近一塊停滿卡車和有各式條紋的黃色機器的區域。大門開著，我神不知鬼不覺地溜了進去，開始注意停車場裡所有車輛。要解除羈絆，我必須看見目標才行，而且也不像啓動符咒那麼簡單。在車頭蓋或引擎蓋打開的情況下，我要兩分鐘才能達到目的。

輪到正在運作的機器時，就得要耍點計謀。我拿一根撿來的鐵撬用力敲打引擎蓋，驚慌的操作員就會關閉震動地面的巨獸或傳輸帶，在情況惡化前過來查看。他們會主動離開操作台，幫我打開引擎箱，我就會解除活塞的羈絆，然後重新羈絆，在他們一頭霧水盯著機械時，把活塞與汽缸本體融合在一起。等他們滿意了，回到工作站或駕駛艙，再度啓動機器，他們就會看到顯示引擎損壞的小紅燈。他們會做更多檢查，我則前往下一個目標。

我還沒全部弄完，他們就已經關掉所有機器，藉以因應造成所有引擎故障的機械問題。因爲他們要考慮這些機器沒有把煤礦運出地面的時間所造成的損失，工頭們都快瘋了。他們要一段時間才能搞清楚問題在哪裡；得打開引擎外殼才會發現他們的活塞都與汽缸永遠合而爲一了。

這裡還有一座洗煤廠，我也跑去大肆破壞，雖然這樣不是很有必要；在缺乏穩定煤礦供應的情況下，洗煤廠一天之內就會自動停工。

我露出滿意的笑容。不管公關部說得如何天花亂墜，露天採礦就是不對，對它進行活動扳手行動感覺很好。沒有人受傷，更沒有人死亡，不過我還是讓整座礦場停工。不幸的是，我也弄到忘了時間。完工時，太陽已經落入地平面下，這表示我已經錯過了和關妮兒會合的時間，得步行走回凱楊塔。我可以化身貓頭鷹飛過去，不過那就表示我得先偷一套衣服才能見人，而幹這種事總是讓我覺得有點下賤。（相形之下，導致煤礦廠損失數百萬元的收益和重新購置裝備讓我覺得很爽。）科羅拉多會提供我奔跑所需的能量，不過我還是得在路上奔跑兩個小時。

儘管直線前進可以縮短跑回凱楊塔的距離，不過可能會遇上不變形就無法穿越的地形，而我不確定附近的地勢。我選擇沿著道路跑。安全抵達高速公路，遠離礦場的地盤後，我考慮解除僞裝羈絆，因爲坦白說，僞裝只是在吸取不必要的能量。天已經黑了，我沒穿會反光的衣服，也沒有人會注意或是在乎沿著路肩奔跑的白人。但是偏執妄想讓我保持僞裝。附近有兩個身負飢荒刃詛咒的皮囊行者，而在把我吃掉之前，它們會一直飢腸轆轆。

儘管一個皮囊行者或許身受重傷，沒有能力狩獵好吃的德魯伊；不過我發現另外一個卻有辦法跟蹤我，完全不把僞裝羈絆放在眼裡。我完全沒有料到它會這麼出其不意地發動攻擊。我在前方的鐵絲網籬笆下看見一點動靜，但在我確認那是跳囊鼠、走鵑還是什麼東西前，山貓已經撲倒我，利齒咬向我的喉嚨。在我有機會徒勞無功地要求對方離開我身上前，它已經咬下我的氣管和一側喉嚨，導致我體內的空氣和鮮血灑入冰冷的空氣。我無力地揚起手臂，防止進一步攻擊，不過它已經在貪婪地咀嚼著嘴裡的血肉。既然僞裝顯然毫無用處，我解除羈絆，啓動醫療符咒，專注重建我的氣管，但我懷疑這樣做有任何用處。皮囊行者會在我有能力施展任何防禦魔法前殺死我。眞希望我沒把莫魯塔留在關妮兒車裡。

在我結束這個想法，山貓也吞下我可憐的喉嚨時，它的毛皮彷彿開始冒泡，如同《神鬼傳奇》

裡的聖甲蟲在它皮膚底下跑來跑去一樣。它死氣沉沉的雙眼——有趣的是，不是人類形態時橘眼——凝視著我，考慮著下一口該咬在哪裡時，某樣東西重重擊中它的身體，導致它自我頭上翻身而過。接著我聽見槍聲。第二槍令皮囊行者放聲嚎叫，拔腿就跑，而我一點也不在乎放它逃走。它只要再咬一口就可能結束我漫長的一生，搞不好剛剛那一口就可以置我於死地了。

我吸收大地的能量，拚命想要重建氣管並止血，同時思索著爲什麼莫利根沒有來警告我。我想到這次攻擊我的對手披著動物外皮，對她而言可能根本算不上是戰鬥，所以不歸她管。我得靠自己了——或許還有剛剛那個使用狙擊槍的人。從槍聲延遲的情況判斷，這個人距離此地甚遠。不過想要射出那一槍就表示他們必須跟蹤我——究竟是誰？

疲倦。好疲倦……我的思緒模糊，腦袋在缺血、缺氧的情況下奮力掙扎。但是由於啓動治療符咒，此刻我的身體已經開始自動重建，羈絆法術透過優先秩序執行，首先修復循環和呼吸系統，接下來是神經，然後才輪到其他系統。重建肌肉組織向來都是留到最後，也是耗時最久的手續。氣管癒合時，我吸入一大口灼燒的空氣，要是再晚個幾秒肯定就會失去意識。氣管壁很薄、很脆弱，不過足以供我在接合頸動脈和靜脈時保持呼吸。這是當務之急，我所有力量通通投入在修復循環系統，好讓我能夠清楚又迅速地思考。我知道自己失去意識了幾秒到幾分鐘之間，因爲前一秒鐘我的眼前還沒有靴子，後一秒我就在完全沒有聽見腳步聲的情況下看見那雙靴子。我頭上傳來語氣冰冷而又不屑的聲音，手電筒的光線照入眼中。

「皮囊行者想要把你做成人肉三明治，而你竟然還一個人在黑暗中奔跑，連把手裡劍什麼的都沒帶？你肯定是我見過最笨的白人，而我見過很多笨白人。」凱歐帝住口片刻，朝路肩吐口口水，靴子如同砂紙般在碎石地上摩擦。「儘管如此，我之前一直沒辦法讓皮囊行者靜止不動到足以中槍，所以我想我該恭喜你聞起來如此美味可口，嘿嘿。」

由於沒了聲帶，我沒辦法反唇相譏，甚至無法抬頭對他吐舌頭，因爲我的脖子無法移動。凱歐帝知道這一點，決定落井下石。

「老兄，它沒在你身上抹番茄醬，就這麼生呑活剝，沒有搭配薯條或是餐後甜點。」

凱歐帝再度移動靴子，指向高速公路的東北方。「嘿，德魯伊先生，我知道你的狗體型很大，不過有頭卡車大小、目露紅光的獵狼犬正朝我們而來。牠的肩膀有六呎高，騙你的話我是好色蟾蜍。皮囊行者不可能弄得到這種狗皮囊。有想法嗎？是敵是友？」

我看不見他在講的東西，當然。但如果不是皮囊行者，肯定就是赫爾派來的東西，而赫爾唯一認識的獵犬就是……地下諸神呀！我在凱歐帝靴子旁的地上潦草地寫下：加爾姆。快跑！

「跑？我不能開槍射牠嗎？」

我不斷用手指在「跑」這個字上畫圈，直到他了解情況有多緊急。我聽見步槍跟手電筒在我身後落地的聲音，凱歐帝嘟囔一聲，抬起我來，像消防隊員般把我扛在肩膀上。

「結果你變成我屁股上的大麻煩，德魯伊先生。」撞在他背上的力道導致我噴出大量空氣，撕裂脆弱的氣管，造成喉嚨到腦袋間的強烈刺痛。凱歐帝哈哈大笑。「看來我是你喉嚨上的大麻煩，嗯？」

第十一章

凱歐帝跨出四步，然後將我們轉移到截然不同的環境。我們不光是從冬天的貧瘠高原轉移到春季的蒼翠河岸，就連黑夜都變成了白天。肥大的大黃蜂懶洋洋地在花叢中授粉，河流則在裸露於河面上的岩石間引吭高歌。鳥兒對我們唱著夜曲，風兒輕輕嘆出寧靜與豐饒。凱歐帝回答了我想問的問題。

「我們在第三世界，或所謂的黃世界，白殼女【註】住處附近的大雄河畔。」他以遠比抬起我時輕柔的力道把我放在平坦的沙岸上。「應該很適合你躲藏治療一段時間。」

我想搖頭，但當然辦不到。我沒辦法支撐我的頸部。流經此地的力量十分強大；這個世界與大地緊密結合，如果時間充裕，我很樂意待在這裡療傷。但這裡並不安全。面對加爾姆，沒有安全的地方。牠和赫爾不同，不受世界之樹九大國度限制。我憑靠一手的手肘支撐，在河岸的沙地上再度寫下潦草的字句：

加爾姆能空間轉移。

註：白殼女（White Shell Woman）出現在一些北美原住民創世神話的故事裡，像是祖尼、納瓦霍部落。在納瓦霍版神話中，她是改變女神的姊妹，也是水的妻子。

凱歐帝看完聳肩。「就算牠能又怎麼樣？牠又不知道我們在哪裡。」

我皺起眉頭，急迫地寫道：牠會追蹤！

「噢，可——」凱歐帝不屑的語氣讓一下史詩級的重物落水聲和驚訝的吼叫聲打斷。大量河水被落水的龐然大物濺入天際。

「天殺狗娘養的，德魯伊先生！」

靠著手肘的支撐，我終於看清楚了這頭追殺我們的怪物。赫爾養的小狗狗加爾姆：強壯結實的身體上滿布黑色毛髮，嘴唇上翻，露出沾滿口水的牙齒和紅到令人不安的牙齦。牠的雙眼如同發光的蛋黃，綻放出能讓你腎臟畏縮的史考特・法克斯【註】般的猛烈目光。牠自僅有三呎深的河床中起身，然後抖動身體，弄濕兩旁河岸，讓身上的毛如同釘子般豎起。凱歐帝又把我扛回肩上，我考慮要用雙手扶住腦袋，自己下來跑，但由於失血過多，我虛弱到沒辦法這麼做。加爾姆發現我們，發出一下低沉、震動四周的狗叫聲，讓我覺得這個聲音或許就是「重低音」的起源。牠朝我們撲來，河水阻礙了牠的衝勢，凱歐帝趁機跨出四步，在加爾姆拉近距離前空間轉移。

我們抵達一個地面與天空一樣藍的地方。一群藍雉被突然出現的我們嚇了一跳，衝出藍色草地，拉出一堆藍屎。

「這裡是藍世界。」凱歐帝為我釋疑，不過這次他繼續逃離我們轉移抵達的位置，我則在他背上撞來撞去時努力讓腦袋不要掉下來，並將體液維持在我體內。「牠很快就會追來，所以我們必須盡快想想辦法。拍一下表示『不』，拍兩下表示『是』，好不好？」

我拍他屁股兩下。

「你知道要怎麼殺掉他嗎？」不。「這是那個體型巨大的恐怖婊子那把飢荒刃幹的嗎？牠會持續追殺你，直到把你吃掉爲止？」是。「她說飢荒刃追蹤的是體味，對吧？」是。「你改變成動物形態後，體味還會一樣嗎？」不。我以爲他要建議我變成動物，然後保持那種形態，這樣做算是一時之間的權宜之計，不過他的計畫不只如此。「那如果我再度假扮成你，一路假扮到氣味層面，而你就變形爲動物，然後我跑回白世界去，讓他以爲我是你怎麼樣？」

這個計畫太聰明，也太……勇敢了。意想不到。我很想稱讚他，但我只能拍他兩下作爲表示。

「你傷成這樣還能變形嗎？」

可以，不過可能會再度撕裂我脆弱的肌肉。我失血過多，不能繼續失血下去。我需要此刻所欠缺的時間。不過如果不嘗試看看，我們就沒機會甩開加爾姆。我拍他表示可以，而在我這麼做的同時，赫爾的濕淋淋超餓地獄犬出現在我們身後約五十碼外。牠對我們發出勝利叫聲，令我們打從骨骼裡戰慄起來。我認爲我們大概還有三秒鐘。

「那好吧。」凱歐帝說：「趁我沒有時間多想前動手。」他把我們轉移回黃世界，位於之前抵達

註：史考特・法克斯（Scut Farkus），電影《聖誕故事》（*A Christmas Story*）裡欺負主角——九歲的拉爾夫的惡棍小鬼，擔任旁白的成年拉爾夫形容他：「史考特・法克斯用他的黃色目光震懾我們。」

後又逃離處上游一點的地方。凱歐帝把我放在河岸，然後握著我的手臂。

「你在這附近躲起來，我明天回來找你。」他一邊說一邊仿製我的外形。我們不到一個禮拜前還用過這招愚弄雷神和北歐諸神；他能無視我的寒鐵靈氣複製我的特徵，可能是因爲這個魔法的目標是他自己，而他是利用皮膚接觸施法。變形從他的手掌開始，隨即向上移動，棕色皮膚轉爲蒼白，衣服也變成和我一樣。他的脖子無力，垂在一旁，出現同樣的傷口，看著自己傷得如此嚴重讓我有點不安。就好的方面來看，凱歐帝已經不能講話了。複製完成後，他放開我的手臂，對我豎起大拇指，然後轉動手指，表示我應該開始變形。我啓動項鍊上把我羈絆在水獺形體中的符咒，希望縮小形體能夠維持修復好的血管和氣管。這做法有效，而我感覺像是針灸課初級班的犧牲者，整個右側身體刺痛不已。我受困於襯衫，鑽出領口，虛弱無力地爬向河流，凱歐帝則搖晃起身，赤腳踏地，開始遠離河岸。他是在盡可能留下清晰可辨的足跡，釋放我的氣味，讓加爾姆在終於現身後立刻追蹤氣味、離開河岸。

大雄河的水流很急，我過河時很可能會被沖往下流一段距離，不過由於加爾姆很快就會出現在我身後，那也未必算壞事。我比較在意能成功渡河。儘管現在傷口已經隨著變形爲水獺而縮小，我頸部的傷口尚未癒合，在身體虛弱的情況下將傷口泡在水裡渡河絕不是我這輩子聽過最棒的計畫。如果陷入昏迷，我就會溺死；但如果不渡河，加爾姆就可能在平空出現時把我當成小糖果呑掉。

我深入冰冷的河水，結果發現我必須躺著渡河，不然我就沒辦法將頭保持在水面上。我還沒有渡過四分之一的河面，加爾姆就已落入淺灘，出現在我片刻前還待著的地方。牠環顧四周，那雙黃眼毫不停留地掃過我的身體，因爲此刻牠一心只想尋找某個特定的人類。發現附近沒有這種東西之後，牠壓低鼻頭，在河岸上搜尋我的氣味。牠先注意到我的衣服，接著在河岸上聞了一會兒，這個動作令我困惑，因爲我只有在變成水獺之後才有到過那裡。接著我想到我的項鍊帶有我的氣味，而我還戴著它。加爾姆抬起頭來，再度打量河面。這次牠看見我了，而牠張口吼叫，和我手掌一樣大的牙齒上下咬合。我繼續游泳，不停搖晃尾巴，拉開我們的距離，但是我非常清楚如果牠決定下水追我，我絕對沒有可能游得過牠。我屏住呼吸，滿臉恐懼地望向牠。要不是我搞亂命運的話，這條狗就是會在諸神黃昏裡跟提爾作戰的傢伙。如今提爾被凱歐帝砍死了，還有誰能阻止牠？肯定不是大雄河裡一隻受傷的水獺。

我快游到北岸時，牠再度壓低鼻頭去聞河岸。牠或許渴望我的氣味，但想要的可不是這種小點心；我與牠的目標大小和形狀都不一樣。我懷疑凱歐帝的模仿能力究竟有多強；模仿氣味可是非常微妙的化學課題，儘管他宣稱有辦法，並不表示他眞的辦得到。加爾姆轉身，順著我的水獺足跡走回去，在凱歐帝剛剛待過的地方聞到更強烈的氣味時叫了一聲，接著朝凱歐帝離開的方向奔去。牠消失在我視線裡，跟著我聽見了一聲狗叫，然後就只剩下水流聲、鳥叫聲、還有風吹落葉的低語聲。

鬆了口氣的感覺如同河水般席捲我全身。我獨自身處黃世界裡。

和藍世界不同，黃世界並非只有單一色調。此地環境讓人聯想到科羅拉多西南方或新墨西哥北部較爲蒼翠的地區——除了那些鳥外；這裡的鳥異常活躍。松鴨、啄木鳥、蜂鳥振翅飛舞，吱吱喳喳地出聲挑釁、耀武揚威，守護牠們的領土，從其他鳥兒的領土上偷抓小蟲。牠們的行爲讓我有股是在透過原始的感知產生預言的感覺。我沒過多久就看出了一個預知圖案；儘管我不喜歡將鳥獸透露出的徵兆當作預言，這些徵兆偶爾也會如同當頭棒喝般直接打在你臉上——也就是說，不加理會的後果請自行承擔。或許是我虛弱的狀態讓我注意到眼前的徵兆；也可能是因為這則預知徵兆基本上已經是在對我大吼大叫。

我看見的是背叛的徵兆。如果相信這些鳥的徵兆，我將會遭人背叛，很快——通常我都不會相信這些令人頭暈的小混蛋，特別是住在一個騙徒神經常造訪的世界的鳥。

儘管如此，這則徵兆令我不安。除了凱歐帝外，還有誰能在這裡背叛我？這完全沒有道理；如果他打算背叛我，只要讓皮囊行者吃掉我就好了。或是逃之夭夭，把我留給加爾姆。但或許此刻，當加爾姆對著他的脖子吹氣時，他開始遲疑了？如果他把加爾姆引回這裡，我就必須變成貓頭鷹，然後試圖飛走；其他形體都沒有機會逃離牠的追殺。

還有誰？或許是莫利根，之前殷勤介入我的事，如今又在我這輩子最接近死亡的時刻音訊全無？在這種情況下，要解決我並不困難。

絕不可能是關妮兒和歐伯隆；他們對我忠心不二。難道是曙光三女神女巫團打算違反互不侵犯協議？如果她們正忙著搬回波蘭的話，那也很沒道理。

我的結論就是此刻瞎猜不會有任何結果。我應該專心自我療傷，不要去想其他問題。我躲到一處黑莓叢下，以只有水獺做得出來的姿勢蜷成一團。我嘆了口氣，陷入沉睡，讓身體自我醫療。

第十二章

半夜醒來時，我的脖子上出現大塊疤痕，其下肌肉已經開始重組。我的呼吸和循環系統都已經完全恢復。我認爲接下來的重點應該是聲帶。現在這種情況，脖子上的肌肉救不了我的命，但是大聲呼救或許派得上用場。我在黑暗中傾聽片刻，確認沒有任何危險。我考慮要不要變回人類形態，不過由於無法確認加爾姆——還有驅使牠的赫爾——已經肯定我已死亡，所以決定先別這麼做。如果變回人類形體，而飢荒刃的詛咒尚未解除，加爾姆或許會再度跨越世界來找我。

我盡可能在不發出聲音的情況下緩慢移動，爬到河邊，平息口渴。我也很餓，不過我怕此時狩獵會撕裂傷口——而且除非必要，我也不想在這個世界裡宣告自己的存在。無事可做，我回到之前那黑莓叢下的藏身處，繼續自療睡眠。

第二天早上，凱歐帝在河的對岸吵醒我。

「嘿，德魯伊先生！你在哪裡？德魯伊先生？」我從黑莓叢下探出我的水獺頭，找尋他的身影。我腦中偏執妄想的聲音——加上昨天的預知徵兆——告訴我他或許不是孤身前來。

凱歐帝站在他上次看到我時的河岸上。他又變回他原本的模樣，穿戴著藍牛仔褲和靴子，還有白色無袖T恤、大銀皮帶釦，以及露出柔順黑髮的黑牛仔帽。我觀察他和附近的樹叢，確認有沒有任何動靜。他一直叫我都沒有得到回應讓他變得有點不耐煩。

「別讓我去獵捕你！我現在沒那個心情！」他大叫。我決定應該要冒險露臉，於是測試我的聲帶，發出尖銳的水獺叫聲；聽起來有點沙啞，不過音量夠大。凱歐帝轉頭面對發聲處，看見我走入河岸。「喔，你在那裡呀。眞是夠久了。」

我在河岸停步，再度朝他叫了一聲。如今我身處開闊地，如果他計劃這麼做的話，可以對任何躲在附近的敵人指出我的位置。不過他就這麼站在原地，雙手扠腰，饒富興味地看著我的舉動。

「我不會說水獺語，你這個笨蛋。你在等什麼？過來這裡，我們回保留區去。除非我眞的是在跟水獺說話，那樣的話，我就成了笨蛋，而你就可以繼續待在那裡。」

既然他聽不懂我在說什麼，我就開開心心地建議他去拿刺蝟當球拋，然後滑入河面。這回我可以把頭保持在水面上，不過痛得像被托爾克馬達【註】特殊刑求一樣。

當我濕淋淋地上岸時，凱歐帝蹲下來，以我從未聽他發出過的怨恨語調開口。「猜猜看我有多喜歡被天殺的大狗吃掉，德魯伊先生。」他說：「在嘴裡咬完了再吞，牠直接嚥下我整個腦袋，導致我一直到沉入胃酸裡後才終於死去。整個恐怖過程我記得一清二楚。而那之前我還被一群雷神砍成肉醬。我已經為你死過兩次了，而兩次都是最淒慘的死法。你最好值得我如此付出。」

這話沒辦法用水獺語來回應，於是我把自己羈絆回人類形態，在少數肌肉於變形過程中撕裂造成疼痛時倒抽一口涼氣。我的聲帶沒斷，不過只是勉強撐著。

「謝謝你。」我嘶啞地說，躺在河岸上，冰冷冷地，一絲不掛。「抱歉麻煩你了。」

「噢，先別謝我。」凱歐帝說，嘴角浮現古怪的笑容。「我要直接帶你回去找那些皮囊行者。它們大概還是很想吃德魯伊。如果不是，也還是很不爽我們入侵它們的領土。不管怎麼樣，我們都得解決它們。」他停頓片刻，想了想其他事情，然後笑了兩聲，說道：「而且你的獵狼犬和女人會爲了你讓他們擔心而殺了你。」

「她不是我的女人。」我說，這大概不是最聰明的回應。

凱歐帝嘲弄式地哼了一聲。「是呀，隨你怎麼說。」

「她是我的學徒。」我提醒他。不知道爲什麼，這句話讓我腦中浮現李夫的身影，迫切地想要展開一場莎士比亞引言比賽，而我還能聽見他說：「這個德魯伊眞的很愛唱反調，我想。」

凱歐帝搖頭。「我不在乎，德魯伊先生。你現在能走嗎？」

我試著雙掌抵地，奮力撐起，結果發現抬不起頭來，也不能忍受這個動作造成的劇痛。移動肩膀和背部的肌肉會影響脖子——收到。我可以阻斷痛覺，但疼痛存在事出有因。我嘗試只用左手撐起自己，因爲左手位於傷口另外一側，但這樣還是不行。不管如何移動肩膀都會牽動那些撕裂的肌肉。

「等等。我先試試其他辦法。」我輕輕翻身平躺，然後舉起左手。「拉我起來。輕一點。」

凱歐帝緊握我的手掌，然後開始拉。這一次的痛比較類似嗚咽而非慘叫。我盡量放鬆肩膀，站起身來之後似乎就沒有那麼痛了。我只需要有人撐一把就好。

註：托爾克馬達（Tomás de Torquemada, 1420–1498），十五世紀西班牙天主教主教，西班牙宗教裁判所首任大法官；視猶太教信徒或猶太教改宗者爲異端，他所屬的宗教組織拘禁、拷打和燒死的受害者人數龐大，手段非常殘酷。

「可以嗎？」凱歐帝問。

「可以。我動作不能太快，不過還是能像殭屍一樣垂著腦袋走路。」

「很好。我開了輛卡車在第四世界等著。」

「有帶衣服嗎？」

「沒有。你的衣服在那裡。」凱歐帝指向河岸上的牛仔褲和襯衫，就是被加爾姆聞過又踩過的那些。

「又濕又髒。」

「那就裸體回去，德魯伊先生，我無所謂。」

擠進我的牛仔褲對我們兩個來說都是耐性的考驗。又濕又冷的牛仔褲在任何情況下都很難穿，不過當你必須盡量維持頭部不動的時候又特別困難。我沒去管襯衫。

當我打手勢讓凱歐帝知道我準備好了時，他說：「好，手搭上我的肩膀，跟我來。」我照做。我們前進四步，回到皮囊行者咬掉我喉嚨地點附近的路旁。一輛藍色福特半噸小卡車停在那裡，顯然是偷來的。凱歐帝想要立刻上車開回營地，但我堅持要先處理染上我的血跡後乾掉的土地。我利用一點魔力挖鬆那裡的地面，把血完全埋入地底，和泥土混在一起，防止日後有人拿這些血來對付我。

「你想皮囊行者有可能趁我們不在的時候跑回來拿走我的血嗎？」我問。

「不會。」凱歐帝說：「它被我傷得很重。它們兩個都在躺著療傷。兩天之內大概不會看見它們的蹤影。或許到時候你的傷也已經好了。」

或許。要在盡量挺直腦袋的情況下上卡車並不容易，不過我只引發兩陣劇痛就搞定了。

凱歐帝搖下車窗開車，還把頭伸出窗外吹風。「那麼，黃金什麼時候會就位，德魯伊先生？」

「煤礦封閉之後。」我啞著嗓子說：「元素要煤礦永久封閉。到時你會有很多土人可以雇用。」

「如果煤礦場重新開張，金礦就會封閉，是這樣嗎？」

「對。」我說。我認爲單音節的字很棒，特別是在我無法點頭時。

「這表示你必須待在這裡的時間比預期更久。」

「對。」

凱歐帝嘟囔一聲，不過在抵達營地前都沒再說什麼。關妮兒和歐伯隆衝向卡車。打開車門前，凱歐帝熄火說道：「順便一提，德魯伊先生。你錯過了一天。現在是禮拜一早上。」

我已經失蹤兩夜了？他們一定會殺了我。

「阿提克斯！你上哪兒去了？」

歐伯隆在我慢慢下車時以非常危險的速度衝上來。「慢一點，別跳到我身上，好嗎？我受傷了。」

「哪裡？」

「脖子。皮膚底下；你看不到。我會向關妮兒解釋，你會聽到事情始末的。」

關妮兒快步上前的同時，臉上的表情不斷在寬慰、擔憂，和打定主意要我付出代價之間反覆改變。我舉起雙手，以免她想要摟上我的脖子抱我——或是想要掐著我的脖子，讓我窒息。

「你上哪去了？」她大聲問道，在數步之外停下腳步，雙手交抱胸前。

「抱歉讓妳擔心。」我立刻說道：「不過我很快就會沒事的。」

她目光下垂，看向我又濕又髒的牛仔褲和赤裸的上半身。

「你怎麼了？」

「有人佔我便宜。」

關妮兒不確定地看向凱歐帝。

「嘿，別那樣看我，」凱歐帝說：「據我所知，他還是櫻桃【註】。」

我在關妮兒採取任何反應，或歐伯隆問我這句話的意思前開始詳細解釋事情始末。「我在從礦場回來的路上遭到皮囊行者偷襲，然後我們又被赫爾的地獄犬加爾姆追殺。」

關妮兒下巴掉下來。「你們怎麼逃脫的？」

「我沒能逃脫。是凱歐帝救了我。」

「呃，你說什麼，德魯伊先生？」凱歐帝問，一手放在耳旁作傾聽貌。「我沒聽清楚。」

「有，你有聽清楚。」我不想在凱歐帝旁邊提起我與死亡擦身而過的經驗，於是指向關妮兒的車。

「我們進城一趟。」我告訴她。「我們有事情要辦，還要買衣服。我會把一切都告訴妳。」

「嘿，你們什麼時候回來？」凱歐帝問。

「天黑前，別擔心。」我說。

進城途中，我跟關妮兒和歐伯隆說起我差點死掉，要不是凱歐帝出手，我肯定已經被皮囊行者和加爾姆生吞活剝了。他救了我兩次，也為我死了兩次。

「這人情欠得大了。」我說：「可惡。」

「好吧，這解釋了泥草屋昨晚風平浪靜的原因。」關妮兒說：「一個皮囊行者肩頭被刺穿，另一個身中兩槍。它們得要躺平好一陣子。」

我輕聲發表不同的意見。「我認為不會躺太久了。它們也能加速治療，而如果飢荒刃的效果還在，它們就會不顧一切地要來找我。不過我希望事情不是這個樣子。祝福之道的情況如何？」

「幾乎已經完成了。今晚過後，泥草屋就徹底安全了。」

我們抵達凱楊塔外圍，歐伯隆看到城市建築就開始搖尾巴。「這個鎮上有肉商嗎？」

「我想應該有。」我說。關妮兒朝我看了一眼，隨即明白我是在和歐伯隆講；她已經習慣我沒來由地自言自語。

「去哪裡，老師？」她問。

「去大賣場。我要買點衣服，還要來個護頸。其實應該是說妳要去買。我想我穿成這樣，他們不會讓我進去。來雙涼鞋也不錯。」

「好。」我告訴她我的尺寸，她把歐伯隆和我留在停車場。

註：櫻桃（cherry），英文俗語中有處子的意思。

「我們接下來要上哪兒去？」歐伯隆問。

「早餐。高速公路上有家店叫『藍咖啡壺』。」

「我可以進去嗎？」歐伯隆問。他興奮地搖著尾巴，不停拍打後座。

「希望可以。我們給你隱形，然後你找個地方擠進去。」

「太棒了！我幾乎已經聞到那家店的味道了。空氣中瀰漫著濃濃的咖啡、奶油和香腸的味道。經歷過三天吃土和牛肉乾的日子後，我正需要來一頓這種早餐。」

「你也該洗個澡。」我對他說。

「難得我不介意洗澡，雖然我們幾天前才洗過。你已經想到好故事了嗎？」

「我或許可以想出個什麼故事來。」我回答道：「你現在有心情聽什麼樣的故事？」

「有忍者的故事！」

「那不好玩。忍者幾乎隨時都在隱形，如果沒隱形，他們就穿著黑色睡衣，然後什麼都不想談。要不要聽聽日本武士的故事？我可以和你說說某個武士的故事？」

「你認識眞正的武士？」

「認識。我曾在封建時期的日本待過兩年，之後就被安格斯・歐格趕走了。」

「你認識的那個武士有爲了微不足道的榮譽問題而遭遇淒慘的命運，拚命維持面無表情看著他的世界分崩離析？」

「肯定有。」

「很好，聽起來很酷！我等不及了！好吧，不對，我收回那句話。我可以等到早餐過後再說。你知道的，優先順序。但是，嘿，趁我還沒忘記，我有事情要回報。」

「眞的？回報什麼？」

「你要我以抱抱南瓜的身分混在蘇西身邊，查探她知道些什麼。這是我選擇接受的任務。」

「啊，是了。回報，抱抱南瓜。」

「祕密探員不太適合這個名字，是吧？喔，好啦。我發現她私底下對雷射非常著迷，想在所有東西上都裝備雷射。附近沒人的時候，她就會跟我說她想在卡車、屋頂、前門上裝設超大型雷射，用來解決傳教士或在她前院大便的流浪貓。她眞是個超酷的女士。她甚至告訴我說她喜歡丁骨牛排，而非紐約客牛排，這表示她是這顆星球上最好的人之一。」

「歐伯隆，你有查到和建築工地有關的事嗎？」

「好啦，我就要說到了！他們規劃了很大片工地，我不確定他們在做什麼。有一塊區域是要建造太陽能零件的工廠；還有一塊區域負責風力發電，還有一部分規劃爲火車站——這有道理嗎？」

「有，他們必須把產品運往其他地方。」

「好，另外她有一次還指向火車站對面的空地，說那是倉庫預定地，那後面就是變形金剛【註】。這是說柯博文要幫納瓦霍人達成能源獨立的目標嗎？」

註：變形金剛（Transformers），Transformer也是變壓器。

「不，她口中的變形金剛是會傳導電力的變壓器。不幸的是，都是不會動的建築。」

「喔。我就覺得酷到不像眞的。但是，總而言之，我表現得如何？這樣有贏回兩根香腸嗎？」

「有，你表現得很好。現在是負十二根香腸了。」

「太棒了！」

眞是太棒了。知道凱歐帝確實打算依照計畫行事讓我心安不少——或至少他計畫周詳到讓蘇菲和她手下的工人都相信他們要建造那些東西。

關妮兒帶著裝滿衣服和護頸的袋子回來。我先戴上護頸，立刻就舒緩了不少負擔。這樣能夠加快肌肉生長的速度。

「我不知道該買什麼上衣，不過我想應該不要買普通的T恤，因爲那得要從頭上套進去，給脖子增加壓力。所以我買了有釦子的襯衫。」她說著拿出一件巧克力棕色帶有淡褐色直條紋的襯衫。

「我還買了幾件小背心，因爲這種比較容易穿。」她拿出一包黑色跟灰色混合的內衣。我考慮兩種上衣，最後挑選內衣，因爲襯衫領子在護頸下看起來有點多餘，而且還會甩來甩去。穿內衣稍微冷一點，不過我撐得住。

「謝謝。」我說著接過內衣包裝還有其他衣服。「轉過身去，幫我站崗，好嗎？」

「你要在停車場裡直接換衣服？」

我對自己施展隱形羈絆。「當然，不會引發醜聞的公開場合裸露。」

「可惡。」她在我消失的同時搖頭道：「我等不及要耍那種把戲了。」

「只剩下十一年又九個月。」我在她轉身時逗她。我發現她沒有幫我買內褲；關妮兒要嘛就是不小心忘了，不然就是沒忘，但依然決定讓我不穿內褲。

我打開內衣包裝，慢慢拿件黑色小背心套上腦袋，然後塞到牛仔褲裡。雖然現在我打扮得很像凱歐帝，我認為他可以繼續戴他的牛仔帽，而我的特色就是渾身刺青。通常我不穿會露出刺青的上衣，因為刺青會吸引注意，有時候還會引人發問。「你去哪裡紋的？」是個很尷尬的問題，因為眞正的答案是公元前五十年左右在愛爾蘭紋的。

我穿上涼鞋，然後因為脖子還不能動，只能轉動身體查看附近環境。沒人在看，於是我解除隱形羈絆，說已經可以出發了。

關妮兒看我一眼，目光似乎不太純潔，不過只有淡淡說道：「好多了。」然後就繞到駕駛座。

禮拜一早上，藍咖啡壺人很多；我們要等候入座。我問帶位小姐生意是否向來如此，她搖頭：「煤礦場封閉了，所以很多工人都在享受一天的假期。」

「礦場封閉了？」我故作難以置信地問道：「為什麼？」

「報紙上有寫。」她說著朝向一個放滿旗杆市當地報紙《亞歷桑納太陽報》的架子點頭。我買了一份，看著頭條標題微笑。〈黑臺地煤礦場遭人破壞〉，頭條寫道。報導宣稱礦場只是暫時封閉，到新裝備進駐為止，最快幾天，最慢兩週，到時候會引進新的安全機制，防止這種事情再度發生。我並不把安全機制放在心上；我只要確保我是在光天化日之下混進去，有足夠時間離開就好了。為防萬一，或許我會帶劍。

不過這件事竟然隔了兩天才上報，讓我覺得很有趣。這表示礦場方面有花心力壓下這則新聞，而現在他們開始找人責怪。

第七版有關於我在圖巴市離奇死亡的後續報導。標題是：〈圖巴市離奇謀殺案令警方受挫〉。在我有機會仔細閱讀那篇報導前，有人買單了，於是我們被帶往窗口一張兩人座旁。一看到座位何在，我立刻說：「等我一下，我忘了東西在車上。」然後我就去帶歐伯隆過來。我對他施展僞裝法術，然後解釋空間會很窄。

「向來都很窄。有時候我眞希望自己沒有這麼大隻。你有沒有希望過我是條小狗？」

「沒有。人們喜歡跑來逗小狗，而我不喜歡被人打擾。當人們看到你的時候，他們比較會想要過個馬路。感覺就像是我牽了隻薩斯科奇【註】散步一樣。」

「牽薩斯科奇散步！我喜歡。」

「不客氣。事實上，那可以當成很棒的樂團團名。」

「也可以當作男性美容用品的廣告詞，比方說麝香肥皂、古龍水之類的東西。牽薩斯科奇散步：控制你的臭野獸。」

我幫歐伯隆開門，讓他進入餐廳。「小心別撞到人。桌子在右邊，靠窗。」

「沒問題。」

關妮兒在歐伯隆掠過她的腳、在桌子中間蜷曲而臥時嚇了一小跳，不過除此之外沒有露出任何腳趾上躺了隻大型愛爾蘭獵狼犬的跡象。我小心翼翼地坐下，把腳塞在椅子下，然後身體前傾。

我們點了咖啡、蛋，還有很多肉類副餐。趁著等待餐點的時候，我繼續翻報紙，大聲唸出關於我死亡的報導。

【圖巴市報導】

上週四於圖巴市沙漠區一處謀殺案現場發現的男子屍體令警方深感困惑。

現年三十一歲的阿提克斯‧歐蘇利文的屍體——

「三十一？」關妮兒插嘴問。

「這個嘛，一定是他們找到的駕照上寫的。根據駕照所示，發照時我二十一歲。」

「啊，好吧。」關妮兒理解地點頭。「繼續。」

現年三十一歲的阿提克斯‧歐蘇利文的屍體在一座水塔附近遭人肢解。根據現場研判，有八到十人出現在現場，很有可能與謀殺有關——其中一人赤腳。

死者朋友根據頭髮和刺青指認屍體身分。

註：薩斯科奇（Sasquatch），也被稱作大腳怪（Big Foot）或北美野人，是在北美太平洋西北沿岸、洛磯山脈被目擊的靈長類未知生物（UMA）；同時Sasquatch也是印第安部落傳說中的「毛茸茸巨人」。

「嗯。」我停頓片刻，抬起頭來。「不知道是誰指認我的。」

「上面沒說？」

「沒有。不過報導還沒完。看看這個。」

發生在保留區內的謀殺案歸FBI管轄。儘管本報無法找到負責此案的探員，坦佩警方卻提供了歐蘇利文近期內惹上的法律問題。

坦佩警局的凱爾·傑佛特警探表示：「歐蘇利文先生兩個月前曾遭坦佩警方開槍射擊，後來還出現在史考特谷薩梯大屠殺的案發現場。另外，他有一名員工於十一月猝死。」

「地下諸神呀，他竟然說得出這種話？講得好像是我殺了培里，然後死了活該一樣。」

「這個嘛，那次調查期間你並沒有給他留下好印象。」關妮兒指出這一點。

「我知道，但他也不能在我死後這樣抹黑我呀。」我說。

「你或許該小聲一點。」關妮兒小聲說道，雙眼若有深意地瞟向隔壁桌子。

「有道理。」爲了證明傑佛特眞的太過分了，我低聲對歐伯隆說：「歐伯隆，你有什麼想補充的嗎？」

「我想在帳單裡多加幾份培根。」

「連我們點的第一道菜都還沒上桌。」

「嘿，是你問的耶。」這表示他不會幫我證明什麼。

「報導還說什麼？」關妮兒就著咖啡杯緣問。窗外灑落的陽光在她頭髮上留下金色的光澤，讓她的綠眼明亮動人，臉頰上淡淡的雀斑散發一股難以言喻的魅力……

「阿提克斯？」

「嗯？」

「報導。」

「喔，是呀。」我舉高報紙，掩飾尷尬的表情。

「哈，她又抓到你偷看了，是不是？」

「噓。我要唸報紙。」

歐蘇利文是坦佩市第三隻眼書籍藥草店的老闆。蕾貝卡・丹恩目前擔任該店經理，得知雇主的死訊顯得十分震驚。

「上次見到他時，他說要去安提波德斯度假。」她說：「我不知道他怎麼會跑去圖巴市。」常客喬許華・高弗萊注意到過去幾個月裡歐蘇利文有些反常行爲。「十月中以後，他就一直緊張兮兮。他每次來店裡對顧客都很客氣，但後來常常好幾天不來上班。」

十月底時，歐蘇利文先生在他的店裡遭到坦佩警探槍擊，隨後控告市府，求償五百萬元。歐蘇利文先生的律師霍爾·浩克，證實坦佩市府同意以七位數的賠償金與歐蘇利文先生和解。

「哇。那表示你變有錢了嗎？」

「我本來就很有錢。不過不管怎樣，我都指示霍爾把我剩下的和解金轉交法茍斯警探的家人。等等，還有更精采的。」

歐蘇利文先生之死堪稱亞歷桑納州史上最血腥、最殘暴的案件。儘管謀殺案本身可能只有一名凶手，他死後的虐屍和肢解卻肯定是由一大群手持不同利器和鈍器者造成的。多名目擊證人指稱歐蘇利文先生死前曾在坦佩市攜帶一把長劍。坦佩與圖巴警方拒絕推論殺人動機，否認境內出現類似「鬥陣俱樂部」【註二】的持劍打鬥組織。

關妮兒哈哈大笑。

「好吧，他們當然會否認。」歐伯隆說：「長劍鬥陣俱樂部的第一條規則就是不可談論長劍鬥陣俱樂部。」

餐點在我們嘲笑這篇報導的同時上桌了。我趁餐盤接連擺到桌上時繼續瀏覽報紙。

「還有什麼值得一提的嗎？」

「沒有，整篇報導都在暗示我一定做了什麼壞事才會落到這種下場。眞正有趣的部分在於報導裡面沒有提到提爾或維達的屍體，還有莫利根的性愛派對。」

「你說什麼？」關妮兒的叉子停在嘴前，而那雙綠眼，儘管反射明亮的陽光，依然透露出充滿警訊的寒意。我收到警告。

「我要離開時，」我解釋道：「莫利根提到她想在泥巴裡肆意狂歡。我不知道她有沒有眞的那麼幹，不過她肯定有這個打算。」

「和誰狂歡？」

「她打算吸引本地人。」我說，刻意不提她本來打算找我。「不過現在我懷疑她有沒有這麼做。說不定她後來決定把提爾和維達給吃了。她變成烏鴉形態時會幹這種事，妳知道，吃屍體。」

關妮兒臉色蒼白。「噁。太噁了。」她低頭看向桌上那些香腸和培根。「我有點沒胃口了。」

「我的胃口就像帶薩斯科奇去散步，而我的薩斯科奇快要掙脫了！餵我，西摩爾！【註二】」

「啊，馬上來。抱歉，歐伯隆。」

註一：《鬥陣俱樂部》（*Fight Club*），恰克．帕拉尼克（Chuck Palahniuk）的作品，一九九九年改編爲同名電影（由大衛．芬奇導演，愛德華．諾頓、布萊德．彼特與海倫娜．寶漢．卡特主演）。主角原本是個嚴重失眠的上班族，因緣際會之下，與朋友泰勒創建了「鬥陣俱樂部」，在俱樂部裡眾人不戴護具互毆，藉著踢拳發洩情緒。故事中「鬥陣俱樂部」規則第一條爲「不可談論鬥陣俱樂部」。

註二：電影《異形奇花》（*Little Shop Of Horrors*）裡異形花要求老闆殺人餵它喝血的著名台詞。

我在一盤肉上施展僞裝羈絆，然後假裝從地板上撿東西，其實是放食物給歐伯隆吃。他用聞的就能找到肉，沒問題。

「但是她怎麼吃得下兩名成人？」儘管噁心，關妮兒還是問道。

我聳肩。「我從來沒有留下來看，也從來沒問過。那是一團謎。」

早餐過後，又到了跑腿時間。我們兩個都去租了個郵政信箱，然後花了很悶的一小時用我們的新身分設定銀行帳戶，存入僅存的現金。帶著新地址和銀行帳戶，各自申請了一支新手機。接著我打了個電話到麥格努生和浩克事務所去找我的律師。想要過接待員那關，直接找霍爾講電話，我必須自稱是「阿提克斯．歐蘇利文的好朋友」，並強調我是想要雇用浩克先生的新客戶。

「我是霍爾．浩克。」他說，語氣冷淡，很不耐煩。

「浩克先生。我名叫雷利．柯林斯。」霍爾非常清楚我是誰。我的新駕照、出生證明、社會安全碼都是他幫我弄的。他知道我會在一切安定下來後打電話來建立「新」關係。這整場戲都是做給在監聽電話的人看的。「如果可以的話，我想雇用你擔任我的律師，安排見面諮商。」

「你人在哪裡，柯林斯先生？」

「凱楊塔。我希望今天能和你碰面。」

「眞不巧，我今天不行。不過我可以請同事今天下午帶著所有必要文件去找你。」

「我們可以盡早在天黑前和你同事在這裡碰面嗎？」

「嗯。這樣有點趕，盡量趕趕看的話，或許三點可以抵達。」

「那就拜託盡快，浩克先生。日落後我有要事待辦。」

「好吧。我派葛蕾塔過去。」葛蕾塔是霍爾的部族成員之一，而她似乎負責處理所有霍爾的瑣事。她不是律師，但非常值得信任，也看我非常不爽。「她該上哪兒和你碰面？」

「主要公路上的三明治店。我們請她吃額外加肉和所有醬料的三明治。」

「你眞是太好心了。」霍爾冷冷說道：「她一定會很興奮的。」

我們互道再見，我把新電話號碼給他，讓他轉交給葛蕾塔，然後心滿意足地闔上手機。「很好。只要賦予他律師權，他就可以開始從我其他帳戶裡轉帳。」

「你有多少帳戶？」

「上百個，位於世界各地，登記在不同人的名下。一切都是拜安格斯・歐格所賜。持續逃亡的需求表示我需要安全的地方可逃，而安全的地方通常都是城市，那又表示我需要資金。霍爾大概知道我二十來個帳戶。」

「安格斯・歐格已死，你眞的還需要這麼多帳戶嗎？」

「呃。放著又沒壞處，還能掙點利息，日後或許有用得到的地方。」

關妮兒同意這是睿智的做法。「我們接下來要做什麼，老師？」

「在葛蕾塔抵達前，我們有很多時間要打發。我們幫妳做點訓練，然後和歐伯隆玩玩。」

我們開車到城外邊界一小塊未開發的地區，附近有些兔子和地鼠。歐伯隆玩嚇小動物的遊戲玩得很開心，我則教關妮兒一些要挺直背頸的功夫招式。

凱楊塔是座乾燥又單純的城市，甚至有點簡樸。但如果世界允許的話，我可以想像自己開開心心地在這裡過活。

第十三章

一九八〇年代我曾爲史帝夫・培里【註】近乎超自然的力量深深著迷。身爲旅途樂團的主唱，他讓人們相信自己、爲遠距離愛情哭泣、還在火車站詢問午夜列車什麼時候發車。他和他的團員一起探索「哇」這個字的深度與細微差異——找出連我兩千年的人生經驗都忽略掉的細節和弦外之音——而我敢說人類史上再也沒人可以與他在na這個單音裡灌注的悲悵相提並論。

他是搖滾之神，幾乎用強力和弦與痛苦吶喊解決了全世界所有問題。

但他提振士氣的力量還是有其極限——我必須說，所有搖滾樂團都有同樣的極限——那就是無法改善大型速食連鎖店那種足以摧毀靈魂的超不協調視覺效果。有些認識的人每隔一段時間就會把我拉去這種可怕的地方，接著在以大量原色攻擊我的視網膜的室內裝潢邪惡影響之下，隨身聽裡的史帝夫就會把「哇」唱成「唉」。他的歌聲無法舒緩用紙包裝、塗抹憤怒的紅色番茄醬與孤獨落寞醃黃瓜的起司漢堡所產生的視覺效果。

提議要去公路上的三明治店與葛蕾塔碰面時，我就應該想起這一點才對。這家店的裝潢採用可

註：史帝夫・培里（Steve Perry, 1949-），美國歌手，曾是搖滾樂團旅途（Journey）的主唱，名列《滾石雜誌》最傑出歌手一百人（100 greatest singers of all time）名單。

怕的黃色，微帶一絲我認爲完全沒有必要存在的綠色調。

「呃，這地方讓我眼睛痛。」關妮兒說：「我覺得被冒犯了。」

加持僞裝羈絆的歐伯隆插嘴道：「她說得對。這裡的蔬菜味幾乎蓋過火腿的味道。冒犯我啦。」

「你要點什麼？」

「我可以點一整桶烤肉嗎？」

「不行，抱歉。雙層肉三明治。」

「那就烤肉，不用配菜。」

我們才剛帶著三明治坐到一張黃到令人想要大叫的雅座上，葛蕾塔就已經走入店內，瞇起眼睛看著鮮艷的裝潢。

「可惡。」她說著停在門口，皺起眉頭。「這裡面好醜。」她一身專業打扮，左肩上斜揹著棕皮郵差包。她的頭髮比我上次看到她時要長，編成一條粗辮子。看見我們後，她揚起下巴，輕聲招呼，走到我們的座位，滑下肩頭的郵差包，放到留給她的椅子上。她立刻攤開雙手，掌心朝上。「老闆說我的晚餐你們請。」

關妮兒目瞪口呆，不過我早就猜到她會有這種舉動。葛蕾塔向來不太喜歡我，而自從我帶她的阿爾法狼人——剛納・麥格努生前往阿斯加德，並且帶著他殘破的屍體回來後，她應該會更不喜歡我才對。我點頭，在她手上放了兩張二十元鈔票。

「眞大方。」她語帶嘲諷，謝也不道一聲就走去排隊。

關妮兒湊上前來，語氣迫切地低聲道：「阿提克斯，這算什麼——」

「耐心點，」我打斷她的話頭，「妳知道狼的聽力絕佳，是吧？」

「喔，」她把音量壓得更低。「那我乖乖去吃我的三明治好了。」我神色感激地對她微笑。

「真希望我也有三明治可以吃。」歐伯隆在桌子底下暗示道。

「抱歉，老兄，」我有點自責地說道：「我分心了。」我幫他打開三明治的包裝紙，就著紙一起放在地板上。除了葛蕾塔，店裡沒人看見我這麼做。

「我知道。你常常分心。你老是被附近的小事吸引過去，忘記了真正重要的事情。像是填滿我肚子裡的無底深淵。」

葛蕾塔拿著兩個一呎長的雙層肉潛艇堡三明治和一杯飲料回來。其中一個是雙層烤肉口味，而她刻意打開包裝，放在地板上給歐伯隆吃。她用這個卑鄙手段讓我知道儘管有施展僞裝羈絆，她還是知道歐伯隆就在那裡。顯然她聞出他在吃什麼，於是又點了一份。餐廳員工看不見我們的座位，所以她沒必要掩飾動作。

「哇！又一份三明治？太棒了！跟她說謝謝！不過這樣很奇怪。狼人通常沒這麼好心。」

「我的獵狼犬跟妳道謝。」我說：「我也是。」

「他不必客氣。」葛蕾塔說：「畢竟，我敢說他很餓。」她補充道，隱隱透露一股指責的意味。關妮兒瞇起雙眼看著葛蕾塔，不過沒說什麼。我謹慎地保持中立的表情。

「啊，終於出現我認知中的狼人應有的態度了。一切正常。」

葛蕾塔迅速有效率地解決了她的火雞三明治，過程中毫不掩飾敵意地一直瞪著我們。她是奉新任阿爾法的命令前來，而她會執行他交付的任務，但他沒有要求她要對我們有禮貌，所以她不打算這麼做。既然我不是坦佩部族的人，她喜歡怎麼瞪我們就可以怎麼瞪我們。我幾乎可以感覺到關妮兒在我旁邊火冒三丈，只希望她不會去咬葛蕾塔丟過來的餌。我以眼神要她冷靜，伸手在她面前做個往下壓的手勢，要她蓋上鍋蓋，她點頭表示收到。晚點必須教教她怎麼和狼人打交道。

吃完三明治後，我們把包裝紙捏成幾團丟掉。葛蕾塔打開她的郵差包，開始拿出文件和筆。沒有禮貌閒聊，完全公事公辦。

「塡入你們的銀行帳戶和其他資料。在最底下簽名。」她說。

既然她擺明不會主動說明任何事情，我一邊塡資料一邊提問。「蕾貝卡・丹恩的書店經營得如何？」我問。我有交代霍爾用隨口掰出來的一塊七毛二的價錢把書店賣給她。

「很完美。之前的常客還是每天光顧。」

「李夫怎麼樣？」

「復元了。」

我目光自正在簽名的文件上移開。「當眞？看起來和以前一樣？」

「我不會那麼說。不過他聞起來和以前一樣，死人味。」

她的語氣聽起來怪怪的。「他有什麼問題？」

葛蕾塔聳肩。「說不出來。他不再是個快樂的吸血鬼了。大概是因爲最近有太多同類在附近出沒，他不再是鎮上唯一的吸血鬼了。」

「我聽說過這些傳言。他爲什麼不像從前那樣解決他們？」

「他說這一次不能那樣幹。政治版圖改變了。」

「吸血鬼政治版圖？」

「他不太可能在乎人類的政治版圖，所以沒錯。他想要見你，但在你今早打電話來之前，我們當然都不知道你在哪裡。要我們在他今晚醒來時告訴他說你在哪裡嗎？」

「呃，不用。」我說。如果吸血鬼政治版圖改變了，基本上就是說李夫已經不再掌權了。如果不是他掌權，那李夫或許必須與掌權吸血鬼分享他所知的一切。「絕對不要告訴他我在哪裡，連我的新名字都不要告訴他。」

葛蕾塔有點驚訝。「你不想見他？」

「我沒這麼說。我只是想要在中立區見面。請他明天晚上和我在『老奶奶衣櫥』碰面，八點半左右。那家店在旗杆市。」

「當然，我知道老奶奶衣櫥。」葛蕾塔說：「那裡的雞翅很棒，還有冰啤酒。」

「沒錯。妳能說說他們是如何處理我的命案的嗎？」

「誰如何處理？」

「妳知道什麼都說出來。」

她兩眼一翻，嘆口氣道：「霍爾一直忙著和ＦＢＩ打交道。他們在你死後對你產生了很大的興趣。他們特別想了解你以阿提克斯・歐蘇利文的身分出現在亞歷桑納之前的事情，因為你在那之前都沒有留下可信的記錄或任何文件。」

「喔，如果他們知道那座冰山的眞實大小的話。」

這話讓我得意洋洋地笑了一會兒。「當然，霍爾對你成為事務所客戶前的生活一無所知，就算知道也不會告訴對方。不過傑佛特警探則非常樂意分享他所揣測的一切。」

「眞是個樂於助人的小夥子。」

「沒錯。他對所有願意聽的人所提出的假設就是薩梯大屠殺是你幹的，圖巴市慘案則是仇殺，而你沒有早年記錄是因為你是某個國家的臥底探員。」

我拿掉美國口音，用蒂柏雷里郡【註一】的口音說：「愛爾蘭的臥底探員？透過屠殺二十來歲的有錢人來傷害美國？為了什麼目的？」

「是呀，這部分他就掰不出來了。」

「這眞是我聽過最胡說八道的鬼話。」我切回標準美國口音。「他有提出什麼證據嗎？」

「他很遺憾在他有機會完成調查、透過正式程序逮捕你前，你就已經死了。」

「哈！死得好！還有什麼？」

「我有東西要給你。」葛蕾塔從她包包裡拿出一個淡紫色信封，以蠟印彌封，正面以深紫色的墨水、美麗的字跡書寫我的姓名。打從十九世紀以來，我就沒有見過這種字跡了。「瑪李娜・索可瓦斯基的。」

「啊。她現在在哪裡？」我以魔法光譜檢視信封，因爲——你知道。女巫。正如我所懷疑，信封上除了普通的蠟印之外還有道魔法封印。一旦封印開啓，瑪李娜就會感應到。

「不知道，只知道她和她的女巫團都出城去了。我想那玩意兒會告訴你些什麼。」她說著朝向信封點頭。「她們請我們公司做了和你差不多的安排。安定下來後，她們會通知我們，不過到時候我們也不能向你透露她們的事情。霍爾要我感謝你爲公司帶來她們的生意。」

「不必客氣。我可以問一個與部族有關的問題嗎？」

葛蕾塔下巴一緊，不過還是說道：「問。」

「你們有對付過皮囊行者嗎？」

她沒想到我會問這個問題。她看起來饒富興味，搖了搖頭。

「啊，好吧，本來也覺得機會不大。」

葛蕾塔沒有用禮貌性的提問繼續這個話題。她低頭看著文件，清楚地表達我們應該趕快塡完。這是個好主意，因爲我們得在日落前趕回泥草屋。

「我須要霍爾各匯給我們兩個的帳戶四萬塊錢。」我說著塡完表格，將我這疊文件交給關妮兒簽名。「他要從數個帳號中匯出小額匯款，以免引來ＩＲＳ【註二】調查。我明天就要。」

註一：蒂柏雷里郡（Tipperary），位於愛爾蘭南部芒斯特省。

註二：ＩＲＳ（Internal Revenue Service），美國國家稅務局。

「沒問題。」

「請代我向霍爾、史努利和其餘部族成員問好。」

「我會。」

她不再多說，把文件收回她的包包裡。在朝我們點頭表示再見後，她滑出座位，大步走向停車場。我伸手抵在嘴前，告訴關妮兒現在還沒到說話的安全距離。等待葛蕾塔駕車離開時，我打開了瑪李娜的信。裡面只有一張紙，字跡跟信封上的地址一樣完美無瑕。

親愛的歐蘇利文先生，

我們接受你的建議，舉團遷居他處。如果你想找我們，請透過浩克先生居中聯絡。

在我們上次預知儀式中，我們發現不久後吸血鬼的問題將會變得極端麻煩與危險。我們看出某個力量強大的人——或許是你——可能會涉入這個問題，而如果可能，我們懇求你避免此事，這是爲了你的安全著想。

誠心問候

瑪李娜・索可瓦斯基

我把信拿給關妮兒看。「妳知道這代表什麼？」

她迅速瞄過一遍。「這表示你明天不該和李夫碰面。」

「沒錯。但是在我們經歷過那種事情後，我禮貌上也該和他會面。而且我很想知道他此刻的身體狀況。妳該看看他。妳知道那個用大鎚打爛西瓜的喜劇演員加拉何【註】嗎？李夫的頭就像那顆西瓜。」

關妮兒皺眉。「我不知道那個喜劇演員，抱歉。」

「可憐的阿提克斯，又舉了個沒有結出果實的例子。」

「啊！歐伯隆，這是爛雙關語！」

「不過不是史瓦辛格雙關語！水果不在我們協定規範之內，扣不到，扣不到！」

「何不直接叫霍爾用照相手機照張照片過來？」關妮兒說：「你不用冒險。等到情況穩定再說。」

「這個嘛，總之妳明天也要和我去旗杆市。」

「我也要去？」

「對。是時候輪到妳死了。」

註：加拉何（Gallagher, 1946-），美國喜劇演員，以砸爛西瓜的段子聞名。

第十四章

關妮兒的表情就像洩氣一樣。「我想我媽會很傷心的。我爸可能也會流點眼淚。我繼父會趁我媽不注意的時候哈哈大笑。」

我提醒她事情沒有必要走到這個地步。她還是可以回去當有哲學學位的女服務生，和正常人一起生活。

「不，那已經不是我的選項了。我對一件必要的事情出現沮喪反應，並不表示我不想這麼做。不過現在先別提那個；如果終於可以了的話，讓我們來聊聊剛剛究竟是怎麼回事。那個女人對我們非常無禮。對你。」

「對，沒錯。」我們走出三明治店，我們的視覺神經終於如獲大赦。在開回泥草屋的途中，我向關妮兒解釋，一個變形者在不屬於部族一分子的情況下，與狼人打交道的手腕。用言語挑釁，不要用目光挑釁，這樣就可以避免很多衝突。

「我還是認爲只要狼人願意溫和地接受點心，大家就能夠相處融洽。」歐伯隆堅持道。

「要當狼人，點心就是要用搶的，不能接受他人贈予。」我提醒他。

抵達泥草屋後，我發現屋子狀況比我上次見到時要好多了。牆壁和屋頂都加鋪了一層厚厚的絕緣泥，而在魔法光譜之下，牆壁完全包覆在祝福之道的魔光中。今晚皮囊行者唯一能不被燒傷而攻入小屋的途徑就是屋頂。它們明白這一點，而也知道我們知道這一點，所以會守株待兔。而最有可能的情況就是，它們的身體狀況還不足以嘗試這種程度的惡作劇。

進屋之際，儀式正在進行。法蘭克・起司奇里看起來很疲憊，但是很堅決。班・奇歐尼和手下工人都在，蘇菲・貝舒也是。意想不到的是，凱歐帝也以班納利先生的身分出席，在儀式最後一夜裡貢獻他的魔力。他身穿灰色有兜帽的毛衣，不過還是戴著黑牛仔帽；他在看到我的護頸器和黑內衣時笑了笑。人們對我們僵硬地點頭招呼，我們則以微笑回應，然後盡量不去妨礙他們。

皮囊行者來了，但卻沒有攻擊泥草屋。正如我所料，他們傷勢尚未痊癒。我們聽見他們在外遊蕩，兩個都在。他們繞著泥草屋晃了半小時，嚎叫、嘶吼、威脅，接著突然安靜下來。沒人相信它們眞的走了；它們只是想看看有沒人會蠢到出屋查看。沒有。

我在想它們之所以前來是因爲飢荒刃的效力在加爾姆吃過大餐後依然有效，還是因爲它們單純想復仇，並且守護領土。它們沒有重申要吃我的要求，算是不錯的徵兆。

防護如此嚴密的缺點就在於，除非我用自己的魔法製作偷窺孔，不然再也看不到皮囊行者，我想知道它們是否仍像之前一樣敏捷，還是有因爲受傷導致動作變慢。它們能夠出現在外面就表示它們的自療能力可媲美我的——但是它們此刻的身體狀況究竟如何？

我們沒有什麼事情好做，但是在眾人唸咒、吟唱、禱告的情況下，也不可能睡得著。反正我也不想在凱歐帝附近打盹——唯一能在他身邊安心入睡的方法就是確保他也在睡。爲了打發時間，關妮兒要我說說剛來北美洲時的情況。

「好耶，我也沒聽你提過！」歐伯隆說：「可惜沒有爆米花。」

「好吧，」我小聲說道：「聊聊也無妨。」

□

很久很久以前，在人類聚落聞起來像大便，不管怎麼做都無法改善的年代裡，我渴望能夠找到一片清新自然的土地。這種渴望是出於比嗅覺更加實際的理由：每當我前往歐洲時，身上的紋身就會讓我成爲獵殺的目標，而我已經無處可躲了。羅馬人剷除了歐洲大陸上的德魯伊，燒掉所有讓我們能空間轉移的樹林，而在外圍群島上，聖派屈克那種傳教士藉由勸人改變信仰和耐心摧毀我們。我四處流浪了好幾年，靠偷竊度日，或跑去農場補充食物，慢慢調適全新的現實：德魯伊往日光輝不再，如果我想在村莊中生存，就得假裝沒受過教育、不懂藥草方面的知識、在所有人講爛笑話時哈哈大笑。

我需要那些小村莊；我認爲它們比較沒有那麼邪惡。如果我隱居山林，安格斯・歐格那些可惡的手下就會找到我。羅馬亡國後，歐洲進入漫長的黑暗時代，我在莫利根面前大聲提問，想知道世界上有沒有比較好的地方可以暫時避避風頭——一個不須要在躲避安格斯・歐格追殺的同時，還要躲避想把人綁上木樁燒死的暴民之地。她說她會想想，後來再見面的時候，她就帶我去見海中長者馬拿朗・麥克・李爾。

我當時很緊張。富拉蓋拉本是他的劍，妳知道，他比安格斯·歐格更有資格為了我偷劍大發雷霆。結果我根本不用害怕。

莫利根幫我們介紹時，馬拿朗指著我肩膀後的劍柄緩慢而洪亮地說：「聽說你一直沒讓安格斯·歐格染指那把劍。幹得好，小夥子。」

「你不生氣？」

「生氣？怎麼會，孩子，我有什麼理由生氣？安格斯是個愛發牢騷的小鬼，任何有點腦筋的人都知道這一點。我祝福你。」接著他對我微笑。他比我高，藍眼、黑髮、滿臉鬍子，眼旁的笑紋襯托出一張和藹可親的面孔。他披著鬆軟的藍斗篷，其上繡有淡藍色的花紋，以銀胸針繫在右肩上。「來吧，我們喝點麥酒。」

他帶我們前往位於一座俯瞰愛爾蘭海的懸崖上的小石屋。它看起來不像神的住所。然而石屋的門在他的命令下閃閃發光，形成通往他在提爾·納·諾格住所的傳送門，而那地方遠比小石屋的內部空間要大多了，也是我在到那時為止見過最奢華的地方。木板地上鋪著華麗的地毯，雕工精緻的家具，壁龕和木架上陳列著用銅、玻璃，還有光華硬木雕成的雕像。妖精服侍我們飲食，當時我還沒有護身符，要到幾個世紀之後才獲得鋼鐵德魯伊封號；當時妖精甚至還算喜歡我——起碼不是安格斯·歐格後裔的其他妖精還算喜歡我。這些妖精效忠馬拿朗之妻芳德，她經常被視為妖精之后。馬拿朗比較喜歡賽爾奇和凱爾皮【註】——原因自己想——但是芳德一視同仁。

我們坐在一張寬大的橡木桌旁，上面擺了麥酒和麵包。「莫利根說你想要離開一段時間。」馬拿朗對我說。

「對，離開一段時間比較好，最好能遠離某個愛神的勢力範圍。」

馬拿朗眼中流露饒富興味的目光。「是，我了解。我有個提議。你幫我做件事，我就帶你遠離安格斯・歐格的勢力範圍。這件事情可以讓你忙上兩個世紀。」

「洗耳恭聽。」我說。

馬拿朗邊思考邊喝酒，釐清思緒，然後開口。「羅馬人燒掉的那些聖林——摧毀了不少我們建立的成果。那些羈絆都是很久以前由圖阿哈・戴・丹恩親手設置的。大陸上的羈絆大多是歐格瑪的傑作，我相信也有一些出自莫利根的手筆……」——他停頓片刻，看著她點頭確認——「愛爾蘭和英格蘭則是我做的。世界上還有很多其他方式可以進入提爾・納・諾格，洞穴的門戶和森林裡的路徑，但大部分都是給妖精使用，而我們從未告知德魯伊；有些路德魯伊根本不能走。但我們非常擔心德魯伊即將滅絕，也很清楚我們沒有希望戰勝基督教。你是世間少數僅存的德魯伊之一，敘亞漢。如果你和其他德魯伊想要存活下來，你們就需要能在基督教追殺之下逃出生天的可靠管道。莫利根認為最萬無一失的辦法就是教你們自創途徑進入提爾・納・諾格。我同意這麼做。但我要你在新世界建造這些通道。」

註：賽爾奇和凱爾皮（Selkie and Kelpie）都是愛爾蘭神話中的水中生物，賽爾奇是海豹人魚，凱爾皮則是水中馬，兩者皆有人類形態。

「不好意思？」我問：「什麼新世界？」

「這片海洋對面還有另外一塊大陸，幅員遼闊、尚未開發、遍地蒼翠，元素力量強大，人民可以感應到與大地之間的連結，基督教徒尚未染指該地。他們不知道那片大陸的存在。我們也是最近才發現它的。我會帶你過去，把你留在那裡，而你將探索那片土地，邊走邊與提爾・納・諾格進行羈絆。這樣你就能讓妖精飄洋過海，並讓其他德魯伊擁有強大的避難所。你肯定可以在那裡收些學徒，在沒有干擾的情況下訓練他們。而你在這麼做的時候，圖阿哈・戴・丹恩也會在這裡進行類似的羈絆作業，將來當你回到歐洲時，你會看見此刻尚不存在的通道。」

「新世界聽起來十分迷人。」我說：「但我有幾個問題。」

「說。」

「如果我製作通往提爾・納・諾格的羈絆，安格斯・歐格的子嗣不會跟蹤我過去嗎？」

「會，無法避免；我們要讓妖精能夠前往新世界。不過你可以透過不同的羈絆與限制來取得優勢。」馬拿朗解釋道：「就像現在德魯伊只能透過聖林進入提爾・納・諾格，你可以將妖精前往新世界的途徑限制在某些特定區域；也可以製作很多只有德魯伊能使用的通道。」

「你想要多少傳送羈絆？」

「妖精用的？只要每隔一百英哩一個就行了。至於德魯伊用的，想做多少個隨你高興。」

聽起來對我而言是個絕佳的機會，所以我同意了。我們一起決定妖精只能傳送到有橡樹、梣樹、山楂樹的地方；在缺少這三種樹的地方，如果氣候許可，我就要負責種樹。如果氣候不許可，那妖精就不能前往該處。

莫利根先行離開，我則準備旅途的行李——基本上就是把富拉蓋拉羈絆在防水包裹裡，還有一把匕首、一套衣服、以及很多橡樹、梣樹、和山楂種子。

準備好後，我們就步入馬拿朗的傳送門，通往俯瞰大海的小石屋。我們化身鳥型——我是貓頭鷹，馬拿朗則是海鷗——接著海神跳下懸崖。他墜入海面，變身巨大的海中形態——殺人鯨。浮出海面後，我滑翔而下，用爪子抓著我的防水袋。我把袋子丟在他背鰭上，然後變成水獺形態；就這麼一路騎在馬拿朗背上，前往新世界。

馬拿朗在德魯伊和圖阿哈・戴・丹恩中擁有一項獨特的能力，就是他不但能自大地擷取力量，還能自海水中擷取力量。那是蓋亞賜予的禮物，反映在他的紋身上。他可以不眠不休地游泳。我們走捷徑，北行前往冰島，在那裡花了幾天實驗新羈絆。當時冰島沒有大地羈絆，島上的眾多元素力量都不強大，是供我學習的好地方。等我摸熟了傳送羈絆的技巧，成功從冰島轉移到提爾・納・諾格，然後又轉回來後，繼續我們的旅程。

我們在紐芬蘭【註】上岸，於該處製作出新世界通往提爾・納・諾格的第一道羈絆。羈絆完成後，馬拿朗・麥克・李爾和我道別，回到提爾・納・諾格。離開前，他建議我先羈絆沿海區域，之後再涉足內陸。我照做；我保持著大西洋在左邊的方向，向南而行，將東岸和提爾・納・諾格連結在一起。

註：紐芬蘭（Newfoundland），位於北美大陸東北、北大西洋上的大型島嶼，現屬加拿大。

我遇上許多友善的部落，結識了不少了不起的元素。我再度體會到蓋亞慷慨的美禮；就像F・史考特・費茲傑羅所說：「一片鮮綠的新世界。」【註一】

然而，我不到一個禮拜就開始覺得寂寞了。我遇上一種從前沒有見過的動物，很久以後人們稱牠們爲狼獾。不過我把意識和他羈絆起來——就像我與歐伯隆的羈絆一樣——以菲亞娜戰士團中最忠誠的戰士爲名，叫他福威郎【註二】。這個名字取得太樂觀了點，因爲狼獾福威郎天生沒有什麼忠誠觀念，不過很擅長察覺妖精的搜尋隊伍，也不怕獨自面對他們。我也是在這個時期開始了與鐵元素費力斯的漫長友誼，每當我在美洲大陸上時，他就會跟著我在北美和中美間遊蕩，但在那趟探險旅程中最有趣的一段冒險，卻是多年之後才發生在現代佛羅里達州。

當時，奧基喬比湖以南都是沼澤地，就是現在人稱佛羅里達大沼澤的肥沃沼澤【註三】。那裡的生命讓元素力量強大，當我抵達時，它針對可能會在那裡遇上的危險對我提出警告——鱷魚和毒蛇——也有提到那裡住了某種野生雙足動物，不過數量稀少。當我遇上一個原住民部落，和他們一同生活，試圖學習他們的語言，進而溝通時，他們也提到了關於某種毛巨人傳說。這些巨人已經騷擾他們一年了，總是趁夜偷襲，通常會搶走一些食物，有一次還綁架了一個女人。那個女人再也沒有回去過。

在他們告訴我這個故事三天之後的夜晚，我被慘叫聲驚醒。我必須唸咒施展夜視羈絆——因爲那時候我還沒有符咒——然後我順著叫聲看去，發現有兩條巨大的身影，肩膀上扛著原住民女人。男人們都急著要幫忙，但是他們看不清楚，也不想朝慘叫聲的方向胡亂丟矛。我是唯一能夠阻止他們的人。我拔出富拉蓋拉，直追而上，福威郎跟在我身邊。

這些巨人顯然擁有不錯的夜視能力，不過無法與我用魔法加持的視覺相提並論；其中之一撞上理應看見的樹枝，把他的俘虜摔在地上。她在體內的空氣被撞得離體而去時，突然停止慘叫。巨人的夥伴完全沒有回頭查看；他繼續帶著肩上的女人離去。

趁倒地的巨人掙扎起身，伸手去抓搶來的女人時，我趕到他面前伸張正義：富拉蓋拉砍過巨人脖子，他的腦袋落在女人胸口，發出濕答答的墜地聲，軀體則癱倒在地。我繼續追趕，因為如果停下來查看，我就會失去另外那頭巨人的蹤影。

「福威郎，可以請你帶她回營地嗎？」我問。

「我要怎麼帶？」

「對她發出友善的聲音。」

「就像她現在發出的那種聲音？」

註一：F·史考特·費茲傑羅（F. Scott Fitzgerald），美國作家，著有《大亨小傳》等小說。「一片鮮綠的新世界」（a fresh, green breast of the new world）即引自《大亨小傳》。

註二：福威郎（Faolan）的faol有「狼」的意思。在愛爾蘭神話中，他是一名追隨芬·麥克·庫威爾（Finn Mac Cumhaill）的忠誠菲亞娜戰士，曾經從神的囚禁中救出芬·麥克·庫威爾。

註三：奧基喬比湖（Okeechobee Lake），是現今美國佛羅里達州最大的淡水湖，當地人直接暱稱其為「那座湖」（The Lake）或「大O」（The Big O）。佛羅里達大沼澤（Everglades）位於美國佛羅里達州南部，是《濕地公約》（Ramsar Convention）列出的世界上最重要的三座濕地之一。

「不，那是慘叫。」

「她叫得很大聲。」福威郎說：「她不會聽見我的聲音。」

「想想辦法。只要別讓她迷路，或被任何動物吃掉就好。」

「她又不是我的小孩。」

「爲我假裝一下，拜託。我會盡快趕回來。」

「好吧，但是我要吃頭麋鹿。」

「這附近又沒有麋鹿。」

「我知道。這叫暗示。我想回雪地。這裡的蟲和野兔一樣大隻。」

另外一名巨人跑得很快，耐力也很驚人。儘管奮力狂奔，我還是沒辦法拉近距離。不過我暫時還不會累。

跑出一哩多後，他轉過頭來確認身後的狀況。他看見後面的是我——一個微不足道的人類——而不是他逝去的朋友。他停下腳步，拋下尖叫的俘虜。她跌跌撞撞地走開，而他並不在乎。他對我吼叫，站穩腳步。他要我主動攻擊，而我有點失望；我本來期望能夠跟蹤他到他住的地方。

我在約二十碼外停步，仔細打量他。除了愛爾蘭的菲爾博格人，我從未見過像他這種生物。我想菲爾博格人比他高上一點，但這傢伙可以在比醜大賽裡擊敗他們。他的額頭寬寬斜斜，嘴巴很大，除了掌心外，渾身長滿粗粗的黑毛。他精瘦結實的四肢比例類似人類，生殖器官也一樣。

撇開求生不談，我的第一個本能反應就是要和這傢伙交談。他是個充滿睪酮素的巨人，這種感覺很奇怪，因爲原住民都脫離險境後，我就想要多了解他。不幸的是，他沒有類似想法。他直直衝來，赤身裸體，唯一的武器就是衝勢和雙手，完全不知道我手中閃亮的東西能對他造成什麼傷害。

我應付他的方式就和天行者路克在霍斯星上對付旺帕獸時一樣【註】：我砍斷他的右手，然後閃向一旁。不幸的是，富拉蓋拉不像光劍那樣會把傷口燒焦，於是巨人沒過多久就失血致死。

驗屍之後，我確認他並非毛茸茸的大型人類，而是完全不同的生物。當時我還沒有涉足非洲或熱帶地區，所以沒辦法拿他和各式各樣類人猿做比較。不過不管怎麼看，他其實不怎麼像人猿；他完全仰賴雙足行走，不用指節輔助。

我一直沒找出他們的住所。由於元素說它沒見過其他這種生物，我懷疑自己不小心殺害了世界上最後兩隻這種生物——都是公的——而他們正在想盡辦法繁衍後代。儘管我是爲了救人，而且他們也註定會面臨絕種的命運；時至今日，我依然對於自己導致一個種族滅絕而感到沮喪。

那兩個原住民女人安然回歸部落，而部落爲了表揚我的榮耀而舉行一場盛宴，不過我認爲那天晚上的眞相就是：我殺了大腳。

□

註：《星際大戰五部曲：帝國大反擊》（*The Empire Strikes Back*）中的場景，霍斯星（Hoth）是座冰雪星球，旺帕獸（Wampa）則是全身長滿白毛、類似雪怪的怪獸。

「不可能！」關妮兒說。

「是眞的。我認爲現代的大腳傳說完全始於幾個世紀前的那個夜晚。」

「這個，不，絕對不是這樣。」關妮兒說著搖頭。「所有大腳和薩斯科奇的傳說都源自西北太平洋區域。完全沒有與佛羅里達大沼澤相關的文學記載。」

「文學記載？妳是說世界上有大腳文學這種東西？」

「好吧，那就說是在現存的文獻裡吧；從來沒有在佛羅里達大沼澤目擊大腳的記載。」

「好吧，妳這樣說是沒錯。那麼妳以爲一開始散布大腳和薩斯科奇事蹟的人是誰呢，嗯？」

「喔，不，你不會是認眞的。」

關妮兒的表情顯示她絕對不會輕易上當。「阿提克斯。一般認爲讓大腳聲名大噪的是那段派特森影片【註一】。不過大多數都相信那段影片是假的。」

「確實是假的。那段影片裡穿猩猩裝的人就是我。我自己改裝了那套服裝，弄了一塊毛茸茸的假胸部，等他們跟丟後，我立刻空間轉移，然後笑到屁股都掉下來。」

關妮兒依然面無表情。「不，很抱歉，我不相信。」

「還有誰能穿那種服裝走來走去，然後消失得無影無蹤？」

「這容易。」關妮兒回答：「凱瑟・索斯【註二】。」她朝自己的指尖吹氣。「噗。人就不見了。」

「如果薩斯科奇眞的是凱瑟・索斯，難怪他們一直抓不到他！」

「不，」我用大拇指指胸口。「我幹的。是我。」

「隨你怎麼說，阿提克斯。你爲什麼做這種事？」

「因爲我有時候會很無聊。我想知道人類有多容易受騙。拜託，當全世界所有猩猩都住在熱帶時，有隻超大猩猩卻住在太平洋西北區？誰會相信這種事情？」

「大部分美國人。」

「顯然如此。但眞相就是幾百年前，在奧基喬比湖南邊出現過兩隻這種生物，兩隻都是公的。那是亞熱帶區域。」

關妮兒嘲弄道：「你剛剛才告訴我大腳的故事都是編出來的，現在又期待我會相信這種話？」

「薩斯科奇最厲害的謊言就是讓全世界相信他不存在。」

「好吧，繼續坐在你們的懷疑堡壘裡。反正發現薩斯科奇也只是這個故事的插曲：雖然這花了很多年，不過我幾乎單槍匹馬把新世界和提爾・納・諾格羈絆在一起。儘管有脾氣乖戾的福威郎陪伴，那依然是一段心靈麻木、寂寞的歲月。不過那個任務還有另一個值得一提的好處。這塊處女地

註一：「派特森影片」（The Patterson film）爲一九六七年攝影師羅傑・派特森（Roger Patterson, 1926-1972）與羅伯特・金林（Robert Gimlin, 1931-）用16mm底片攝影機跟蹤拍攝疑似大腳生物的影片。

註二：凱瑟・索斯（Keyser Söze）是電影《刺激驚爆點》（*The Usual Suspects*, 1995）裡的神祕人物；一場搶案的所有嫌犯都說這個人是幕後黑手，但是沒人知道他的眞實身分。

的美景常常令我難以自已——有點像是那個看到天上出現雙重彩虹就在網路上崩潰的傢伙。記得那傢伙嗎？他一直在問那代表什麼意思。而那根本不是什麼難以回答的問題。那表示大地關愛我們，就像所有蓋亞孕育的生命一樣。詩篇隱藏在森林的林冠和山丘的緩坡上，歌曲沉浮於微風與陽光之吻裡。涓涓溪水蘊含著故事，波濤駭浪述說著史詩。有些樹歡心喜悅地迎接我，關妮兒，彷彿生長一輩子就是爲了感受我的觸摸。有一天，妳也會從掌心感受到那股歡迎之情。當妳赤腳走路時，就會透過腳趾感受到它。我等不及要在妳眼中看見那份愛綻放盛開。」

「我已經感受到了，老師。你去阿斯加德的時候，索諾拉已經讓我看過了。」

她的眼角泛著淚光，嘲弄薩斯科奇故事的神情蕩然無存。她完全知道我在講什麼——她變了；她了解。在那一刻裡，她的美貌令我無法承受。

「妳確實感受到了。」我說。我輕嘆一聲，試圖讓思緒列車回歸正軌。「在我完成連結西半球和提爾・納・諾格後——耗費數百年的漫長過程——還是一直在注意還有沒有地方可以與愛爾蘭神域進行羈絆。這些羈絆有很多都被文明發展摧毀了，不過還是有不少依然存在。」

「這附近有嗎？」

「旗杆市附近有幾個。西方的凱貝高原也有。這附近沒有其他樹林了。」她接受我的說法，沒有再說什麼，歐伯隆則提出他自己的問題。

「阿提克斯？你的狼獾朋友後來怎麼了？」

「那是另一個故事了，歐伯隆，而且不是什麼開心的故事。不過他跟了我將近百年。我想念他，就像我想念所有人一樣。」

「我們在一起多久了?肯定有四十七年左右了。」

我拍拍他，親吻他的頭頂。「不，我們當朋友才十二年。」

「才十二年?這下我有點嫉妒他了。麋鹿吃起來是什麼味道?」

「有點像馴鹿。」

「喔，我知道了!呃。馴鹿吃起來是什麼味道?」

「像駝鹿或鹿，只有一點差別。」

「這件事情結束後，我們可以去獵點麋鹿或馴鹿嗎?」

「看不出有何不可。不過會很冷。牠們都住在很北的地方。」

「沒問題!」

由於皮囊行者始終沒有接近泥草屋，要求要吃德魯伊晚餐，所以我認為飢荒刃的詛咒已經成功解除了;現在赫爾認定我已經死亡。根據法蘭克之前所說，皮囊行者最關心的就是保護領土。我知道我們遲早都得想辦法除掉它們，但是一想到要跟上它們的速度，我的眼皮就開始抽動。那個問題可以等上一、兩晚，趁我去旗杆市辦事的時候交給潛意識思考。

到了和黎明打招呼、皮囊行者躲回邪惡巢穴時——在我想像中一定塞滿骸骨和皮囊——我把凱歐帝拉到一旁。

「今天我得去旗杆市處理一些事情。你沒問題，是吧?」

凱歐帝上下打量我，或許是在搜尋我打算拋棄這個計畫的跡象。「是，沒問題，但我以爲你昨天在凱楊塔已經處理完事情了。」

「我還有一些事情要處理。明天應該就能回來。」

凱歐帝噘起嘴唇。「或許我該幫你處理一下。」

「喜歡的話，歡迎你跟。但我認爲這裡比較需要你。」

「你要處理什麼事，不介意告訴我嗎？」

「得讓我的學徒消失，或許還能處理一下吸血鬼的問題。」

第十五章

詐死的關鍵在於留下大量動脈噴濺血跡。或許有人覺得在命案現場到處抹點血就好了，然而近年來警方鑑識人員的鑑識手法都比從前高明多了。如果他們認爲命案現場是假的，他們就會告訴死者家人，而那些家人就不會舉行那場徹底了結一切的重要葬禮。沒有屍體，法醫就不會開立死亡證明，不過只要你能說服警方被害人已經死亡的可能性很高，他們就會把案件歸類爲懸案。

我發現拿戳了洞的血袋來模擬噴濺血跡的效果非常好；只要練習一下擠壓袋底的方式，要不了多久你就可以撰寫大屠殺故事和血腥頌歌。

一把小扇形刷——就是年輕畫家用來畫快樂小樹的那種刷子——只要甩動正確，就能形成鈍器噴濺的效果。不要用牙刷；牙刷甩的血跡一看就知道。你甚至可以在甩血時自言自語，就像那個畫家一樣：「或許我們該在這裡弄個恰當的戳刺傷。然後，我不知道，或許那邊也該來點。多重刺傷。無所謂，只要你高興。」

需要使用人血的時候，我從前的想法就是最好是用別人的血。你甚至可以留下別人的毛髮，只要看起來是同樣顏色就好，也是最好的做法，因爲魔法使用者無法藉此追查你的下落。可惜現在不能這麼幹了。警方會把所有血液和其他生理樣本送去實驗室進行ＤＮＡ比對，因爲那些好東西有可能屬於嫌犯所有。這年頭要愚弄警方比從前難多了，不過我很享受這種挑戰。

但是關妮兒並不擔心建構犯罪現場的事情。她岔開這個話題。

「我想知道你怎麼解決文件記錄的問題。」她說。她開車載我們前往旗杆市，歐伯隆躺在後座打盹。

「什麼文件記錄？」

「換新身分之前的人生。我是說，你不能就這麼平空出現。你需要那些東西。信用史。你是怎麼辦到的？」

「最近都是律師在幫我處理。基本上狼人對於身分改變已駕輕就熟。既然他們偶爾會須要舉族遷徙，他們早就想出了有效處理這種事情的辦法。霍爾的作業方式是最頂尖的，不過必要時，妳可以去找任何地方的狼人幫忙處理身分證件的問題。」

「好吧，很高興知道這件事，但是他們又是怎麼辦到的？」

「這個，來列份清單吧。首先，妳需要出生證明，然後是學校記錄和疫苗注射記錄，一張駕照。護照、簽證，還有綠卡。」

「什麼？綠卡？我爲什麼需要那個？」

「因爲不管我們用什麼名字，總之都是來自巴拿馬。」

「是唷？爲什麼？」

「因爲腐敗政府官員在那裡。至少霍爾部族熟悉的腐敗政府官員是巴拿馬的。所以妳跟我——雷利和凱特琳・柯林斯——出生在巴拿馬，是愛爾蘭流亡者的後裔，父母在我們很小的時候就意外死亡。我們是孤兒。我們有出生證明、在校成績等一切文件。順便一提，我在學校的成績比妳好。」

她忽略這個玩笑，問道：「你當年成爲阿提克斯的時候有弄過這一套嗎？」

「有呀。基本上妳眞正需要的是駕照、社會安全碼，還有銀行帳戶。把現金丟到銀行去，他們就不在乎你是哪裡來的。」

「社會安全碼要怎麼弄？」

「一樣呀。腐敗的政府官員——不過要是非常腐化的官員。想要避開聯邦探員的內部調查可不容易，但只要錢夠，還是辦得到。」

「但是這些證件經得起檢驗嗎？我敢說他們此刻正在調查阿提克斯・歐蘇利文的背景資料。」

我聳肩。「不用經得起檢驗。一旦有人想要仔細檢驗妳的身分，就是該離開的時候了。這些證件只要一開始能夠唬得過人就好了。只要證件看起來是眞的，別人就不會對妳進行背景調查。」

「你成爲阿提克斯之前是誰？」

「還是我。只是名字不同。」

「我該叫你別的名字嗎，比方說你最初的本名？」

「不，阿提克斯就好了。我喜歡這個名字。」

「很好，我也一樣。你取過最爛的名字是什麼？」

「奈吉爾【註】。讓人渾身不舒服的名字，我一直沒有習慣它。」

關妮兒大笑。「奈吉爾？什麼時候的事？」

「一九五三年在多倫多，我只用了這個名字三個月，但是每天都是全新的尷尬冒險。你絕對不想在多倫多自稱奈吉爾的。」

抵達旗杆市時，我們開到一家醫療用品店，關妮兒付現買了一些針筒、血袋、外科手套，還有其他我們永遠用不到的東西。如果警方眞的查到這裡來，我們購買這麼多東西也會讓他們摸不著頭緒。我先施展僞裝羈絆進去，確保沒有安全監視器錄到我們買東西的畫面。店裡當然有監視器，於是我解構玻璃鏡片中的二氧化矽，然後以不同的排列重新羈絆。光線不再以正常狀態通過鏡片，所以打從關妮兒進入店裡之後，監視器就只能錄到一堆雜訊。我們把大部分買來的醫療用具丟在一個住宅區巷道中的垃圾桶裡，只留下詐死所需的道具。

接下來我們開往鎮北的蘇爾茲帕斯路，在右方看到蘇爾茲池時把車停在路旁：一塊積滿死水的保留區。這裡沒有住家或商店；道路兩旁都是黃松，唯一會路過的人就是騎腳踏車上山或前往某條山道路口健行的人——但就連這些人也不太可能在平常日子出現。歐伯隆沿路走出一段距離，如果有車來就警告我們，同時還發表評論，認爲這裡非常適合成爲幾隻松鼠死亡的場景。他待在路肩，地上有層松針可以掩飾腳印，這樣我待會兒就不必費心抹除它們。他知道事情結束後要到哪裡和我們會合。

我給關妮兒抽血——不到一品脫，不過也將近了。

「他們不會找到你在現場的線索嗎？」她問，指向車子內部。

「會，不過沒關係。我已經死了，所以妳不可能是我殺的。他們會假設那是之前留下來的。但我敢說傑佛特警探聽說此事後肯定會非常興奮，妳的死會讓他更加肯定我本來打算幹什麼非常可怕的事情。但這個現場眞正不好解釋的地方在於歐伯隆。他們會發現他出現在這裡的證據，想知道他究竟上哪兒去了，因爲他顯然未遭棄養，也沒有在外遊蕩。這個問題我就沒辦法解決了。」

抽完關妮兒的血，在她手肘內側貼上膠布後，我們把所有東西塞入背包，然後在我拿出一副外科手術手套，小心翼翼地把一根縫針咬在嘴唇間時重新審視一遍計畫。劇場時間到了。關妮兒把放有「舊」身分證件的皮包和所有東西留在乘客座上；我在黃松之間搜尋合用的斷枝，鉅細靡遺地抹除我在乘客座旁留下的足跡。我沒有費心掩飾從樹林走出來的足跡，雖然那只是在松針和草地上留下很淺的印子而已。

「歐伯隆，情況如何？有人來嗎？」

「完全沒有，阿提克斯。」

「好，我們要開始了。」

「收到。」

關妮兒必須待在車裡，不然玻璃不會掉在她身體附近。她會弄出一些割傷，不過不會有大礙。但她倒是把背包擋在車窗和臉之間；我和她都不希望她的臉受傷。她用車鑰匙遙控器鎖上車門，啓動車的警報器，然後把鑰匙留在啓動器上。讓他們去猜測她爲什麼會被鎖在車內，停在這裡。我不

註：奈吉爾（Nigel），至於爲什麼在多倫多自稱奈吉爾會讓人很尷尬，作者在某次訪談中提及將在第八集中揭曉。

在乎。

站在車外，我以握球棒的姿勢握著樹枝，開始倒數。關妮兒拿出之前的手機，撥打九一一。我開始拚命敲打車窗，不過在戴護頸的情況下這麼做比想像中困難一點。她對勤務中心的人大叫她遭人襲擊，蘇爾茲帕斯路，喔天啊，不，就那之類的東西。而且她也不用假裝有玻璃在她腦袋旁邊爆裂。趁她對手機大叫時，我伸手穿越破碎的車窗，小心不要被玻璃割傷，手動開啓門鎖、打開車門。這個動作觸發了警報器；歐伯隆聽見這個聲音就會離開崗哨，前往會合點，同時也能在電話裡掩飾我們所發出的聲音。

「閉嘴！」我吼道，努力模仿火大駕駛的流氓語氣，接著我揮動樹枝，重重敲在她的方向盤上。關妮兒驚叫一聲，放脫手機，不過電話還是通的。她一言不發地把背包交給我，我一邊換手拿樹枝，一邊把背包揹上。關妮兒的牛仔褲管上有幾處割痕，其他部位倒是毫髮無傷。我從後車廂上拿起血袋，用一直咬在嘴上的針戳了個洞。我在樹枝一側灑了點血，關妮兒則拔了兩根頭髮沾上去。我伸出戴手套的手指去沾血，湊到車內，在她頭部兩旁小心彈上幾滴血，手指指向她所面對的方向——因爲鈍器擊打顏面不太可能會把血濺到腦後。心滿意足後，我把樹枝丟在後輪附近的地上，把血袋交給關妮兒，小洞朝上，以防血漏出來。棘手的部分來了。我必須把她扯出車窗，假設她失去意識，甚至已經死亡，而她在離開車窗時會擦過一些碎玻璃。要是被割傷，她不能出聲，因爲電話還沒掛斷，九一一的調度員還在電話那頭叫她。

她將血袋拿在右臉附近，有點像是舉著一顆濕濕黏黏的紅鉛球。我左手抓住她的左臂，然後用力拉。在她身體與地面平行時，我用右手撐起她的胸腔。關妮兒把血袋的洞朝下，輕輕擠壓，製造出一道離開車子的血跡。她兩腳癱垂，在拉出車窗時小腿被割破幾處，但那只會讓狀況更加逼眞。現在關妮兒背部朝下，躺在車外的地面上；我抓住她的左手臂，開始將她在地上拖行。她將血袋移到右肩上，繼續任由鮮血緩緩流落。如果她在昏迷狀態下被人拉著左臂拖行，而且臉部遭受重擊，她的頭就會垂向右邊，往那一側滴血。繞過車尾後，我拖著她往下走，前往蘇爾茲池。這段路程對她而言非常不舒適，但是想要精確模擬在地上拖行屍體的痕跡，最好的做法就是眞的拿個人在地上拖。再說，我們想在松針地上留下的拖痕上弄點線頭、毛髮，還有其他微跡證物。

說起松針，我得處理一下咬在嘴裡的那根針。來到半山坡處，遠離她手機的收音範圍，我把針取了出來，低聲說道：「妳表現得很好。還撐得住嗎？」

「保證改天我也可以對你做這種事？」她問，聲音聽來十分甜美。

「當然，除了接下來這個步驟以外。我覺得這個步驟超級噁心。池水看起來很髒。」

「太棒了。好吧，你至少可以在我下水前治療我的傷口嗎？天知道那裡面有什麼細菌。」

「好呀，我可以癒合傷口，沒問題。反正我們也會給妳來點抗生素。先等一下。」我迅速蹲下，請大地幫我保管這根針。大地接受它，封閉缺口，這下警方永遠別想找到它了——就算眞找到了，他們也不太可能把針和路旁躺了一大根染血樹枝的攻擊事件聯想在一起。

「嘿，阿提克斯，我想我聽見警笛聲了。」歐伯隆說：「等你們的人耳有空時應該也會聽見。」

「好，謝謝你提醒。」我對他說，繼續拖關妮兒下坡。「歐伯隆說警方快來了。我們得加快速度。」

來到蘇爾茲池幾碼外，我停下腳步，放開關妮兒的手臂。她讓手癱落在地。我走到她腳旁，查看那些傷痕。大腿上的小破洞不是問題；劃破小腿和褲管的那塊玻璃造成的傷勢比較嚴重。我除下手套，塞到牛仔褲的口袋裡，一手輕輕放在她腿上。通常我不喜歡直接治療其他人，因爲弄出問題的機會太高了，但是說服皮膚迅速長回來不太可能造成任何傷害。

「多擠一些血出來，造成我們在此停留的假象。」我說：「然後等妳臉部朝下，身處水中時，把剩下的血通通擠光。」

「好。」她回道。

「好了，弄好了。妳的傷口都癒合了。」我起身，雙手抓起她的雙腳，把她轉個方向，跟池岸平行。「準備好了嗎？」

「趕快搞完收工。」她說。

「記住落水後腳不要落地。死人在淺灘裡可不會站起來。」

「我會記住的。盡快把我弄上岸。」現在我們都能聽見警笛聲了，必須在被警方發現前離開現場。

「好了，要來了。」我跪在她身旁，開始把她滾入池中。每次臉部朝下時，她就擠幾點血在地上。接著她在被我推入髒兮兮的死水前深吸口氣。我一直把她往水裡推，讓她可以浮在水面上，然後我走到水深及腰的地方，小心沒有弄濕背包。

我拍拍她的肩膀，叫道：「妳可以輕踩一下。」好讓她可以透過耳中的水聽清楚我的話。她抬起頭來，大吸口氣，在有辦法說話後立刻開始批評這裡的水質。

「眞他媽噁斃了！」她說。

「抱歉。」我說。她看起來眞的很淒慘，頭髮裡夾雜著蕈類殘渣和天知道還有什麼東西。我轉過身，抖下背包，拿在身前。關妮兒雙手環抱我的頸部，拉起自己身體，靠上我的肩膀，右手握著擠空了的血袋，我涉水而過，在地上留下清晰無比的泥巴腳印，讓警方跟蹤。他們一開始會先假設關妮兒的屍體沉在池底，直到兩天後才會想到我把她給抱走了。我順著池岸跑到對岸，然後開始上坡，來到歐伯隆等待的松樹樹蔭下。踏上相形之下難以辨識足跡的松針地後，我放下背包，請歐伯隆幫忙咬著。這讓我可以一手穿過關妮兒腳下，加快奔跑速度。進入樹林才一百碼左右，我們聽見警車在關妮兒的車旁停車。時間抓得很緊。

我們向東穿越樹林，跑了大概三哩，找到一片突出地面的大岩石。「這裡很合適。」我說。爬上那些岩石後，我放下關妮兒，要歐伯隆帶背包過來。包裡放有我們兩人的更換衣物、新身分證件，還有其他像是太陽眼鏡、棒球帽之類的配件。我們跑到大岩石兩側換衣服，然後把濕衣服塞入背包。

「我得想辦法弄弄頭髮。」關妮兒說。她的頭髮裡還有一些看起來很噁心的東西，加上松針，頭頂還有一團綠藻。除此之外，換上乾淨上衣、牛仔褲和全新球鞋的她看起來十分美麗。「這實在太噁心了，我不能這樣出現在公共場合。」

她說得沒錯，不過我認爲最好不要一味地認同她。「好吧，我們先去旅館開個房間，讓妳清理一下，然後再去找汽車經銷商。我很抱歉。」

從這裡開始，她和我一起奔跑，我會灌注能量給她，讓她不會疲倦。我們要朝南行，從旗杆市東面——也就是汽車經銷商所在地，回到鎮上。科羅拉多很親切地答應幫我們掩飾過大岩石一哩內的足跡；我不在乎警方跟蹤我的足跡到那堆岩石。

在一間廉價旅館的房間裡待上半小時，讓關妮兒洗頭、吹乾之後，我們來到一家車行的停車場，告訴銷售員只要他能保證兩小時內交車，我們願意付現購買一台油電運動休旅車；我們用護頸作爲沒有舊車換新車的藉口。

「他把我之前的車撞毀了。」她解釋，銷售員假裝遺憾。她明白要求他不得進行信用核對，因爲她不要影響她的信用評分；我們要透過匯款付現。我們把關妮兒的銀行帳戶給他，他打了個電話，然後就以最快的速度取悅凱特琳．柯林斯小姐。他甚至請在門外耐心等候的歐伯隆吃了一份免費熱狗。

「嗯，C級肉棒！」歐伯隆說。爲了讓他有點事做，我弄了塊牌子寫道：我名叫抱抱南瓜。我超友善！然後放在他旁邊，讓他去針對往來行人收集實驗資料。

兩小時後，銷售員開心揮手，目送我們駕車離開停車場，心裡肯定在想我們是這間汽車經銷商開張以來最好騙的兩個笨蛋。我們甚至沒有殺價。

太陽透過片片粉紅和紫色的雲彩向我們道再見。我覺得已經痊癒了，於是拿下護頸，丟到後座，歐伯隆疑惑地打量它。

「這是新的咀嚼玩具嗎？」

「你喜歡就咬，不過裡面有塑膠，我覺得味道應該不好。」

晚飯時間到了，不過我們還有兩個小時才要去老奶奶衣櫥和李夫會面。我問關妮兒要不要來場味覺競賽。

她懷疑地打量我。「什麼意思？喝一罐哈瓦那辣椒莎莎醬之類的？如果是那樣，我寧願節省時間，直接放火點燃我的屁股。」

「不，比那個有趣多了，也沒那麼難受。妳想嚐嚐罕見的食物嗎？妳從前沒吃過，八成以後也不會再吃的那種？」

「就是純粹爲了可以說『我吃過那玩意兒』而吃的東西？」

「一點也沒錯。鎮上有家店的菜單非常與眾不同。我們可以去那裡吃東西，然後再去老奶奶衣櫥來點啤酒。」

「好。」關妮兒聳肩。「我加入。聽起來很有趣。」

「等等，你要帶她去專賣不是牛的哺乳動物的肉和起司的那家店嗎？」

「嘿！沒錯，正是。記得尼加拉瓜卓帕卡布拉起司嗎？」

「好，我下五根香腸賭關妮兒吃不到第五道菜。」

「賭了。和那五根香腸說再見吧。我知道她能吃五道。她的胃很堅強。」

第十六章

我們要去的地方叫作雙重挑戰美食家餐廳。那是我去過唯一有提供嘔吐袋的餐廳——這可不是因爲食材準備不周的關係。正好相反，這裡的食材異常精緻。只不過他們提供的餐點都是美國人難以接受的東西，而吃完之後所產生的後果完全都是心理反應。儘管如此，他們還是擁有一套非常獨特的點餐系統和服務風格。

所有人都會拿到一份不同的菜單，而且你還不是幫自己點餐——你幫你的晚餐夥伴點餐。你安安靜靜地勾選五道菜，然後交給服務生。五道菜全部都會以很少的分量放在同一個餐盤裡，你會拿到你的夥伴挑戰你去吃的那盤菜——你的夥伴也一樣。別人只會在你吃下肚去之後才讓你知道你吃了什麼。這時候嘔吐袋就派上用場了。這就是這家餐廳迷人的地方。

服務生會在點餐前仔細詢問食物過敏的情況，有時候你必須簽署棄權書，他們才願意上菜。

在和關妮兒解說點餐系統時，她面露微笑，意味深遠地仔細研究她的菜單，打定主意要我食不下嚥。我露出同樣的笑容；點餐是來這裡吃飯最棒的體驗之一。我考慮著要不要對她仁慈一點，但我知道她絕對不會對我心軟的，再說，我想提高歐伯隆贏回五根香腸的機率。我記得關妮兒對味道有點敏感，於是除了一樣油炸料理，我點了印象中味道最刺鼻的餐點。

這樣做或許有點不公平。長久以來，我嚐過不少噁心暴力的邪惡餐點，所以我知道我有能力忍受一切；她或許能點出一些意想不到的東西，不過沒有東西能夠讓我想到就噁心。

我們在飲料方面放過對方，都點了冰茶。歐伯隆待在外面，處於僞裝羈絆的加持下，坐在門口旁邊。我幫他點了一份牛肝外帶，然後告訴他。

「聽起來不錯。」他說：「嘿，阿提克斯，不是要嚇你或什麼的，但我想現在要進入餐廳的女人是個吸血鬼。她身上有死人味。」

我面對餐廳大門而坐——這是偏執妄想的老習慣——於是我漫不經心地抬起目光，看著一個五官分明的黑髮女子步入餐廳，身旁跟了個膚色蒼白的男大學生。透過魔法光譜打量她，我確認她是個吸血鬼；她身上帶有死人的灰色靈氣，心臟與頭部各有一點黯淡的紅光。男大學生是個不知情的笨蛋，靈氣顯示他慾火焚身，期待晚點可以嚐到點甜頭。他肯定會嚐到點東西，不過不是甜頭。

她沒有像這年頭一般人受到小說影響而期待見到的吸血鬼那樣，做歌德族打扮。她穿了一條膝蓋有洞的牛仔褲、非常緊身的美國鷹T恤，外面還有一件用來搭配而非保暖的白色薄外套。看在老天的份上，她竟然穿了一雙范斯帆布鞋。她很努力想要融入人類社會。

我不能對關妮兒指出她是吸血鬼，甚至不能說：「噓，有吸血鬼！」因爲吸血鬼會聽見。我也喜歡融入人類社會。

「好眼光，歐伯隆。現在負十一根香腸了。」

「阿提克斯？」關妮兒皺眉，「怎麼了？」

我對她微笑。「只是想起點事情。」我說：「我猜妳現在皮包裡面沒有筆或類似的東西吧？我得在忘掉之前把它寫下來。」這對任何對德魯伊有點認識的人來說都是顯而易見的藉口，因爲我們不忘東忘西。不過我就指望這個吸血鬼不知道我的身分。

「喔。」關妮兒說：「當然有。」她在皮包裡面翻找，找出一張收據給我當紙用；我把收據翻過來，把字寫在背面：不要出聲說出任何相關的事。她會聽到。有個吸血鬼在這裡。不用擔心；只要仔細想想這牽扯到的事情。我們離開之後再討論。

「謝謝。」我說，把紙條推給她。她讀了上面的留言，然後把紙塞進皮包。

吸血鬼和她的男伴/點心坐在我們左邊兩張桌子旁。根據李夫從前的行爲模式，她不應該出現在這裡；正常來講，他會剷除所有進入他地盤的吸血鬼。她在新的吸血鬼政治版圖中和李夫同盟，還是敵對？我可以現在就解除她的羈絆，而她的大學生男伴就會眼睜睜地看著她在眼前融化，但我想或許該等等，搞不好她和李夫站在同一陣線。不過我很懷疑李夫會與任何吸血鬼合作。她比較可能是試圖爭奪李夫地盤的眾多吸血鬼之一，而我不認爲她是剛好出現在這裡的。

我們的食物上桌了，我在關妮兒的餐盤恭恭敬敬地出現在她面前時露出淘氣的笑容；她在我的餐盤出現時也回應我的笑容。

「好了，一次吃一道菜，對吧？」她問。

「對。」

「長者優先。先從大火快炒的那道吃起。」她指向看來像花椰菜配其他青菜與炸糙米的東西。

「好。」我說著用叉子叉了一大口。關妮兒看著我把菜塞到嘴裡咀嚼，臉上浮現難以置信的嚇壞神情。

看起來像花椰菜的東西不是花椰菜。有點糊糊的，像是果凍；不過吃起來帶有辣辣的口感，算不上十分特別。就味道來講，並不獨特，只是口感不太尋常。

關妮兒等我把東西嚥下去後說道：「恭喜。那是炒畢夾【註】——羊腦。」

「腦？你讓我像殭屍一樣吃腦？噁！」

「腦腦腦腦腦……」她眼珠上翻，呻吟道。

「我敢說你們這些殭屍會覺得添加這些香料更美味。好吧，叉起那個炸的東西，沾沾調味醬，吃下去。」

關妮兒一臉謹慎地打量那道菜，彷彿那玩意兒會突然決定要動起來一樣。它看起來像是一塊大雞塊，不過不是雞塊。「麵糊底下包什麼？」

「吃完再告訴妳，規矩就是這樣。」

她依照指示，先嚐一小口，然後朝我揚眉詢問。

「全部吃下去。」我說。

她嘆氣，大聲咀嚼，吞到肚子裡。「味道還不差，」她說著拿餐巾擦擦嘴角。「什麼東西？」

「那是洛磯山牡蠣，又名蒙大拿嫩股間。」

「不。我吃了牛蛋蛋？」

「只吃了一顆，不過沒錯，妳剛剛咬開了一顆美味的睪丸。恭喜！」

她臉上浮現噁心的表情，不過很快就瞇起雙眼，化作冰冷的哀痛。她抓著桌布，捏了一捏，或許是在假裝那是我剛剛復元的脖子。「不准把這件事情告訴別人。」

「不會。」我說。不過我絕對會把它寫下來。爲了避免她要我承諾不會用任何手段記錄此事，我比了比我的盤子，問道：「接下來該吃什麼？」我們持續吃著挑戰菜餚，不過我始終都在留意吸血鬼那桌的情況。黑髮吸血鬼沒有點餐，只點了杯冰檸檬水，而那杯檸檬水正待在桌面上冒水珠。

一段時間過後，她轉過頭來好好看了我一眼。李夫總說我的血喝起來和現代男人不同；我敢說聞起來味道也不一樣。吸血鬼不確定我的身分，但她知道她沒嚐過我這種血，就像我沒嚐過樹懶排一樣。她很有可能在解決掉那個大學生後跑來跟蹤我——搞不好她會走進這家店，就是爲了跟蹤我。

我付了晚餐的帳，拿了歐伯隆的外帶牛肝，說：「等我們到老奶奶衣櫥後再談另外那件事。」關妮兒點頭同意。我們與歐伯隆在外面會合，我沒有解除他的僞裝羈絆。

「我們待在老奶奶衣櫥期間，我要你繼續藏身暗處。鼻子放靈敏一點，注意還有沒有吸血鬼，隨時報告。」

「好。那邊有沒有正常食物？牛肝很棒，不過有點太營養了。」

「有，我幫你點客牛排，拿出來給你。」我邊說邊上車。

「很好。我剛剛賭贏了嗎？」

註：畢夾（bheja），印度官方語言之一印地語的「腦」。

我大聲回答，看看會引發什麼反應。「她把五道菜都吃光了，老兄。抱歉。你又變回負十六根香腸了。」

「可惡！我應該跟你賭點蔬菜的，那就不會這麼痛了。不過就算贏了蔬菜感覺也不夠酷。或許我該重新想想打賭這回事。」

「等等，」關妮兒說：「歐伯隆賭我輸？謝謝你唷，歐伯隆。」

「告訴她可以把快樂建築在我的痛苦上。」

我們停入老奶奶衣櫥的停車場，四下找尋適合歐伯隆遊蕩的地點。停車場位於餐廳北邊，而我們把歐伯隆留在停車場北側。停車場入口朝西。

步入餐廳大門後，左手邊是用餐區，右手邊是吧檯，中央則是廚房。我們向右轉，進入一間深色木材裝潢的房間，光線呈紅色調。吧檯位於西側牆邊，其他三面牆旁則設有桌椅——就是靠牆座位整有排座墊的那種，而桌子對面的則是兩張椅子。房間中央都是只夠放杯飲料和一盤雞翅的小桌。

我們在東牆找了張桌子，面對房間而坐。一個濃妝豔抹、墊高胸部的女服務生帶著我們的點菜單前往吧檯，而吧檯後面有個英俊瀟灑的男子正在調酒。關妮兒以專業的眼光打量他。或許……還有其他興趣。她目光往我這邊一飄，抓到我在偷看她——她超會抓這個的——接著她低頭，頸部有點尷尬地漲紅。

我知道這一回她覺得被抓到的人是她。我和她一起尷尬臉紅。不久前，關妮兒與我還會漫不經心地調情個幾句——好吧，我承認我或許不是那麼漫不經心。當她只是個女酒保，而我只是個顧客的時候，我們兩個都是可以公開追求的目標。如今我們的關係改變了，必要的改變，而至少我調適得有點糟糕。

我的問題在於，我無法不盯著她看。關妮兒並非那種充滿異國風情的紅髮艷女，像是潔西卡・瑞比之類的；她的美麗渾然天成，通常除了眼影和唇蜜之外不施任何化妝品。我注意到四周的紅光在她唇上閃閃發光；它們就是那種讓你沒有辦法不想親的嘴唇。但現在她成了我的學徒，每當興起這種想法就讓我心生罪惡，好像有人在我脖子上丟了隻滑滑臭臭的雪貂一樣。罪惡雪貂眞是混蛋。

我不知道關妮兒有沒有我這種困擾。儘管如此，我還是看得出來我們之間那種緊張的關係，而讓這種關係繼續下去很不智。問題在於，我不知道該怎麼瀟灑地提出來討論。我很肯定這件事再怎麼做也不可能瀟灑。

「呃，妳看，關妮兒……」我支支吾吾地說，不確定該如何繼續。

「看什麼？」

「不是那種看。見鬼了。好吧，請原諒我要說件非常尷尬的事情，但我覺得非說不可。我不希望妳認爲當德魯伊就必須宣示獨身或之類的。獨身是種很糟糕的觀念，只有痛恨自己，也希望別人痛恨他的人才會這麼做。妳想怎麼做就怎麼做，妳知道。」

「不好意思？」她語氣輕鬆，不過表情卻帶有一絲警訊。我忽視它。

「別裝傻。妳知道我的意思。也知道我在指誰。」我朝她剛剛在看的那個英俊酒保點點頭。

關妮兒目光維持在我身上，神色不善地瞇起雙眼。「你是在允許我去做愛嗎？」如今她的語調聽起來十分鋒利。事實上，有點尖銳：就是可以輕易貫穿鋁罐的那種鋒利，旁邊還有個俊俏的旁白問道：「這下你願意出多少錢買這把匕首？」

「不，我是說妳不用我的允許。」

「我本來就沒想過會要你允許！」

「很好，那我們就有共識了。」我希望這話可以讓她結束這個話題，但我沒這麼好運。她等著。

「什麼？不，我不這麼認爲。你爲什麼提起這個？你以爲我是什麼性飢渴的魯蛇嗎？」

「這個，妳是美國人。」

「什麼！」

看在化膿大獏奶頭的份上，這話眞是蠢到極點。我把事情搞砸了，但是除了繼續說下去，希望能夠逃出生天之外，我也沒有其他辦法。「我是說妳擁有所有現代美國人面對這個話題會出現的反應，對理應十分輕鬆自然的事採取防禦性的態度。」

「你這招太賤了。指控我採取防禦性的態度，導致我不管怎麼回應都會證明你的論點，雖然你這跟原先的話題根本毫無關聯。而且我們這裡的原始話題就是你自以爲有權力干涉我的性生活。」

「看吧，我就說這個話題會非常尷尬。我只是想跟妳解釋，我不是什麼原罪警察，如果妳想要對那位麥克酒褲子T恤【註】先生採取行動，妳可以立刻出手。」

關妮兒的嘴唇緊緊抿成一條火大的直線。「如果你是別人的話，我一巴掌把你兩個臉頰打到一邊去。」

「這樣的話，我誠心道歉，並且欽佩妳能如此克制自己。但是妳必須解釋一下我到底做錯了什麼。我絕對沒有侮辱妳的意思。我從來沒有與人產生過這種關係，我不知道該如何應付。」

「你以爲我們是什麼關係？」

「就這種呀。別告訴我說妳不會覺得尷尬。我們以前會言語調情，關妮兒，而現在我們不能這麼做了，因爲妳是我的學徒。」

「你剛剛才告訴我說你不是原罪警察，獨身是討厭自己的人的觀念，而現在你又說我們不能調情？」

「沒錯。」

「而你不認爲這樣自相矛盾？」

我搖頭。「一點也不。師生關係是很神聖的。在人類史上所有文化裡都一樣。」

關妮兒語氣輕蔑。「你不可能是認眞的。有史以來人們就跟老師亂搞，反之亦然。」

「沒錯，但是那樣做就會犧牲他們的師生關係。一旦妳跨越那條線，我們就不能繼續教導與學習了。我會爲了顧慮妳的感受而處處留情面，這會對我造成壓力；我也可能會降低標準，確保妳能

註：麥克酒褲子T恤（Drinky McDrinkypants）是種在愛爾蘭傳統節慶聖派屈克節時穿的綠色文字T恤，有飲酒狂歡之意。

成功；到時候妳就會成為不夠強大的德魯伊，而我認為我們兩個都不希望看妳變成庸才。所以我們甚至不能接近那條線。」

她偏過目光，低頭看她的飲料，小心控制表情，不露絲毫情緒。或許她有輕輕點頭表示認同。不管她有沒有這麼做，總之她都不開心。這表示我們麻煩大了；她面對與我相同的困擾，但在此之前我都沒有看出任何徵兆。我頸部抽動，關妮兒可能也一樣。罪惡雪貂眞混蛋。

「阿提克斯，有個死掉的東西朝你走去。」

「是李夫嗎？」

「我不知道。看不見他，不過我有聞到死味。時有時無。又聞到了。肯定是從餐廳另外一側傳來的。」

我抬起頭來，望向酒吧入口，看見李夫走了進來，雙手插在口袋裡，漫不經心地尋找我們的身影。我舉起一手吸引他的目光。他看見我，揚起下巴，表示看見我們了。不過他沒有朝我們的方向前進。他只是仔細掃視室內其他地方，找尋陷阱、逃生路線，或是其他人。這個動作喚醒我本身的偏執妄想，我也開始環顧四周。

「歐伯隆，你還有聞到死人嗎？」

「沒。味道消失了。」

根據我透過魔法光譜看見的景象，酒吧裡除了李夫之外，通通是人。當我們兩個都滿意後，他走向我們。

關妮兒從未見過李夫——畢竟，他是個夜貓子，而她晚上都待在家裡——所以她不可能看出他和出事之前有沒有差別。但是隨著他逐步逼近，我必須強行克制自己不要流露懼色。李夫畢竟還是沒有完全復元。

第十七章

即使燈光昏暗，又在一段距離之外——我還是可以輕易認出他：但是近看之下，他的五官就像黏土娃娃，好像是用肥肥手指笨拙揑出的。他的頭髮曾經柔順明亮，散發不死生物光彩，如今稀稀疏疏地塌在頭上，還禿了好幾塊；我在阿斯加德上只撿回了一些頭髮，所以他能長出這麼多已經很了不起了，但是長成這樣讓他看起來像生病了一樣。

「我知道我以前比較帥，阿提克斯。」他說著伸出手來和我握手。「不過我前一段日子看起來也比現在淒慘很多。我還在康復中，謝謝你。」我不確定他該謝我。儘管我在索爾把他的腦袋打成碎骨和腦漿後，竭盡所能把他羈絆回原形，但現在不管誰看到他都還是會感到異常害怕。他整個人的對稱性蕩然無存；影子看來超不對勁；一眼高，一眼低——雖然他還有眼睛已堪稱奇蹟。

握起他的手後，我不禁注意到他的皮膚緊實滑潤，和他的臉截然不同。

「李夫，這位是我的學徒，關妮兒。」

他轉動恐怖的目光，對她點了點頭。「我的榮幸。」

關妮兒也點頭回應，雙唇緊閉。或許她怕自己張嘴就會嘔吐；李夫的頭比我們在雙重挑戰美食餐廳裡吃的所有餐點都還噁心。

「請坐。」我說。他在我對面坐下，女服務生帶著我們的飲料過來，順便幫他點餐。看到他的臉時，滿臉畏縮，有點罪惡感地低頭看著她的點菜單，然後在他只有點水時又畏縮了一次。

「你的情況會持續改善嗎？」我問。

「會。頭髮還在長。骨頭也還在移動。」

「你的記憶呢？」

「有缺口。」他承認道：「霍爾說我們成功了，但是剛納沒能活下來。」

我下巴掉了下來。「你不記得殺死索爾？」

他哀傷地搖頭。「眞希望我記得。不過我很高興得知他已死亡，而且是我導致他的末日。」

「你記得的最後一件事是什麼？」

「霜巨人踩扁海姆達爾。他們有逃出來嗎？」

我聳肩。「或許有。我最後看到他們的時候，他們在追捕弗雷雅。所以你大部分都忘了。」

「對。你可以告訴我嗎？」

「沒問題。」我花了點時間把阿斯加德之旅重頭到尾說了一遍——誰死了，誰還活著，還有之後的情況。李夫在我描述他與索爾大戰時面露微笑。他的牙齒很不整齊。

「那麼接下來怎麼樣，阿提克斯？」

「什麼意思，接下來？我們繼續我們的人生。我現在就是在這麼做。」

「沒有那麼容易。我的情況有點危險。」

「你是指其他吸血鬼？我敢說你很快就能解決他們。給自己一點時間，你還沒有完全恢復。」

李夫嘆了口氣，聽起來十分不滿，不管他要表達什麼，總之我都沒聽明白。他突然側頭朝右，彷彿突然被個想法嚇了一跳。「我之前有沒有說過我是狠角色？還是那也是我幻想出來的？」

「你有說過，對。」我微笑道。

「好吧，我不再是狠角色了，阿提克斯。」他轉動手指比向自己的臉強調。「我變得非常虛弱，不知道要到何時才能恢復之前的力量，甚至不知道有沒有辦法恢復。」

「所以其他吸血鬼是來摧毀你的？」

「有些是。其他都是斯丹尼克的手下。」

「斯丹尼克？你的創造者？」

李夫點頭。

我拿起酒杯，若有所思地喝了一口。「他在布拉格，是吧？」

「不。他在鳳凰城。」

這話差點讓我把一口史密斯威克啤酒吸到肺裡去。我咳嗽幾聲，放下酒杯。「呃……爲什麼？」

「你還記得在前往阿斯加德途中，我趁你和剛納待在奧辛納來斯附近的樹林時跑去布拉格拜訪他？」

「沒錯。你說你是去向他致敬。」

「我還安排他在我死亡或身受重傷時前來接收我的地盤。」

「李夫，那聽來像是個非常糟糕的主意。」

「當時感覺是個好主意。但現在他買下了駱背山的可潘哈維城堡。你聽過嗎？」

「住在東谷裡很難沒聽過它。我聽說那座城堡裡有個可供二十人一起洗澡的熱水浴缸。爽翻天了，呃？」

「對，不過那座城堡裡也有座地牢，我認爲這點比較吸引他。他正在裝修補強那座城堡。這不像是打算返回自己地盤的吸血鬼會做的事情。」

他講話的語氣彷彿在暗示我應該擔心這件事。我急著想要表示我不擔心，於是我聳肩。「好了，這只能怪你自己。你一手安排了人家來接手你的地盤。」

「我們安排的條件是說一旦我完全康復，他就要回去布拉格。此刻他宣稱我還沒有完全康復，而把我的地盤留給各方吸血鬼去爭奪是不負責任的行爲。他說他和他的副手是在幫我抵禦那些想要搶我地盤的人。但是他帶來的副手遠遠超過必要的數量；他現在派了四個副手散布在亞歷桑納各地，我名義上控制東谷，西邊的地盤則由他負責。」

「他們比你年長強壯嗎？」

「不比我年長，」他語氣不屑。「他們的年紀都小於半世紀。以現況，我不確定能不能和他們比拚實力。但是他們都花了大筆資金購置永久性的物產。我怕等我完全康復後，他會直接拒絕離開。」

「好，李夫。那就是你出面教訓他的時候了。」

他無聲地打量我，手指在桌上敲了幾下，然後說：「你很遲鈍。我不能殺害我的創造者。」

關妮兒皺眉插嘴：「原諒我提出這個問題，但是爲什麼不能？」

李夫移動不協調的目光打量她。「這是一種控制機制，吸血鬼絕不能違逆賜給他們永生的吸血鬼。他可以命令我做近乎所有事，而我必須遵命行事。那和我魅惑人類的情況差不多。」

「哇，」我說：「我還眞不知道有這種事，李夫。我向來不太在乎吸血鬼的社交生活。這種情況實在太遺憾了，但我想你必須去找新地盤了。祝你好運。」

李夫目光回到我身上。「我本來希望你不只會祝我好運的，阿提克斯。」

「你還想要我怎麼做？」我笑著看他，比向女服務生在我們談話期間放下的那杯水。「這樣吧，那杯水我請客。」

李夫不喜歡我這樣逗他，以超級冰冷的語氣說道：「我要你幫我把斯丹尼克趕出我的地盤。」

我輕鬆的笑容消失了。「不幹。這樣不理性，李夫。這件事情對我一點好處都沒有，而且在我看來，對你也沒有好處。你不記得我們在西伯利亞聊的嗎？你說你來亞歷桑納是爲了等我，只爲了和我當朋友，讓我幫你向索爾報仇。好了，你成功了：你和我交朋友，索爾死了，你報仇了，已經沒有必要繼續待在這裡了。你還是個狠角色，至少你很快會再度成爲狠角色。你可以在美國境內佔領任何其他地盤，輕而易舉，把這裡讓給斯丹尼克。見鬼了，我敢說你能佔領一個小國。哥斯大黎加很漂亮，不如去那裡？」

「你不懂。」

「我不懂無所謂，李夫！或許你不懂的地方在於我已經不欠你任何人情了。眞要說起來，現在是你欠我。我不但還清了人情，我還把你的頭重組起來，帶你離開阿斯加德。要不是我，你此刻根本不會在這裡和我聊天。」

「我很清楚，也很感激。請容許我解釋。」

「如果我現在就拒絕你，不把你的解釋當一回事的話，可以節省不少時間。」

李夫湊向前來，伸手戳我，做出比利・艾鐸【註】嘶吼的嘴型。「根據《羅馬協定》，這個州可以養活六十五個吸血鬼。」啊，他這下可說溜嘴了。這就是惹怒他人時的好處：他們會說出平常不會說的話。我之前從來不曾讓李夫承認吸血鬼會控制他們的數量，不過現在他自己承認了——而依照亞歷桑納的人口比例來看，這表示每十萬個人類可以養活一個吸血鬼。他同時也透露了羅馬就是吸血鬼世界的首都，這和我一直以來的猜測不謀而合。

李夫繼續：「但幾個世紀以來，我都是這裡唯一的吸血鬼。這裡基本上算是狩獵處女地，有不少除了我之外沒有任何吸血鬼品嚐過的鮮血口味。這些人……他們嚐起來有如太陽。光這一點就讓這個區域價值連城，阿提克斯。而從我手中奪走這塊地盤更能大幅提昇他們的威望。還有個名爲上帝之鎚的喀巴拉教派在此釘死了幾個吸血鬼，也增加了不少挑戰性，加上傳說世上僅存的德魯伊居住於此，此時此刻這塊地區就是全世界最有價值的土地。舊世界吸血鬼都注意到這裡了。」

「我不在乎。」

「你應該要在乎。最後控制亞歷桑納的吸血鬼肯定極具威望，不過在這種情況下，能夠掌權的絕對是最殘暴邪惡的吸血鬼——除非你幫助我。」

「不幫，李夫。」

他提高音量。「斯丹尼克會奴役人類、創造新的吸血鬼，以他之名做出各式各樣邪惡暴行。我沒有奴役人類，也不創造新吸血鬼。我和斯丹尼克那種吸血鬼的統治手段大不相同。而斯丹尼克還不是最糟糕的吸血鬼。」

「聽著，在我的觀念裡，世界上沒有任何吸血鬼比石油公司總裁更邪惡，而我也不會跑去暗殺那些傢伙。」我隱約注意到關妮兒聽到這句話後突然轉頭看我。「我不管事了，李夫。我不能繼續拿生命冒險，我剛剛才耗費很大的心力銷聲匿跡，而我建議你也照做。」

我們談得太起勁，竟然沒有留意周遭變化。直到之前在雙重挑戰美食餐廳見過的吸血鬼來到李夫身後開口說話後，我們才發現她。她已經脫下了那件搭配用的時尚外套，不過依然穿著美國鷹T恤。她的大學生零食沒有跟來。她講話時充滿濃厚的波西米亞腔調。

「這個男人可以暗殺吸血鬼，李夫？難怪他的血聞起來這麼特別。他是誰？」

我讓李夫去擔心她。我擔心的是歐伯隆。他爲什麼沒警告我說她進入餐廳了？

「歐伯隆？」沒有回音。「歐伯隆？」

註：比利・艾鐸（Billy Idol, 1955-），英國搖滾歌手，曾是搖滾樂團Generation X主唱，樂團解散後單飛，八〇年代成爲英國電子搖滾的天王級巨星。表演特色是時而飄渺，時而怒吼，咬字不清的唱腔。

第十八章

「啊，」李夫看起來很難爲情。「娜塔莉雅，這位是，啊，我朋友。」

「我想也是。他是誰？」

李夫不確定該如何介紹我。他知道不能提阿提克斯這名字，但是霍爾沒告訴他我們的新身分。我也不想讓這吸血鬼知道我們的新身分，於是說出了腦中浮現的第一個名字，希望這個外國吸血鬼不熟悉重金屬樂團的鼓手。「拉斯・烏利克【註】，」我朝她點頭道：「很高興認識妳，娜塔莉雅。」

「我沒和你說話就不准說話。」她厲聲道，直視我的雙眼。她打算魅惑我，但這招對我無效。

「很喜歡使喚人，是不是？」我微笑說道。她臉色發白。「事實上，妳這樣很沒禮貌。儘管如此，我還是不該爲此而失了禮數。妳要一起坐嗎？」我比向李夫身旁狹窄的空間。

她一臉狐疑地打量我。「我站著就好了。」她靠向李夫，問道：「這個可以抗拒魅惑的拉斯・烏利克是什麼人？」

我心念電轉，考慮各種可能。我們不可能靠嘴擺脫這個局面。她已經知道我有辦法殺死吸血鬼，這表示我的未來岌岌可危。她將調查此事，遲早會發現眞相，到時候我詐死的努力就會通通白

註：拉斯・烏利克（Lars Ulrich），是美國重金屬搖滾樂團Metallica的鼓手，也是創團者，不過他是丹麥人。

費。根據李夫的描述，我得假設她就是斯丹尼克的副手之一。她不能活著離開這裡，或是以不死狀態離開──隨便怎麼說。一旦離開我的視線，她只要打通電話就能讓我的努力化爲烏有，而我還不保證我能在她打電話前追上去。

「喜歡站就站。」我說著微微彎腰，站起身來。「反正我也想呼吸點新鮮空氣。這裡有點悶。我們出去談？」

「在這裡談就好了。」她說著移動位置，讓李夫處於我倆之間。「只要海加森先生願意回答我的問題就行。」

我想到李夫之前說過這些斯丹尼克的副手都很年輕──這表示她不會古北歐語。我只希望李夫也沒有喪失說北歐語的能力。在他想出說詞之前，我迅速以他的母語和他說話。

「我會羈絆她的四肢和和嘴唇。」我說：「站起來，別讓她摔倒。」謝天謝地，他還記得這種語言。李夫站起身來，娜塔莉雅後退一步，我則切換成古愛爾蘭語，開始羈絆她嘴唇上的皮膚。

就大地的角度而言，吸血鬼是可以任意獵殺的獵物。他們只是一團到處走來走去、獵食活人的碳與礦物質集合，而在這種情況下，不管我怎麼對付他們，蓋亞都不會有任何意見。我不想在這裡解除娜塔莉雅的羈絆，因爲那樣會把場面弄得非常難看，造成恐慌，還會吸引不必要的注意。最好的做法就是先離開這裡，然後確保附近沒有其他吸血鬼。我還想弄清楚歐伯隆怎麼了。

「玩夠了。告訴我這傢伙是誰，不然我就告訴斯丹尼克。」她對李夫說。而這就是她說的最後一句話。我完成羈絆，她發現她無法張嘴，驚訝得瞪大雙眼，雙手舉到嘴前，剛好讓我施展簡短的「重複」羈絆，只是稍微調整一下施法目標：這下她的雙手也被羈絆在嘴上，試圖發出驚慌失措的聲音。

「搭她的肩膀，故作親密，不要放開她。」我以古北歐語對李夫說道。趁他照做的時候——她小小掙扎一下，不過還是被他固定肩膀——我開始對她的牛仔褲施展最後一道羈絆法術：我把內側的褲縫羈絆在一起，讓她無法奔跑。短短十五秒內，她既沒有動手也沒有尖叫求援，就已經完全動彈不得。

然而，她情急之下發出的聲響還是吸引了旁人注意，有些人皺起眉頭，想知道那個女人幹嘛那麼激動，是不是和她身旁的兩個男人有關。

「她食物過敏。」我以英文說道，音量太大了點。「我們最好帶她去看醫生。來吧。」附近有些人的表情轉爲同情這個食物過敏的女人。

收到暗示後，李夫開始配合我的詭計。「先帶妳到外面去。」他安慰道，和我一樣說得有點大聲，確保旁邊的人都有聽見。他單憑左手固定她的身側，基本上根本是把她給抬出餐廳，微微提起她，沒讓雙腳在地板上拖行。由於雙手貼在嘴前的緣故，娜塔莉雅不管看起來或聽起來都像是吃出問題的樣子。

「待在這裡。」我在跟隨李夫出門前對關妮兒說：「我們盡快回來。」

「我跟你們去。」她說著就要起身。

「不，」我堅決道：「我須要妳待在這裡。」如果外面還有吸血鬼，我不想讓關妮兒成爲容易得手的目標。「我說眞的。」

她細看我的表情，看看有沒有讓步的餘地，沒有。她癱回座位上，顯然不太高興，不過不打算繼續抗爭此事。

「謝謝。」我說，然後快步跟上李夫。

「歐伯隆！」我在閃過桌子、奔向前門時，在心裡大叫。

「呃？幹嘛？」

「喔。你沒事？」

「是呀，沒事。我們要走了嗎？」

我鬆了口氣，抵達門口。「感謝二十個萬神殿裡的神。你剛剛為什麼不回話？」

「我什麼都沒聽到。」

「我叫了你兩次。」我邊說邊四下尋找李夫。他在我左邊，依然抬著娜塔莉雅，朝隔壁那家門口有幾個加油箱的便利商店走去；我們把歐伯隆留在右手邊的停車場。

「喔。嗯。」他語帶抱歉。「我可能打了個小盹，阿提克斯。我敢說只睡了一會兒。下次記得買不會讓人想睡覺的牛肝。」

「走到人行道，左轉，」我告訴他：「然後就會看見我。跟著我走，注意吸血鬼，麻煩。全力警戒。別忘了注意屋頂。」

「好。我看到你了。我唯一感應到的吸血鬼就是你前面那兩個，李夫還有之前那個。」

「好。有新發展隨時告訴我。」

李夫在便利商店底端停步，然後回頭來確認我打算怎麼做。我慢跑趕上，指向便利商店和老奶奶衣櫥中間的狹長巷道。

「那後面應該有大垃圾箱。」我以古北歐語說。沒必要進一步刺激娜塔莉雅——暫時還沒有。我們盡量裝得一派悠閒，李夫也還在假裝摟著娜塔莉雅是爲了保護她，我們前進三十碼左右，來到商店後方，遠離南彌爾頓路上所有車輛的視線範圍。我們找到大型工業用垃圾箱，拉開箱蓋，嚇壞了幾隻在裡面避寒的蒼蠅。

「我要解除你的僞裝，歐伯隆。請確保沒人跟我們走過來。」

「收到。」

「把她丟進去。」我對李夫說，刻意使用英文。娜塔莉雅一聽，立刻奮力掙扎，撕裂牛仔褲的內縫線，張開雙腳。我算準她會這麼做，但是李夫沒有。他在她出腳踢他時咒罵一聲，我則冷靜地再度羈絆她的雙腳——這次用她裸露在外的皮膚，她不會撕裂那個。

「你在做什麼？」李夫問。

「我只是想在沒人試圖逃跑的情況下，找個安靜的地方聊天。所以。現在有個斯丹尼克的副手毫無抗拒之力地落在你的手中。你打算怎麼做？」

李夫看起來有點受創。「我？不是你要解除她的羈絆嗎？」

「不。她是你的敵人，身處你的地盤。你要我幫忙，我這就是在幫你，因爲我不能任由她出去宣傳我還活著；但我不是你的殺手，自己的骯髒事請自行處理。」

李夫聳肩，推她翻身、顏面朝下，面對柏油路。他一腳踩在她兩片肩胛骨之間，兩手抓起她的頭顱，輕哼一下，就聽見啪嗒一聲，當場拔下了她的腦袋。由於她手指的皮膚被我緊密羈絆在臉上，有些皮膚被扯離手指，垂落在她的嘴唇上；也有些皮膚被扯離臉頰，垂在她的手指上。他的手法乾淨俐落、凶殘血腥，就跟我預期中一樣。李夫把血淋淋的頭顱丟入垃圾箱，我則開始解除她的羈絆，一方面爲了湮滅證據，一方面爲了確保這個吸血鬼永遠不會重生。

「謝謝你，阿提克斯。」他抬著屍體說道，盡量不讓身上沾到血。

我解除羈絆完畢，透過魔法光譜觀察，直到吸血鬼紅光徹底消失在頭顱中，而頭顱則融化在菜渣、紙袋和塑膠包裝等垃圾裡爲止。

「其實我不想要你道謝，李夫。」我說：「我只想要獨善其身。」

「我了解。」他說著把屍體丟入垃圾箱。他在我唸誦解除羈絆咒語時不停說話；如果我不處理她胸口的紅光，她會以比李夫此刻還糟糕的狀態復生，但不管怎樣總是會復生就對了。

「但你不得不承認這對我們而言就像簡單的練習，我們可以在短短幾天內清理掉全州的吸血鬼。拜託，阿提克斯。」

享受了大約三十年的正常人生，外加三百年左右靠吸活人鮮血取得的額外存在，娜塔莉雅在她的T恤和破爛牛仔褲之中融化。我朝她的殘骸點了點頭，說道：「抱歉，但我只打算清理到這裡爲止，李夫。我幫你解決掉一個對手。剩下的就看你自己的了。但我還是認爲你應該一走了之。願你心靈和諧。」

他有聽出我轉身面對窄巷時那種該說的話都已經說完了的語氣。「你要上哪兒去？」他問。
「我只是要一走了之。」我說著走回去找歐伯隆和關妮兒。「看出一走了之有多容易嗎？」
我把他留在原地，滿心以爲從此不會再見到他。

第十九章

睡醒的一大好處就在於能夠延續心裡那股心知自己可能活到吃早餐時的寧靜感。沒有錯，有時候你會在極度難受的宿醉中醒來，然後痛恨人生，但至少你還有個人生，而宿醉的解藥很可能就躺在你家廚房裡。你會聽見鳥兒吟唱，也可以去拍拍狗，有時你甚至可以考慮當天要不要展開一段愉快的冒險。

話說回來，只要你活得夠久，你就會發現很多新奇、刺激、比較沒那麼寧靜祥和的起床方式，而且天還沒亮就被吵醒。黃鼠狼跑到睡袋裡：不好；匈奴人掠奪城市，強暴女人：非常糟；吸血鬼打破旅館房間門，在你有機會移動前張口咬中你剛剛痊癒的脖子：沒有什麼比這個更糟糕的了。

我住在蒙地維斯塔旅館的四〇三號房，弗來迪・馬凱利【註一】曾經住過這間房。我跳上床跟抱抱棉被溫存前唱了《波西米亞狂想曲》，入睡前我還想著小丑究竟會不會跳段凡丹戈舞【註二】。

註一：弗來迪・馬凱利（Freddie Mercury, 1946-1991），歌手、皇后合唱團（Queen）主唱，並創作了許多名曲。

註二：出自弗來迪・馬凱利所作《波西米亞狂想曲》中一句：「Scaramouche, scaramouche will you do the Fandango-」（小丑、小丑，你會舞一段凡丹戈舞嗎？）。這裡的小丑（scaramouche）是義大利戲曲裡面的丑角，而凡丹戈舞（Fandango）則是西班牙佛朗明哥舞的一種。

黏在我脖子上的吸血鬼強壯到不像話。我的房門全毀；他直接破門而入，在破門聲把我驚醒前就展開攻擊。旅館的門檻無法阻擋吸血鬼。

我身處四樓，無法接觸大地，只能取用熊符咒裡有限的魔力。我利用部分魔力強化右手，一拳擊中他的腦側；這一拳打斷了我三根手指，不過成功將他打離我的頸部。我啓動醫療符咒，在他嘶吼一聲、朝我撲來的同時開始唸誦解除羈絆咒語。

我找不到可供施力的支點，之前超級舒服的天殺抱抱棉被此刻很有效地把我困在床上，成爲吸血鬼的俎上肉。他在我雙腳踢開棉被前再度撲到我身上，開始施展一些基本武術技巧。我利用魔法強化的力量防止他咬到我的脖子，但是掙扎得十分勉強。那感覺像是和李夫摔角——情況更糟，因爲這傢伙比他更強壯，也就是說比他更老——而基於過去的經驗，我知道自己撐不了多久，特別當我手上還有三根斷指之時。我符咒裡的魔力迅速減少。他狠狠甩我一巴掌，逼我中斷解除羈絆咒語，成功了。我必須重頭開始。

「阿提克斯，你在吵什麼？」歐伯隆在隔壁房間問道。他今晚睡在關妮兒房間。

「吸血鬼要殺我。」

他開始大叫，我聽見關妮兒動作的聲音，她早已被撞門聲驚醒。我想要對她大叫不要過來，待在房間裡，不要冒險，但是這麼做就必須再度打斷解除羈絆咒語。

眼看魔法即將耗盡，我必須盡快做決定。我可以將所有法力用來強化力量，繼續讓吸血鬼遠離我的脖子數秒，不然我也可以讓他咬我的脖子，保留足夠的魔力施展解除羈絆術，希望他來不及在我完成施法前殺了我。我選擇後者，因為這是唯一活命的辦法，當我的脖子與他之間只剩下我虛弱的人類手臂時，他立刻低下頭來咬我的喉嚨，我濺在枕頭上的血就和湧入他嘴中的血一樣多。我毅然決然地繼續唸咒，心知他這一口咬開了一條大傷口；我感覺到生命離體而去。

一聲吼叫和突如其來的壓力代表歐伯隆終於趕到：他跳到吸血鬼背上，也等於是跳到我身上，然後竭盡全力想要咬穿吸血鬼的頭顱。這的動作成功令吸血鬼分心，因為他放開我的脖子，嘶吼一聲，然後冷酷地將歐伯隆——一百五十磅重的大狗——直接丟出房門口，重重撞在門外走廊的壁紙牆上。我聽見他骨頭碎裂還有痛苦的哀鳴聲，緊接著是門外關妮兒的驚叫聲，然後是我朋友癱落地上的聲音。

他救了我一命，因為這讓我有足夠的時間唸完解除羈絆咒語，把吸血鬼變成一場血肉模糊的意外。他的身體向內擠壓、摺疊，最後化為房間中央一張傳奇性的乾洗帳單。我試著下床去幫歐伯隆，結果卻因為虛弱到站不起來，而跌入地板上那灘殘骸裡。我的脖子還在失血，而我已經沒有魔力可以治療自己。

「打電話找獸醫！」我無力地說道。我認為相形之下，這算是句不錯的遺言。我看見關妮兒跪在歐伯隆身邊，而他毫無動靜；我也沒辦法透過心聲聽見他。關妮兒自動也不動的歐伯隆身上抬起頭來，望向某個從走廊另一端接近而來的人。她驚訝到下巴掉了下來。

李夫・海加森好整以暇地步入房內，雙手插在口袋裡，畸形的臉上帶著一絲得意洋洋的笑容。看到地上那灘被我融化的殘骸後，他的笑容當場擴大。

「恭喜，阿提克斯。」他說：「你剛殺了個幾乎和你一樣老的吸血鬼。他是斯丹尼克，前任布拉格之王，也曾短暫擔任過亞歷桑納州之王。」

難怪他那麼強。「你……引他來這裡？」我問。

李夫雙手伸出口袋，無辜地舉在身前。「不是你叫我想辦法除掉我的對手嗎？我只是依照你的建議行事，謝謝你扮演好你的角色。」

這些話吸光了房內的氧氣，我唯一吸入體內的就只剩下恐懼。他對歐伯隆和我的所作所爲——可能還包括關妮兒——都只是一場毫無意義的地盤爭奪遊戲？我的視線開始變黑；脖子上的傷口還在淌血，而我想不出任何言語能夠充分表達此刻我對他的厭惡與反感。如果還有力氣，我會當場把他也給解除羈絆；而在沒有魔力的情況下，我只能回頭去引述莎士比亞。李夫會聽出出處，了解這話的意義。我利用僅存幾秒清醒的時間，引述《無事生非》裡班奈迪克對他從前的朋友所說的台詞：

「你是個惡棍：我不是說笑。」然後我癱倒在自己的血泊裡。

第二十章

我不喜歡作夢——需要大寫的那種夢，充滿徵兆與線索，滿滿都是象徵意義和發光的印記，外加迷霧中的神祕詩歌。幫人安排這種夜曲的傢伙通常沒有什麼開心話好說。而我想這其實也很有道理。超自然生物很少會有空跑到凡人的腦袋裡說：「恭喜。醒來之後，你會嚐到甜頭。」他們大老遠跑來當然得說點有分量的事，於是他們丟顆炸彈到你身上，宣稱你會爲了過去的作爲接受各式各樣的懲罰，不然你就得要跑到很遠很遠的地方，取得某樣魔法物品，摧毀黑暗大君、拯救村莊或世界或銀河系。不過說句公道話，他們常常會暗示成功的話，你就可以嚐到甜頭；只是沒說事成之後，你會身心受創到無法享受那些甜頭。

由於我已經感覺身心受創了，所以昏倒後立刻開始作夢時，我就知道這表示我的人生在好轉之前還要持續低潮一陣子。從正面的角度來看，這表示我的人生還有繼續下去的可能。會託夢的傢伙通常不會找上快死之人。

我不再身處於自己的血和波西米亞吸血鬼殘骸攪拌而成的雞尾酒裡，而是身強體壯地出現在叢林中，沐浴在午後的陽光下。寬大的樹葉布滿水氣，香甜的氧氣盈滿我的肺葉。某種動物的聲音吸引我抬頭去看，只見樹頂有隻金葉猴朝下指著我。樹葉打散陽光，讓叢林地表籠罩在布滿斑點的柔光之中，或許這種景象讓那隻猴子覺得很有趣。左邊傳來一陣沙沙聲，將我的注意力從牠身上引開，接著我在看見一頭大象的臉冒出樹葉之間時後退一步。當我發現那顆大象腦袋不是接在大象身體上，而是連接在人體上時，我又退了一步——那個人上半身赤裸，擁有四條手臂和令人難忘的大肚子；肚子以下穿了一條寬大的橘色絲褲，腳上套著涼鞋。

對方象鼻扭動，發出帶有坦米爾口音、寧靜祥和的聲音，目光好奇地瞇起雙眼看我。「你認識我嗎？」

「你看起來像迦尼薩【註二】。」我以前在第三隻眼書籍藥草店裡有賣印度半身神像，蕾貝卡・丹恩的庫存裡大概還有一些。

「就是我。阻礙之王。」他缺了一支象牙，一雙手扠腰，另外一雙手則在胸前做祈禱狀。

「很榮幸認識你。」我說，試著不要讓語氣過於冷淡。「如果我現在就想醒來，去救我的獵狼犬，是否會遇上什麼阻礙呢？」

身後樹葉傳來的沙沙聲響就是我唯一的警告。我及時轉身，看見一個打扮邋遢的男人舉起紫杉木杖敲打我的腦袋。「專心，敘亞漢！」他啐道：「你又在胡搞瞎搞了！」

「噢！大德魯伊？」

他消失在叢林裡，迦尼薩長嘆一聲。「那是我的同事。他想藉由從你的腦中弄出的權力象徵來引導你的思緒，但手段實在太粗暴了。請原諒我們。」

「呃，」我輕揉腦袋說道：「我想是有點粗暴。我們是在講誰？或是在講什麼？」

「我們在講阻礙。」

「是了。儘管這麼問可能會重新燃起我從前的大德魯伊的怒火，如果我想要一邊喝啤酒一邊聊天的話，會不會遇上什麼阻礙呢？」

迦尼薩的兩隻手掌上出現了兩支冰涼結霜的酒壺，他拿了一支給我。「這是一場夢，沒理由不行。」壺裡的是一種爽口的哈皮皮爾森啤酒【註二】，帶有信任、寧靜，以及熱愛學習的口感。迦尼薩的象鼻沉入酒壺，一口氣就把整壺酒給吸乾了。大象其實不會用象鼻喝東西，不過迦尼薩並不在乎。他是神，而這又是一場夢，所以只要他喜歡，就可以用象鼻喝啤酒。他發出滿足的「啊」聲，接著酒壺當場消失。

「提神醒腦。」他說。我認同他的說法，然後不再說話，等迦尼薩先開口。這場宴會或許是在我腦海裡舉行的，但主辦人卻是他，所以我認爲既然我一時半刻還不會醒來，就先聽聽他怎麼說吧。

「我們想要恭喜你最近那次死亡。」迦尼薩開口道。

「我希望你是指我詐死那次？」

迦尼薩微微一笑。「對。」

「謝謝，我也覺得那次死得不錯。」

註一：迦尼薩（Ganesha），印度象頭神。會幫人們移除阻礙、守護財產，也被視爲創業、學問與知識之神。

註二：哈皮皮爾森（Hoppy Pilsner），是一種皮爾森啤酒；這種啤酒源自捷克皮爾森市，是種金色啤酒，泡沫豐富、酒花香味濃、苦味不重，較爲清爽。

「我特別喜歡因陀羅在裡面扮演的角色。」

「他不知道那是在做戲，是吧？」

「不。他和其他，啊，該怎麼說，對眞理理解不足的神完全被蒙在鼓裡。然而，我代表一群目光較爲鋒利的神，而你勾起了我們的好奇心。」

「我可以問問他們都是些什麼神嗎？」

迦尼薩輕笑。「這麼說吧，我們都是在搞公眾服務的。」

喔，神呀。我可不要和這些傢伙比賽雙關語。我在附近的叢林裡感應到其他神的存在；他們不在我的視線範圍內，但顯然存在於我的腦海裡。不管他們是誰，暫時他們都還不想洩露身分。或許他們都是印度神，但我懷疑他們來自其他萬神殿，而迦尼薩是他們推舉出來的發言人。

「你們在好奇什麼？」

「我們想知道接下來你打算怎麼對付赫爾。」

「你們不能直接讀我的心嗎？」

「如果你已經做決定了，我們就可以。」象嘴自象鼻旁邊向上噘起。「但是你一直在處理其他事情。」

「你說話眞的很保守。」我說：「我猜你們希望我能採取某種處理方式，而你們要我立刻去做？」

「簡單明瞭的說法。」迦尼薩說。

了。

「如果我想晚點再來考慮此事呢？」

「那我或許就會被迫承認這是一場你可能永遠不會醒來的夢。」

「我懂了。」迦尼薩是來對我下最後通牒的友善面孔：照我們的話做，凡人，不然你就死定

「你現在想要和我分享任何建議嗎？暗示一下你跟你的夥伴想要我怎麼做？」

「我們看不出來提供建議有什麼意義。」迦尼薩有點侷促不安地承認道。他舉起雙手，掌心朝上，一副無可奈何的模樣。「有人對你提出過建議——非常好的建議，我想補充——但是你卻視若無睹。你甚至自我建議不要涉入這場吸血鬼鬥爭，結果看看你現在這個樣子。昏迷不醒，法力耗盡，垂死邊緣。」

「我的獵狼犬還活著嗎？」

「那個無關緊要。」迦尼薩說。

「對我來說很重要！」

我頭頂突然一陣劇痛，因爲大德魯伊的鬼魂又跑回來教訓我了。「專心，敘亞漢！」他叫道，接著在閃回叢林時補充道：「你又在胡搞瞎搞了！」

「嘎！可惡，好痛！你是怎麼弄的？」

「專心點，拜託。」迦尼薩說：「看看我們可不可以移除讓你存活下去的阻礙。」

好。我可以專心在這上面。「首先我要說的是，如果你們不喜歡我的答案，我非常樂意接受勸

說。」我說。

「了解。」迦尼薩微微點頭，象牙附近再度浮現笑意。

「此刻我覺得，儘管我很想在她火辣半邊的肋骨旁狠狠踢上一腳，但暫時我已經不想再見到她和其他北歐諸神了。我要訓練我的學徒，而我朋友又在走——」

「所以你打算晚點再追殺她？」迦尼薩插嘴道。

「會晚很久，大概要等到關妮兒完成德魯伊訓練之後。我詐死的目的就是要爭取時間訓練她。現在放棄這個計畫很愚蠢。而且，說到這個，我希望你們不要去告訴所有朋友說我只是差點死掉而已。」

迦尼薩一言不發地看了我一段時間，叢林裡掀起一陣令我緊張的騷動。那些神，不管他們是誰，肯定是在商量此事。

「我們暫時滿意這個答案。」迦尼薩終於說道：「我們會保持聯絡。再見。」他在我有機會回應前轉身步入叢林。

「等等！」我大叫追了上去。闖入茂密的叢林裡時，樹葉割痛了我的臉和手臂。「我有問題！我怎麼知道這場夢是眞的？萬一這只是一場小寫的夢境而已？萬一我明天就改變對赫爾的看法怎麼辦？」我不再追逐。迦尼薩走了，但我感覺到叢林裡還有神。我右轉，繞回我認爲他們之前所在的地方。我察覺他們在我大吼大叫、瘋狂穿越叢林時紛紛離去。「爲什麼世人不肯都用公制？雪怪究竟怎麼了？爲什麼我從來沒在提爾．納．諾格遇上我的大德魯伊？他是不是全世界最有趣的人？爲什麼來自千里達及托巴哥【註一】的人不叫托巴哥人？你們知道任何沃剛【註二】詩嗎？」

我回到一開始出現的小空地。金葉猴對我又指又叫，看起來像是在笑的模樣。接著牠突然消失，沒有任何音效或特效。或許打從一開始牠就是某個神的化身。又或許我只是開始從夢中甦醒過來。

註一：千里達及托巴哥共和國（Republic of Trinidad and Tobago），位於南美洲委內瑞拉東北海外，主要由千里達和托巴哥兩島所組成，人口大多集中在千里達島上；人們也大多簡稱其爲「千里達」。

註二：沃剛（Vogon），是《銀河便車指南》（*The Hitchhiker's Guide to the Galaxy*）裡的外星種族。書中提及沃剛詩是全宇宙第三糟。

第二十一章

醫院向來都是令我煩躁的死亡建築。跟一片石南花園或灑落在我身上的溫暖陽光不同，醫院不會給我今天會很美好的感覺；醫院給我今天是我活在世界上最後一天，而我會在與自然隔絕的情況下死去的感覺。基於這個原因，在旗杆市醫院醒來時，我立刻迫不及待想要出院。

關妮兒在我身邊，一手抵住我的胸口。

「躺回去，老師。你沒事了。」

「歐伯隆呢？」我問，聲音很緊繃。

「他也沒事。好吧，他不算沒事，但總之還活著。他右邊的肋骨幾乎全碎了，肩膀也是。」

我終於鬆開胸中那口悶氣，淚水湧出雙眼。「感謝諸神。」我哽咽說道：「我不想失去他。」

「我知道。」關妮兒說，她也淚流滿面。「我也不想失去他。」

「後來怎麼樣？」我問：「我以爲我死定了。」我敢說我昏迷不醒時，關妮兒沒有在我臉上看見任何作夢的跡象。當時旅館房間裡沒有任何手握紅按鈕的神，只有一個叛徒。

「你倒地時，李夫用他的吸血鬼小把戲治療你的脖子。」

「什麼？他怎麼做的？」如果他是用魔法，我的護身符應該會阻止他對我做任何事才對。我伸手確認護身符還在我的脖子上，當然還在。或許他不是利用魔法治療，而是比較激進的生化療程。

「我沒看清楚他究竟是怎麼做的。他蹲在你身旁，身體遮蔽我的視線——我當時還和歐伯隆在走廊上。但是當他站起來時，你已經不再流血了——事實上，你的脖子完好無缺。」

我手指從護身符往上摸，沒有摸到任何繃帶，沒有疤痕、沒有穿刺傷。

「你依然昏迷不醒，不過不再失血。」她補充。「這讓我們有時間把你帶來這裡。」

「警察呢？那個房間血肉橫飛。」

「李夫魅惑所有路過房間的人，讓他們忘記一切。然後他打電話找來一群食屍鬼處理殘骸。他們當時已經在鎮上了。他在致電斯丹尼克，說他已經找到世界上最後一個德魯伊後，立刻就叫他們從鳳凰城趕來。」

「這些都是他告訴妳的？」

「對。」她雙眼上揚，回想李夫的話。「他說很抱歉歐伯隆受傷了，希望你有朝一日能夠原諒他。」

我搖頭。「絕不可能。」

關妮兒微微點頭，表示聽見我說的了，不過還是繼續以一種要在自己忘記前把話背完的感覺說下去，「他還說你用不著擔心他還會再做這種事情，他會自行處理剩下的吸血鬼。」

「很好。我不想再和他有任何瓜葛。等等。」她迅速眨眼，似乎有點搞不清楚狀況。「他是不是魅惑妳，逼妳說出這些話？」

我的學徒低頭看著我的臉，神情疑惑。「說什麼？」

「那個混蛋！下次見面我會二話不說把他給拆了，就像其他吸血鬼一樣。」

關妮兒一副好像還有話說的模樣，不過在看到我滿臉怒容後又把話嚥了回去。在我緩和情緒，問她要說什麼之前，一個像是被切割成實驗室白袍形狀棉花雲的醫生飄進了我的病房，身後跟著兩排護士。他留著一頭淡褐色短髮，戴著無框眼鏡，雙眼透過鏡緣懷疑地打量著我。

「啊，柯林斯先生。好過點了，是不是？」

我眨了眨眼，一時間沒認出我的新名字。「我想出去走走。」我終於說。

「喔齁！」他大聲說道，刻意裝出歡樂的語氣。他試圖發出友善的笑聲，不過並沒有拉近我倆的距離。「現在出去還太早了。」他外套上的名牌寫著「歐布萊恩」。這是個愛爾蘭名字，不過拼法有些奇特【註】。如果是其他時間地點的話，我或許會想知道這個名字的過往歷史。

「我們得先弄清楚你的身體有什麼問題。」醫生說。

我這時才發現他們在我身上插了點滴，旁邊還有一個看起來很貴的箱子嗶嗶作響、記錄我的生理資料。我身上沒有任何魔力可供加速自療，而窗外的景象顯示我距離地面好幾層樓高。此刻我完全仰賴美國健保體系，這個想法令我不寒而慄，導致看起來很貴的小箱子越嗶越快。我在關妮兒打算後退讓路給醫生時緊握她的手。

「哇喔。冷靜點。這是幹嘛？」歐布萊恩問。

註：歐布萊恩醫師姓的拼法爲O'Bryan，而這個愛爾蘭姓氏的常見拼法爲O'Brian或O'Brien。

「缺乏維他命D。讓我出去。」我說。

「女士，請妳出去一會兒。」一名護士對關妮兒說，她又試圖甩開我。我不放手。

「她哪兒也不去。」我咬牙道：「除非是和我一起出去！」

歐布萊恩醫生對護士使個眼色，要她讓步，允許關妮兒留在原地。

「或許我們晚點可以安排你出去走走。」他說：「但首先我必須問你一些身體狀態上的問題，還要讓你穩定下來。」

「我很穩定，意識清醒，醫生，而且腦袋很清楚。我立刻就要出院。我拒絕醫療照顧，把點滴拔下來。」

醫生開始安撫我。「柯林斯先生，我們甚至還沒有取得你的保險資料和辦理住院——」

「我沒有保險資料。所有帳單都會由坦佩的麥格努生與霍克律師事務所支付，電話號碼：四八〇—五五五—八六七五。我會在這裡等到你打電話確認他們會支付我的帳單，不過就這樣了。我要離開這裡。現在，你要幫我拔點滴，還是我自己來？」

關妮兒把她的手機交給醫生。「來。請打電話給他們。」

這話讓他受不了了。無助地躺在病床上的病人？他可以忽略。關妮兒直接嗆他？他無法忍受。他防禦性地舉起手來，語氣不耐煩地說：「那並非我此刻最關心的事情。」

「不是嗎？」關妮兒反問，依然沒有放下手機。「你講得好像最重要的就是保險，或是其他付款方式。這很合理，我們了解，而我們願意提供你需要的東西，方便你處理付款事宜，讓我們離開這裡。那樣你就可以去看眞正需要你的病人。」

「讓我問問柯林斯先生幾個關於他身體狀況的問題。」

「你沒必要問任何問題，醫生。」我說：「重申，我拒絕醫療照顧。現在你要做的事情就是拔掉我的點滴，還有這些儀器，然後處理帳單。」

歐布萊恩看起來十分不爽。醫生在醫院裡很少遇上無法掌握談話的情況。如果我還有任何魔力，我會對自己施展僞裝羈絆，然後直接出院，但既然我的魔力完全耗盡，那在離開這裡之前，我都得依照他們的規則行事。如果我直接拔掉點滴，他可能會下令限制我的行動，而在身體如此虛弱的情況下，這些強壯的護士看來像是有辦法把我綁起來。

我已經知道他想問什麼：爲什麼你明明大量失血，偏偏我又找不到任何傷口？如果我任由他提出這個問題，我很可能會大叫：「有個天殺的邪惡吸血鬼把我吸乾啦！」然後他們鐵定就會把我綁起來，然後送進牆上有軟墊的病房，外加摻有氯丙嗪【註】的小杯果凍。

「柯林斯先生，你現在的狀況並不適合自我診療——」

我在他繼續說下去前插嘴道：「關妮兒，請立刻打電話給霍爾，問他有沒有可能以在拒絕治療後依然繼續治療爲理由來告這個傢伙。」

「好了，等等，那是——」

註：氯丙嗪（Thorazine），是一種抗精神病藥物。

「是美國人處理事情的方式。」我幫他把話說完，「我花錢請律師可不是吃飽撐著，當然要能讓他們去對付別人。所以你怎麼說，醫生？你要打電話給我的律師收錢，還是我打電話找他們來告你？」

突然間，我變成了燙手山芋。他緊握雙拳，大聲呼氣，然後轉向護士。「這位病患拒絕治療。準備幫他辦理出院。」他看了關妮兒一眼，說：「女士，請妳跟我出來提供付款資訊，我們處理一些文書作業。」

「沒問題。」她說，這一次她縮手時，我放開了她。護士們擠到我面前，開始拔除監控儀器和點滴。她們沒跟我說話。由於我跟醫生吵起來，她們也沒給我填寫病床評比。

「我的衣服呢？」我問。問了這個問題後，我才想到或許我來的時候就沒穿衣服。我不認爲他們會把我渾身是血地送來醫院，不然我應該在應付警察，而不是醫生。儘管如此，我右邊的護士還是指向角落一個放了蠡難看塑膠燈的床頭櫃。一脫離眾多監控儀器的線材掌控，我立刻坐起身來，轉動雙腳下床。接著我停下來；我還是因爲失血過多的關係而頭昏眼花、身體虛弱。他們肯定有幫我輸血，但是輸得不夠。無所謂；只要離開這個灰色死亡醫療箱，抵達室外後，我就會開始自我治療。

我支撐自己向前，小心翼翼地站起。背後一股涼意顯示我的病人袍沒有綁好，不過我不在乎。那些護士大可以用手機拍下來，上傳到她們的Flickr，只要沒有拍到我的臉就無所謂。

踏出一步時，我感到一陣暈浪來襲，不過是輕輕擺盪的波浪，而非波塞頓三十呎高大拳頭那種巨浪。我辦得到。我小心謹愼地走過去，依靠床頭櫃支撐，打開抽屜。接著我差點在關妮兒在我身後說話時摔倒。

「好吃好吃好吃！」她說。

我環顧四周，尋找她口中所指的好吃餅乾，過了一會兒才發現病房裡沒有任何美味的烘焙食品。唯一有看頭的東西就是我裸露在外的背部，而她顯然認為我的背美味可口。我滿臉通紅，拿出摺好的衣物，然後轉過身來，讓病人袍幫我提供一絲尊嚴。護士一言不發地走出病房，我問關妮兒醫生滿意了沒有。

「他很火大，霍爾要你打電話給他，不過，沒錯，我們可以出院了。你要我幫忙穿衣服嗎？」她知道我會拒絕。她一側嘴角微微上揚，顯然是在逗我。

「我自己來就可以了，謝謝。」我說，拿起牛仔褲。「是妳把這些衣服放在這裡的嗎？」

「對，不必客氣。」

「謝謝。」我拿出一件基本上是白色，但是顯然很想變成淡綠色的襯衫。它看起來比我常穿的衣物更有設計感一點。「妳從哪兒弄來的？」

「旗杆市其實有幾家不錯的店。」她說：「我注意到你喜歡亨利衫【註】，所以我就幫你挑了件乳白蒔蘿色的。」

「什麼？妳瞎掰的吧？聽起來像是沙拉醬，而且是有點色色的沙拉醬。」

註：亨利衫（Henley Shirt）是胸前有排鈕釦、半開襟設計的無領上衣。

「那是很漂亮的新顏色，阿提克斯。這年頭所有愛爾蘭德魯伊都穿這種顏色的衣服。」她調皮地對著我笑。

我使勁朝門口擺頭，說：「我過兩分鐘就出去。」

她轉過身去，雙手扠腰，腳步輕快地慢慢走出病房，讓我好好欣賞她的背影。我想不透她究竟想幹什麼。我們昨晚不是在老奶奶衣櫥裡討論過不再調情的事情了嗎？她是在忤逆我嗎？還是說她完全不是在調情，而是在試圖幫助我放鬆陰鬱的心情？我把這個問題拋到腦後，因為我必須去找歐伯隆。

我靠在床上，拉起那條牛仔褲，接著微微顫抖地穿上我的乳白蒔蘿上衣。她還準備了一雙涼鞋。穿上涼鞋後，我搖搖晃晃地走向門口，關妮兒在門外等我，朝那些大皺眉頭的護士露出最燦爛的笑容。我一手搭上她的肩膀。

「我還走不太穩。扶我出去？」

「當然，老師。」

我對自己的表現十分驕傲。離開醫院途中，我只有向左飄移一點，兩度差點絆倒，而且一次都沒有伸手撫弄她的頭髮。

門外有片裝飾用的草地和兩棵樹圍著一張招牌，上面寫道「旗杆市醫療中心」。腳踏草地的感覺真好，清涼而又親切，蓋亞的力量輕柔溫暖，迅速補充我的能量。

「啊。」我臉上浮現輕鬆自在的表情。「關妮兒，妳完全無法想像在和大地產生羈絆後又跟它隔絕開來有多難受。」

「還不到一天耶，阿提克斯。你當然有過更長的時間沒有接觸過大地。」

「喔，沒錯。監獄眞的更難受一點。」

「什麼？怎麼會有人有辦法囚禁你？」

「他們就是在這種醫院裡抓到法力耗盡的我。那次是安格斯・歐格派了個淫慾惡魔到義大利對付我，我差點就被她幹掉了，因爲，妳知道，可惡，她眞不賴。總而言之，我必須在人潮洶湧的廣場上用富拉蓋拉砍死她，而義大利人，看在老天的份上，不喜歡看到有人砍殺火辣美女。當時我又在石板地上，法力已經低到無法施展僞裝羈絆，然後又有一群暴民對我拳打腳踢。義大利警方救了我一命，帶我去醫院療傷，之後把我屈打成招。他們帶著我從醫院上車，直接前往一間水泥囚室。」

「這段期間富拉蓋拉在哪裡？」

「讓警方沒收了。」

「不可能！」

「我權衡過利害關係。他們沒有遭受安格斯・歐格控制，不像上次那個法荀斯，而且諷刺的是，被關在與大地隔絕的地方就表示妖精找不到我。他們查不出來我身在何處。」

「你的項鍊呢？」

「那就比較麻煩了。他們想盡辦法要拿走項鍊，但是項鍊羈絆在我身上，不需要魔力維持。他們切斷鏈條，想要搶走它，但還是沒有辦法；護身符和符咒全都待在我的頸部。於是我成爲一個非常可疑的傢伙。大概一週後，他們帶我到一處灰塵滿布的庭院伸展筋骨，當我脫下鞋子，事情就好辦了。我補充熊符咒的魔力，對自己施展僞裝羈絆，進入忍者模式，從證物室裡偷回富拉蓋拉，然後離開。那次之後，我就再也沒有回過義大利了。」

關妮兒嘴角露出淘氣的笑容。「你當時叫什麼名字？」

「我被義大利警方通緝的名字是路基．菲提帕爾帝。極端危險分子，不過時至今日已經是個老頭了。當時是七〇年代早期。」

「當年你有穿過翼尖領【註】之類的七〇年代服飾嗎？」

「這個，妳知道，我向來都很喜歡融入社會……」

她大笑。「太棒了。你體力恢復了嗎？」

「恢復了。」我說完跟她前往停放新ＳＵＶ的地方。「對了，謝謝妳照顧歐伯隆和我。很高興妳沒受傷。」

「不客氣，老師。我們直接去獸醫那裡？」

「不，我們要先去兩個地方。」

我們開車到舊金山街的冬陽貿易公司買了一些必要的藥草，調配好適當的成分後，我們又沿著火車軌道往南走，來到畢佛街上的梅西歐洲咖啡館弄點熱開水泡茶，外加一杯他們遠近馳名的舊金山卡布奇諾。我幫歐伯隆泡了一大杯改良式不朽茶——添加加速治療的效用——接著再跑到雜貨店買點東西後，我們就去找獸醫。

該獸醫語帶責難，顯然認爲歐伯隆變成這個樣子起碼有一部分算是我的責任。她名叫愛普羅·弗羅瑞斯醫生，我希望我們可以在其他情況下相識。她思緒十分清晰，我很樂意與她聊些和受傷的狗無關的話題。

「你的狗能活下來算他命大。」她說：「我從來沒有見過這麼嚴重的傷勢。他究竟爲什麼會去攻擊熊？」

我看了關妮兒一眼，她聳肩表示歉意。那是她能想到最好的說詞，但我覺得這種說法有點牽強。我們兩個都不像有被熊攻擊過的樣子，所以歐伯隆也不太可能是出於保護主人的本能去攻擊熊。儘管不是沒有人曾在北亞歷桑納被熊攻擊過，但這種事畢竟不常發生。弗羅瑞斯醫生不太相信這種說法，我也不怪她。但至少這種說法比眞相可信。

「狗就是狗。」我說，這句話其實沒有任何意義，不過還是讓我可以不用說謊。我向來不反對說謊，不過既然弗羅瑞斯醫生顯然是個熱愛動物的好人，我就不想繼續累積罪惡雪貂。

弗羅瑞斯醫生皺眉，非常清楚我沒有回答她的問題，但還是帶我們前往診所裡一間房間。「他短期之內都無法移動。我幫他接好斷骨，不過需要時間癒合，特別是肩膀。另外他還有一邊肺葉穿孔，脾臟瘀傷。」

註：翼尖領（wingtip collars），又稱翼領，是種立領及外翻的小領尖所組合而成的領型；現在多在晚宴禮服上搭配領結穿搭。

她打開房門，我看見歐伯隆面朝左側躺在桌上。他右半邊的毛都剃光了，纏滿繃帶；看起來很糟。不過一看到我，他的尾巴就開始撞擊桌面。

「阿提克斯！你沒事！都沒人告訴我你的狀況，因爲他們什麼都不知道。」

「嗨，老兄。很高興見到你。」我進入房內，蹲下，雙眼與他的身體等高，把一個紙袋和藥茶放在他腦袋下方的地板上，桌緣旁邊。他目光跟隨我的雙手，看著它們消失在桌緣下，接著又伸出來輕騷他的頭。關妮兒和獸醫開始在我身後討論復元時間之類的事情，我把她們的聲音隔絕開來，將全副心神放在歐伯隆身上。

「嘿，袋子裡是什麼？」

「或許是給你的小禮物。」

「動物、植物，還是礦物？」

「本來是動物，現在已經死了。」

「甜美多汁嗎？」

「那你得要自行判斷了。」

「好了，我們在等什麼？全部起立，尊貴的歐伯隆法官——」

「我要你先喝點藥茶。」

「噢！那種臭臭的玩意兒？」

「或許比平常更臭。」

「你是個差勁的銷售員，你知道嗎？」

我噗哧一笑，接著想起房裡還有其他人。我回頭看著關妮兒和弗羅瑞斯醫生。「請問我可以和他獨處片刻嗎？」我說。

「不要移動他。」獸醫說。她目光下移到紙袋上，補充道：「別給他吃東西。」

「好了，那句話眞夠煞風景的。」

「是啊。」我說，希望我臉上露出的算是令人安心的笑容。關妮兒笑嘻嘻地離開房間，因爲她很清楚我打算徹底忽視醫生的指示。她們出去後，我找了個碗來倒茶。

「我要你喝下這個，歐伯隆。」我一邊倒茶一邊說：「全部喝光。這很重要。你很快就會好起來。現在感覺如何？」

「無處不痛，不過我很高興你現在來了。」他開始舔食藥茶。「這玩意兒嚐起來像是想要透過散發類似把腳浸在臭酸起司裡的味道，來對父母表達叛逆的青春期花朵。」

「很抱歉，歐伯隆，但是你必須全部喝光。」

「我知道，我只是說大多數垃圾都比這個香。」

「喝完就可以吃袋子裡的法式香腸。」

歐伯隆喝茶的速度開始加快。

「我想我已經覺得好多了！」

「很好。很抱歉讓你受傷了，歐伯隆。我不希望這樣。」

「要當狠角色總是要付出代價的，阿提克斯。但是好處大於壞處。我可不希望看你死掉。」

這話導致一滴眼淚滾落我的臉頰。「我沒死，多虧了有你。你救了我一命。謝謝。」

「不客氣。嘿！救你一命有沒有把我所有負的香腸都贏回來？」

「喔，肯定的啦。我記得你之前是負十六根？好吧，這下我欠你十六根香腸了。」

「喔，那太棒了！哪種香腸？」

「你想要哪種，老兄？一句話，我去買。繼續喝。」

「好。你記得那次你帶我去蘇格蘭，在那間美食餐廳裡給我嚐過的那種甜甜的野豬香腸嗎？我可不可以吃那個？」

「你還爲了它們編了首歌的那種？」

「對！沒錯，我編了首歌！不過我好像忘記怎麼唱了。是怎麼唱的？」

「我想是這樣唱的：

蘇格蘭人通常很無趣
不過眞的很會烤野豬
如今這是我最最愛店
我等不及要再來一客
野豬香腸！」

「喔，老兄，眞是經典！我超會寫詞的。那首歌應該要贏座葛萊美獎。比不上『辣根嚐起來像死亡和悲傷』，不過我想我永遠無法超越那首歌的意境。」

歐伯隆喝完藥茶，我把碗放在地上。「現在覺得如何？」我問他。

「我覺得很想看看紙袋裡的東西。」他回答。

「我是說你的身體，歐伯隆。」

「還是會痛，阿提克斯，不過或許沒之前那麼痛了。」

「聽起來沒錯了。我沒辦法幫你舒緩太多痛楚，因爲我不確定獸醫之後會怎麼做。不過從現在開始，你復元的速度會遠遠超過獸醫預期。你的骨頭都接好了，本來要幾週才能癒合的傷勢現在只要幾天就會好起來，疼痛也會隨之消失。」

「那個吸血鬼死了嗎？」

「對，他死了。因爲你的關係，我才有辦法解除他的羈絆，然後找食屍鬼來吃掉殘骸。不過，聽著，李夫已經不是我們的朋友了。他引那隻吸血鬼來攻擊我，還讓你和關妮兒身陷險境。」

「李夫這麼做？」

「對。他背叛了我們，投身黑暗面。所以萬一聞到他或其他吸血鬼接近，立刻讓我知道，好嗎？」

「好。」

我拿起紙袋，取出一根法式香腸，他輕聲哀鳴。

「那裡面眞的只有一根？」

「你現在不能大吃大喝，」我一邊餵他，一邊解釋。「醫生大概給你注射了不少藥物，你真的不該吃任何東西。」

「這表示你在偷偷餵我，是吧？」

「忍不住。你是史上最棒的獵狼犬。」

歐伯隆的尾巴撞了幾下桌面，嘴巴半開半闔，彷彿在對我微笑。

第二十二章

我不想離開歐伯隆，不過接下來幾天內，我都沒什麼幫得上忙的地方；他就是需要時間復元。這段期間，我在凱楊塔有很多事情要做，而我承諾過今天會回去。我最不需要的就是因爲無法堅守承諾而讓凱歐帝有藉口來惡搞我。

我們離開旗杆市的手機訊號塔收訊範圍前，我在沿著八十九號公路往北行駛時打了個電話給麥格努生與浩克事務所。霍爾不相信李夫引斯丹尼克攻擊我。他在電話那頭大吼大叫，不過顯然對此存疑。

「這聽起來不符合他的性格。」他說。

「他性格變了，霍爾。從阿斯加德回來之後就變了。或許長久以來，他都是在耍我們。那也是有可能的。」

「所以這下他認爲他有辦法獨自奪回亞歷桑納？」

「他是這麼告訴關妮兒的。但他先魅惑她，確保她會傳話。」

「難以置信。」

「相信吧。他有進公司嗎？」

「沒，他從去阿斯加德之前就一直請假到現在。」

「好了，我溫和地建議你把他的假期變成永久假期，然後在我的記錄上標記，他已經不再是我的律師了，好嗎？我完全不要讓他接觸我的檔案，而且我現在要知會你，如果再讓我看到他，他就死定了。你可以把這話告訴他。我很後悔把他的殘軀組合回來！」

「你知道，我的聽力很好，阿提克斯。」

「不好意思，我並不想吼你，霍爾。我只是太生氣了。」

「你現在沒有在獵殺他，是吧？」

「沒，我還有更棘手的事要處理，但是李夫最好永遠不要再讓我遇到。」

「好吧，寄封有簽名、有法律效力的開除信給我，以免他小題大做，不過我現在就會關閉你的檔案。謝謝你告知我；我會警告部族成員留意他。」

掛斷電話後，關妮兒一言不發地開了一會兒車，讓我好好對著乘客座車窗悶悶不樂一陣子，不過最後她還是開口了。

「我從沒看過你這個樣子，所以你得讓我知道一下，」她說：「你是希望自己靜一靜，還是想和我談談？」

「呃。妳知道，我很久沒有機會跟人分享心事了，所以我根本沒想到要和妳談。抱歉。」

「連你都認爲很久的話，一定久到令人害怕。到底是多久了？」

「自從我太太死後，我已經獨自遊蕩了好幾個世紀了。」

關妮兒目光短暫離開路面，凝視我的臉。「我有想過這件事。我以爲你已經放手了。」

「我以許多不同的形式放手過很多次了。」我解釋道：「安格斯．歐格摧毀了我很多段戀情——多到讓我相信那就是他對我降下的懲罰；他會讓我在某地待到與某人墜入愛河，然後再帶來痛苦。既然愛這種情緒歸他所管，或許墜入愛河就是他找出我的途徑。每當我以爲我已經甩開他時，他就會再度找到我，然後我的選擇就是留下來、戰鬥、可能會失去一切，或是逃跑、拋棄我在當地所愛上的人。我總是選擇逃跑，總是活在當下，因爲我的未來總是曖昧難明。這讓我成爲很糟糕的丈夫，還有更爛的父親。不過有一段婚姻維持了很久，而且最後並不是結束在安格斯．歐格手上。我在非洲和一個名叫塔希拉的女人結婚超過兩百年。我們生下許多美麗的子女，我還親眼看著他們長大，生下他們自己的孩子。他們是我漫長的一生中唯一見過的一群孫子。」

講到這裡，我實在說不下去了。關妮兒等待片刻，然後小聲提出一個問題。

「你所拋下的人……你有回去找他們嗎？」

「有偷偷回去過。有時候他們過得比較差，有時候卻少了我過得比較好。我會想辦法幫助過得比較差的人，但是我從來沒有想過要延續之前的交情。就算對方願意，我也不能。」

她思索我的話，車上再度陷入寂靜，接著她說：「我……呃——等等。你怎麼應付沮喪的？我是說，你怎麼能在這種情況下正常過活？」

「逃避。我依然在逃避。大多數人無法選擇拋下一切、一走了之。他們受困於——或相信他們受困於——他們的生活，找不到逃離的方式，看不見更好的明天。我向來都有其他地方可去，可以迎向全新的生活，學習新的語言與文化。」

「所以你不知道你的家人後來怎麼了？」

「不幸的是，我知道我所有家人後來的情況。他們活完一生，然後死去。」

關妮兒自雙唇間吹了口氣，吹開眼前一綹髮絲。「你知道，多半時候我都能夠忽視你的年紀，但有時候我卻能感覺到你的年紀所代表的意義……」

「是呀。長壽不像表面上看來那麼自由自在。長壽還是有它的優缺點，而且人都無法避免。如果遠離人際關係，以及所有隨之而來的負擔，你就等於是在遠離人性。所有痛苦、遺憾和困窘都能透過喜悅獲得補償，不管喜悅有多短暫、有多稀有。我見過其他人試圖遠離人群的後果。」

關妮兒一言不發地思考這件事情。接著，她以輕柔到幾乎細不可聞的聲音問道：「我可以問塔希拉後來怎麼了嗎？」

「當然。」這話說起來容易。不過想要回答這個問題，我必須深吸口氣，分心二用，剝離隨著記憶而來的情緒，直到嘴裡只剩下赤裸的言語。我平淡地說：「我們被馬賽戰士伏擊。塔希拉胸口中矛，在我有機會治療她前死去。當我看見她毫無生機的雙眼時——從前我總能在死者的眼中看見寧靜和諧——我喪失了理智，讓憤怒掌控：我對自己施展僞裝羈絆，把他們通通砍死。他們以爲是惡魔在屠殺他們。那並非我最光榮的時刻。」

一時之間，車內只聽得見輕輕作響的引擎聲還有窗外呼嘯的風聲。關妮兒低聲道：「我很遺憾，阿提克斯。」

「是呀，我也是。」我停頓片刻。「妳聽過時間能夠治療一切那句老話？並非放諸天下皆準。」

關妮兒點頭，表示她承認我應該知道我在講些什麼。

「在那之後，我就再也沒有辦法待在每一處和每個人都讓我想起她的地方。如果妳在同一個地方住上兩百年，妳就會熟悉每一棵樹、每一塊岩石，而每踏出一步都會帶來一段如同碎玻璃般銳利的回憶。我把當時最年長的兒子拉到一邊——他名叫歐希昂伯——告訴他對部落而言，我也等於已經死了。少了他母親，我沒有辦法在那裡過活。他是部落酋長了；因為我無心領導部落，本來是塔希拉在管事的。一開始他跟我爭辯；我一直在調配不朽茶給他，以及家族其他成員喝，而我離開就表示他們會開始像正常人一樣老化。對我而言，這是正確的做法。我們家族的永恆青春已經開始動搖正常人習以為常的社會結構，比方說到三十或四十歲才生孩子，或是根本不生。塔希拉和我一直在生孩子，但他們卻很少結婚生子。至於我們到了生育年齡的孫子則一點也不想要組織自己的家庭。他們總是有時間晚點再去處理那個，妳懂嗎，因為我給了他們太多自私自利的時間。」

「早在幾十年前，我就已經認定供應不朽茶給全家人喝是個大錯誤，但是塔希拉活著的時候，我根本不敢提出讓她的子孫自然死亡的要求。然而，在她死後，我清楚察覺到儘管我們家人具有長壽的優勢，這卻大幅限制了他們在很多至關緊要方面的發展。他們會瞧不起自然老化的人；鮮少親身犯險，甚至不願意全力以赴；開始覺得自己擁有許多與生俱來的權力。於是當時我認為我能夠送給他們最好的禮物就是讓他們成為正常人的機會，儘管這會為他們帶來痛苦。」

「歐希昂伯激烈抗議。他要我教他不朽茶的配方，儘管他很清楚想煮不朽茶必須成為德魯伊，而他早已過了開始訓練的年紀；後來他要我製作大批不朽茶，留給部落使用。但在看到我心意已決後，他很快就放棄了，於是我祝福他們心靈和諧，轉移回到歐洲。當時大概是各國君主發現地球是圓的，充滿可開墾資源的年代。」

「於是，打從那時候起，你就開始這裡待上一個月、那裡待上一年，然後就搬到其他地方，過著像是滾石般的生活？」

「差不多。這裡是我在那之後待過最久的地方。」

我等著她說我自私、不負責任，或我是史上最頂級的爛老爸之類的話。我在她臉上找尋這麼想的蛛絲馬跡。但除了看起來有點悲哀外，我解讀不出其他表情；她臉頰上的雀斑讓我看得忘了時間，接著雀斑開始模糊不清，這是眼睛開始質疑你在幹嘛時的正常現象。她專心地看著前方的路，迷失在自己的思緒裡。

「十年後，我回去了一趟。」我繼續說道，彷彿剛剛沒有一言不發地凝視了她三分鐘。「不過我是在施展僞裝羈絆的情況下回去的。透過偷聽和推論，我得知歐希昂伯已死，其他好幾個家人也一樣。他們是自殺的，關妮兒。他們無法面對老化。他們很氣我離開——不是因爲他們想我，而是因爲他們想念我的奇蹟藥茶。」

「好了，這樣說太……」

「是呀。我有個女兒孤身在外採藥，我在她面前現身，和她互訴別來之情。一開始，她很高興見到我，但是當我表明不會留下，也不會反轉他們的年紀時，她馬上變臉，再也沒有半點笑容。她沒有問我過得怎麼樣，這或許是我活該。但接著我發現我的家人大多很恨我，還有塔希拉，因爲我們兩個摧毀了他們在大地上的天堂，他們的永恆夏日國度。」

關妮兒緩緩搖頭，眉頭深鎖，她了解那是什麼情況，但是沒說什麼。

「我就是在那個時候決定從此不再與任何人分享不朽茶的。對我的孩子、孫子而言，我只是個提供永恆青春奶水的奶頭，而當塔希拉在我身邊時，我很樂意忽略那個令人不悅的現實。不過這也不禁令我懷疑，對她而言，我的價值是否也僅止於此。如今我連她有沒有愛過我都無法肯定，妳懂嗎？或許她愛的只是永恆青春，以及讓她的子女成年後也擁有永恆青春。我告訴自己不可能，她絕對無法如此愚弄我超過兩百年，我們的愛是眞誠的——但我無法消除疑慮。我對她的回憶已經染上永恆的污點。」

「不要懷疑，阿提克斯。」關妮兒說：「永遠不要懷疑她愛過你。」

「爲什麼？」

「這個，因爲我——」她突然住口，不確定該如何說下去。她甩動手掌，揮開剛剛說的話，然後再度開口。「因爲你說得對。她不可能假裝兩百年。沒有人辦得到。如果她是裝的，你絕對能從她的眼神中看出來，但你沒看到，不是嗎？你自己也說過，你在她眼中看見寧靜和諧。我知道事情後來整個變調——如果研究哲學有讓我學到任何心得，那就是所有事情到最後都會變調——但你在那之前已經享受過兩百年的幸福，而你或許是唯一幸福過兩百年的男人。從古至今。」

這是個令人欣慰的說法，我點頭表示她說得很有道理。

我們交換了個無關喜悅、無關眞誠、嘴唇緊閉的微笑，同時以眼神爲過去道歉，而揚起的嘴角又代表對美好未來的期望。這種安慰方式其實有點奇怪，但卻彷彿放諸四海皆準、從古至今皆然。在SUV車裡也同樣有效。

一聲不吭地開出幾英哩後，關妮兒張口欲言，發出一點聲響，然後又閉了起來。她有話不確定該不該說。

「怎麼了？」我問。

「我有事情要告訴你，但我希望你不要生氣。」

「從來沒人會希望老師對他們發脾氣。因爲那很可能會引來嚴厲的懲罰，像是被迫閱讀《憨第德》【註】。」

她緊張兮兮地微笑，不確定我是不是在說笑。「是呀，好了。由於我不想要掩飾什麼祕密……」

「所以呢？」

「我繼父是堪薩斯州一間石油公司的總裁。」

「我知道，妳之前提過。」

「我討厭他。」她啐道，十指緊握方向盤。

「我可以想像。妳所謂的祕密是？」

「你在阿斯加德的時候，我經歷了包拉克克魯坦的試煉。」

這話引起了我的注意。包拉克克魯坦是年長德魯伊爲新人安排的勇氣與機智試煉。失敗的話會導致死亡。我不確定她什麼時候會經歷包拉克克魯坦，甚至會不會有這麼一天，不過她此刻還坐在我身邊顯示她通過試煉了。「恭喜妳存活下來。」我說。這是德魯伊信仰中讓聖派屈克能夠輕易令年輕人改信基督教的原因之一；以入教儀式而言，在冷水裡浸泡一下遠比參加一場肯定會把你嚇得屁滾尿流，甚至會在過程中死去的試煉要來得吸引人多了。「是誰測試妳的？」

「富麗迪許和布莉德。」

「她們倆一起？妳兩個都見到了？」看來和凱歐帝共進早餐並非她第一次與不朽神靈打交道。

關妮兒點頭。

「等等，」我說，印象所及那是我第一次對她生起一絲憤怒。「有兩個圖阿哈．戴．丹恩的神來找妳，而妳竟然沒想到要跟我提一提？妳認為這件事情無關緊要？」

「因為當時發生的事情讓我覺得很羞愧——」

「好了，先停一停，」我說：「我不在乎當時發生了什麼事情，因為重點是妳活下來了。妳所犯的錯誤在於讓情緒影響做出不告訴我這件事的決定。我才剛剛和莫利根一起使詐，讓其他圖阿哈．戴．丹恩以為我死了，而現在妳又告訴我說她們見到了妳？」

「那是幾週前你去阿斯加德時的事情，早在你詐死之前。」

「我知道。但是當她們聽說我的死訊後，會想知道我的學徒——通過包拉克克魯坦的那個學徒身

註：《憨第德》（*Candide*, 1759）是啓蒙運動時期哲學家伏爾泰所著的諷刺小說，以諷刺的筆鋒隱喻當時的社會與政治，突顯人類的愚昧及盲從。

在何處。她們甚至可能決定親自完成妳的訓練。」

「但是我們剛剛才安排我也詐死。」她辯道。

「不，因爲我不知道妳已經吸引了她們的注意，妳那種死法騙不過妖精。底線在於，不管在什麼時候遇上哪個神，妳都必須告訴我，因爲妳或許無法綜觀全局。如果布莉德確實把妳放在心上，她或許會派富麗迪許到命案現場，然後我們就會被找到。富麗迪許會追蹤我們的下落。」

關妮兒十指在方向盤上緊握、然後又放鬆，顯然十分苦惱。

「我很抱歉。」她說。

我沒有立刻接受她的道歉；在這件事情上多感受一點罪惡感對她有好處。我指向掛在她上衣外的金項鍊上晃動的寒鐵護身符。「聽著，妳有一直把護身符戴在身上，包括昨晚發生那陣瘋狂的騷動時？」

「有，我已經戴習慣了。」

「很好。只要一直戴著它，布莉德或許就沒辦法感應到妳。護身符還沒有羈絆在妳的靈氣裡，不過貼身攜帶應該足以達到效果。如果有用的話，她或許眞的會相信妳已經死了，不再派富麗迪許來找妳。」

「她也可能記得我在包拉克克魯坦試煉期間都戴著護身符，所以還是派富麗迪許出來找我。」她回道。

這話令我不禁微笑。「能這樣想就對了。」

關妮兒皺眉。「你眞的認爲富麗迪許能從我的舊車跟到新車，經過兩家不同餐廳，跑到旅館，然後又去醫院和獸醫診所，一直跟來保留區？」

「我不知道。不過她不必那麼麻煩。」她雙手離開方向盤，攤出無奈的手勢。「不然她要怎麼做？」

「妳口袋裡有顆藍綠色的彈珠。」

「喔……她直接去問索諾拉就好了。」

「因爲那顆彈珠，索諾拉會知道妳的確實位置。」

她噘嘴。「那就是說我必須丟掉它？」我點頭，努力不去看她翹得老高的嘴唇。我應該在對她發脾氣才對。「但我不能就這麼把它丟出車窗外。」她說。

「我知道。停車。」

她照做，我們離開SUV。她繞到我這一側，我伸出手，掌心朝上。

「拿出來。」

關妮兒不太情願地從牛仔褲口袋裡拿出彈珠，皺起眉頭。「我可以道別嗎？」

「我們身處科羅拉多高原上。索諾拉聽不見妳說話。」

「我們不是要把它留在這裡，是吧？」

「不是。」我說著脫下涼鞋。「我會請科羅拉多把這顆彈珠從地下交還給索諾拉，然後非常詳細地解釋我們希望保守妳還活著的祕密，特別不要讓圖阿哈・戴・丹恩知道。科羅拉多會向全世界所有元素放話。它們數百年來都沒有洩露我的位置，所以這樣做並不難。」

「這表示我現在不能和索諾拉交談？」

「對，但妳下次跑去的時候可以再和它再拿一顆，反正在離開它的地盤之後妳也不能和它交談。」

「她的地盤。」

「嗯？喔，是。她的地盤。在我們開始討論信任問題之前，妳本來是要告訴我什麼？」關妮兒正看著我把那一小顆索諾拉放在地上，臉上浮現依依不捨的神情。她沒想到我會問這個問題。

「信任問題？」她警覺地抬頭看我。「你現在不信任我了？」

「妳有祕密不告訴我——不是私人的祕密，那些不說沒有關係；我是說沒有告訴我一件妳明知我應該要知道的事。而我還得假設妳說服歐伯隆也不要說。沒有法律可以規範收賄的獵狼犬，不過應該要有才對。」

「阿提克斯，我眞的很抱歉！」她說：「我本來正要解釋，但是被你打斷了。你要讓我把話說完嗎？」

我點一點頭。「說吧。」

「好，先來個心靈換檔。我剛剛正在和你講我繼父的事情。他名叫畢烏・拉結。他是個穿西裝的大混蛋，而在我通過包拉克克魯坦後，我就想到他。眞要說起來，通過前我也在想他。我本來要說的就是這個。我一直沒有說過我想要成爲德魯伊的眞正理由。」

「好吧，」我說。我雙手交扣，等她說下去。

她深吸口氣，然後繼續：「基本上，我想要成爲跟他相反的人。他的報應。我想要徹底摧毀他的公司，迫使他面臨破產的命運。他會在人們提起石油外洩時哈哈大笑；在波斯灣石油外洩時笑得最大聲，因爲記者都被擋在外面，當地的生物學家又都被收買，公司持續獲取令人髮指的暴利。波斯灣內有大量物種死亡滅絕，濕地有好幾十年寸草不生，而他竟然哈哈大笑，老師。」

「就像妳說的，他是個穿西裝的混蛋。」

「但是他讓我怒不可抑！」她吼道，緊握雙拳，接著壓低音量。「我氣到自己都有點害怕。你有被他那種人氣到這個樣子過嗎？」

「有時候。但是預防生態浩劫並非德魯伊最主要的任務，關妮兒。蓋亞存在得比恐龍還久，而不管對方對她做出什麼事情，她也會在穿西裝的混蛋死後繼續存在下去；只要有足夠的時間，石油外洩的問題總是會解決的。我們的主要任務是保護大地的魔力。那才是圖阿哈・戴・丹恩成爲第一代德魯伊的原因——當時就是我之前提過，有個巫師奪取元素法力作爲己用的撒哈拉沙漠事件過後。蓋亞察覺她需要人類幫助她預防類似事件再度發生。於是她挑上了丹奴【註】的子嗣成爲她的夥伴。像這種彈珠——」我說著指向索諾拉的藍綠彈珠，「出現在他們腳下。當圖阿哈・戴・丹恩拿起這些彈珠

註：丹奴（Danu），圖阿哈・戴・丹恩（Tuatha Dé Danann在古愛爾蘭文中代表「女神丹奴之子嗣」）之母，也是生命母神，不過很少在神話中被提及；某些研究認爲她的來源非常古老，可能受到整個凱爾特文化圈的崇拜。

時，元素就開始與他們交談、教導他們，最後引領他們跟大地產生羈絆。但妳不會看到圖阿哈・戴・丹恩四下奔走，試圖阻止亞馬遜雨林濫砍濫伐或是科羅拉多河的淤積現象。」

「好吧，爲什麼不？他們不尊重自然嗎？你不尊重自然嗎？」

「當然。他們——還有我——尊重一切生命。儘管有一大部分的生命似乎愚蠢到沒資格存活，我們也還是必須讓他們活下去。除非他們嘗試直接殺害我們。」

關妮兒蹲在我身旁，看著彈珠。我可以趁這個機會明目張膽地偷看她，不用擔心被抓到，於是我就這麼做了。她在陽光灑上緊蹙的秀眉時說道：「我想我懂你的意思了。索諾拉跟我聊起沃德河沿岸的動植物時，我看得出來她愛那些小昆蟲與無趣的小草，就和愛原生魚類和無花果樹並無二致。她也要我深愛一切。我想要保護全部的生命。」她抬起頭來，露出笑中帶淚的表情，實在是美不可言。她聲音顫抖，終於開始哽咽。「但是我辦不到。我必須殺死那頭野豬，我好氣那兩個強迫我做這種事的女神。」她停頓片刻，深吸口氣，擦掉臉頰上的淚水。「但我想我了解這麼做的原因了。」笑容回歸臉上，不過笑意不似之前濃厚。「那樣做是對的。你不能口頭說說就要大地接受你。你必須肩負起遠大的責任，才能得到強大的力量。」

我可以輕易看出她爲什麼能夠通過布莉德的試煉。情感如此豐富的人可以成爲滿懷熱誠的大地守護者——多半還會是個狠角色。要通過包拉克克魯坦要靠機智，不能使用武器，所以她要嘛就是徒手殺死那頭野豬，不然就是利用手邊派得上用場的東西。但是我覺得事情有點不對勁。

「聽著，我很高興妳獲得啓發，但我還是不了解妳爲什麼不告訴我——特別是遇上布莉德和富麗迪許的事情。」

「這個，我心裡對這件事存在太多難以肯定的疑慮。我不知道我的所作所爲能不能讓你驕傲，而且——你知道嗎？那都無關緊要。我不該瞞著你。你說得一點都沒錯，我很抱歉。我不會再這樣了。」

「很好。」我說：「打從世界上有學徒和老師的制度開始，學徒就一直有祕密瞞著老師。這是個令人不爽但是歷久不衰的傳統，大家都這麼幹。我當學徒的時候也一樣。大德魯伊把我打得皮開肉綻，說我是個一無是處的廢物，那就是他溝通的方法。希望我不須要用這種手段來讓妳知道遇上神一定要告訴我，這是非常重要的事情。要嗎？」

「不用。」關妮兒搖頭說：「我很清楚我搞砸到什麼地步，希望你原諒我。」

「既然妳在其他方面都表現得非常出色，我想我可以原諒妳。至於妳繼父，我了解，相信我。如果十二年後，妳還是想搞垮妳繼父的石油公司，我不會阻止妳。那件事也要不了妳多少時間。想想妳還想做些什麼事情。」

「現在我只想找個安全的地方完成訓練。」

「是呀。」我說。「我正在努力。」我和科羅拉多無聲交談，讓索諾拉的藍綠色彈珠沉入地底，關妮兒依依不捨地「喔」了一聲。沒過多久，地上冒出一顆新彈珠，由幾種土地色調形成漩渦狀的砂岩彈珠，有點像是小型的氣體巨行星【註】。

「科羅拉多想跟妳問好。」我說，她在我撿起彈珠時展顏歡笑。「但是別再講英文了。妳得換成拉丁文的想法模式和它溝通——我是說，她。彈珠我先拿著，等妳準備好再說。」

她滿臉失望地看著我把彈珠收到口袋裡，不過接著失望一掃而空，由堅定的神情取而代之。

「我很快就會準備好的，老師。」關妮兒說。

我微笑。「我敢說妳會的。」

註：氣體巨型星（Gas giant），也作類木行星（Jovian planet），是類似木星的氣體行星，體積較其他岩質的行星來的大，但密度很小；太陽系內的類木行星有木星、土星、天王星，以及海王星。共同特徵為擁有光環，以及大量衛星圍繞。

第二十三章

這一回，我們趁天色還早跑去煤礦場查探情況；礦場再度開工，不過沒有全力運作。有些裝備還沒運來，毫無疑問，不過他們打定主意要充分利用現有配備榨乾礦場的利益。不管今天我做了什麼，明天，或是要不了多久，多半還得回來再做一遍；然後一而再、再而三地幹下去，直到他們的成本大於營收爲止。

企業有時候比神還難殺。

我把關妮兒丟在ＳＵＶ上和她的筆記型電腦混，保證兩小時內就會回來。礦場四周加強保安，身穿制式保全制服的人員在大門附近巡邏。他們還弄了條狗，這讓我不禁失笑；如果我不要牠叫的話，世界上沒有一條狗會對我叫。

施展僞裝羈絆後，我溜進入口，朝在運作的機器走去。就和之前一樣，我用羈絆法術把機器變成廢物。不過在解決第一台機器後，工人用無線電回報，礦場立刻響起關閉所有機器的訊號，以免奇怪的損毀再度蔓延。他們似乎以爲是有嬉皮在油箱裡注入外來添加物，因爲他們開始抽出油箱裡的油，注入清潔劑，然後抽出來，接著再注入新的油。我一邊饒富興味地看他們如此處理，一邊走向一台又一台的機器，小心翼翼地打開引擎蓋，在他們忙著擔心油料時鎖死汽缸。這一次他們會以爲是怎麼回事？會堅持原先的理論，認定他們沒有即時阻止破壞行爲，還是會想出新的理論？

我敢肯定本地環保分子會為了這些神祕的機器損毀事件而被抓去審問。無端惹上麻煩當然會讓他們不爽，但我拋開罪惡感，想像著他們看到煤礦公司賠錢時幸災樂禍的感覺。我本人是非常享受煤礦公司的人此刻嘴裡亂飆的髒話就是了。

我希望今天的行為已經足以向科羅拉多證明我打定主意要關閉煤礦場；或許現在它願意開始移動金礦，幫我脫離凱歐帝的掌握。

第二十四章

在太陽沉入提業英德臺地的砂岩山峰後方時，我們駕車來到凱歐帝的工地。烏鴉在我們接近時飛散，我懷疑究竟是什麼吸引牠們來到附近。

以防禦角度來看，第一座泥草屋已經徹底完工，工人開始建造礦場的行政部門。凱歐帝正等著我們，快步迎上前來，趁著其他人聽不到我們說話時展開交談。

「歡迎回來，德魯伊先生。你的事情都辦完了嗎？」

「辦完了。如果沒弄錯的話，你之前提到的那些吸血鬼會開始消失。」

「呃。是這樣嗎？」

「據我所知是如此。」

「很好。那你認爲我什麼時候會看到金礦？」

「還在努力，別擔心。我想你沒有趁我不在時解決掉那些皮囊行者？」

「當然沒有。又不是我的問題。」

「也不是我的問題。當初說好的是要我搬座金礦到這座臺地下，而不是要掃除這區的威脅。」

凱歐帝吐口口水，瞇眼看我，然後重複剛剛說過的話。「呃。是這樣嗎？」

「你知道是這樣的。」

「好吧。」凱歐帝在看到有其他人走過來時說道。來的是班・奇歐尼和他手下一名工人。「我今天的工作結束了。改天見，德魯伊先生、德魯伊小姐。」他看向SUV，這才發現少了一條狗。「嘿。你的狗呢？」

「不勞你費心。」我說：「你今天的工作——不管是什麼工作——已經結束了。祝好夢。」他不理我，轉向關妮兒。

「你們做了什麼？把那隻狗留在旗杆市嗎？」

「你有幫我們留點吃的嗎？」關妮兒指著泥草屋說：「還是你都吃光了？」

凱歐帝又吐了口口水，懶洋洋地抓抓胸口。「你們打算這樣玩。好吧。那就這樣了。天殺的德魯伊。」他轉身走向一輛黑色工作卡車，不知道前幾天那輛藍卡車怎麼了。

隨著太陽沉入提業英德臺地後，氣溫開始驟降。關妮兒和我快步走向第一座泥草屋。班・奇歐尼朝我們微笑招呼，不過他和他的工人在發現歐伯隆沒和我們一起回來時，似乎有點失望。對班而言，他一直期待能再與歐伯隆來場拔河比賽，而顯然歐伯隆友善的聞屁股行爲讓他獲得所有工人的歡心。他們陪我們一起走回泥草屋。

現在泥草屋的一側放滿雙層床。蘇菲・貝舒躺在其中一張床上，目光黏在電子閱讀器上，不過有抬起頭來向我們招呼。

屋子中央有座標準的營火；火山岩已經拿走了。法蘭克・起司奇里坐在一張牌桌旁的金屬摺疊椅上，就著煤油燈的光線閱讀一本艾德嘉・艾倫・坡【註一】的小說合輯。

他看我在看那本書，於是說：「看來我就是喜歡自己嚇自己，嘿嘿。」他在書頁中間塞了張書籤，然後闔上書本，起身招呼我們，伸手出來握。「今天過得如何，柯林斯先生、柯林斯小姐。」

我們和他一起在牌桌旁坐下，關妮兒說：「這裡看來比之前舒服多了。」

「有比較舒服一點。」法蘭克點頭說道：「趁有機會的時候盡量享受。我們明天要開始第二座建築的祝福之道儀式。」他伸出大拇指，比向尚未完工的建築。

「附近的野生動物有造成困擾嗎？」我問。

法蘭克知道我指的是什麼，搖了搖頭。「對我們沒有。聽說有些登山客昨天在臺地上失蹤了，我想我們永遠不會找到他們。昨晚皮囊行者有跑過來花點時間威脅我們，但是沒有嘗試任何行動。這間泥草屋已經完全受到保護。只要待在裡面，它們就動不了我們。」

「這話聽起來像是著名的遺言。」我說。

法蘭克嘶啞地輕笑幾聲。「確實很像，是不是？我一直想在死前說點什麼好話。像是：『釋放李奧納德・培提爾【註二】』，或『我已經幫你找好寄宿學校了！』」

我們閒聊了幾分鐘，接著法蘭克提議玩牌打發時間。「你會玩皮諾奇樂【註三】嗎？」他問。

「當然會。」我說：「有一次在俄亥俄州學的。」

註一：艾德嘉・艾倫・坡（Edgar Allan Poe, 1809-1849），美國作家、詩人、編輯與文學評論家，以驚悚小說著名。

註二：李奧納德・培提爾（Leonard Peltier），美國印地安人運動組織的領袖。

「教我？」關妮兒說。

「我也要。」班插進來道。他朝關妮兒微笑，大概是要讓她知道她不是牌桌上唯一的新手，又或許他之所以微笑是因爲她對他產生與我同樣的效果，對大部分男人都一樣。他說要幫我們去旁邊的小冰箱裡拿些喝的，我們道謝。我偷偷向關妮兒挑挑眉毛，她在嘴巴不動的情況下和我小聲說話。

「閉嘴，老師。」

班聽見了，於是問道：「妳爲什麼要叫你哥哥作老師？」

「喔。」關妮兒說，這才想起我們現在扮演的角色，接著用眞話來掩飾謊言。「他在教我功夫，而爲了避免淪爲兄妹鬩牆的局面，我決定叫他老師。把他當成指導老師比較有利學習，你懂吧？」

班點頭。「有道理。」他說著給我們一人一瓶罐裝冰茶。

第一把牌發完，我喊得最大，正要宣告方塊爲王牌時，皮囊行者那撕裂金屬般的叫聲突然把我們都嚇了一跳。班把茶灑在自己身上，接著破口大罵，然後在西方未完工的新行政中心方向傳來劇烈撞擊和木材碎裂的聲響時，硬生生地把髒話又吞回肚子裡去。我站起身來，走向西牆，破壞的聲響不絕於耳。我把臉貼在一根木頭前，然後短暫解除右眼前方的纖維羈絆。木頭聽從我的命令朝外擠壓，分向兩旁，幫我弄出了一個偷窺孔──那感覺有點像是詹姆斯．龐德電影的開場效果，只不過我看到的不是性感撩人的美女輪廓。我施展夜視能力，看見一個皮囊行者的模糊形體化身綠巨人浩克般地攻擊建築材料。它無法染指躲在有魔法保護的泥草屋裡的我們，但外面的一切都可以任意破壞。它一下子就把那些木材打成碎片。不過另一個皮囊行者呢？

答案很快就自我身後揭曉了。東邊，卡車和關妮兒的全新ＳＵＶ停放的位置，傳來金屬變形和玻璃破碎的聲音，顯然有個皮囊行者在那裡進行免費破壞服務。我持續監看第一個皮囊行者破壞建築材料，班和其他人則迅速跑到對面牆邊，眼睛貼在牆面上。我眼前的皮囊行者看起來已經完全痊癒了，而從另一個發出的聲音判斷，我想它也一樣。儘管它們的力量不能與吸血鬼相提並論，速度還是讓我和李夫望塵莫及。除非能以莫魯塔幸運砍中它們，否則我絕不可能擊敗這兩個傢伙。單靠這個贏面實在太低了。之前的經驗讓我知道它們能以多快的速度撲倒我，咬斷我的喉嚨。它們太快了；我得想辦法拖慢它們。

「那是我的ＳＵＶ，對不對？」關妮兒在一下聽起來像是新車受創的聲音過後說道：「可惡，我要怎麼跟保險公司解釋？」

「或許妳失控打滑，導致翻車？」班建議道。

「或許可以，但是車身上可能會有爪痕或掌印還是其他東西，到時候我該怎麼說？如果我打電話給那隻小壁虎【註四】，說有個皮囊行者摧毀了我的車，他會開張支票給我嗎？我有點懷疑。」

法蘭克・起司奇里站到我旁邊，低聲說道：「我不禁懷疑它們之前為什麼沒這麼做。」

註三：皮諾奇樂（Pinochle），撲克牌遊戲，只用Ａ、Ｋ、Ｊ、10、9兩付紙牌，每種兩張，共四十八張。玩家通常為兩人或四人。

註四：美國保險公司GEICO的吉祥物是隻壁虎，該公司客服網頁等等隨處都可見這隻壁虎。

「它們現在已經脫離飢荒刃詛咒的影響。」我以同樣的音量解釋，「我想那道詛咒導致它們心裡只剩下一個念頭。現在它們傷勢已經痊癒，打定主意要逼我們離開地盤，於是開始增加我們留下來的開銷。」蘇西・貝舒爬下她的雙層床，在我繼續和法蘭克交談時來到我們身邊。「它們現在比之前更危險，也更聰明。如果在這種情況下我們仍然不肯離開，我敢說它們會開始走出臺地，攻擊住在下面的人，增加人員傷亡的人數。」

「那樣就太糟糕了。」法蘭克說：「臺地底下有很多牧場。」

「牧場都有祝福之道守護，對吧？」

「有，但是那些人未必認爲從日落到日出都有必要待在屋內。就算他們知道，皮囊行者也可以去攻擊他們的羊或什麼的，摧毀他們的謀生之道。有些人日子過得很艱困。」

蘇菲聽見最後幾句話，語氣擔憂地說：「我祖母就住在臺地下。」

看在地下諸神的份上。凱歐帝怎麼能開車跑掉，宣稱這裡的工作已經結束了？

法蘭克大拇指插入皮帶，嘆氣道：「你有任何阻止他們的辦法嗎，柯林斯先生？」

蘇菲神色困惑。「你爲什麼會問他？」

「這個……他很聰明。」法蘭克說。

這話令她目瞪口呆。蘇菲訝異地看著我，試圖弄清楚法蘭克從何得出這個結論——就算果眞如此，我又怎麼可能比哈塔里更了解皮囊行者。她目光飄向我的刺青，不認同的表情如同暴風雲般籠罩在她的五官上。或許她認爲任何花那麼多時間去刺青的人都不可能聰明到哪裡去。「好吧，我也很聰明。」她終於說。

「班納利先生要你們怎麼應付皮囊行者？」我問，希望能不要繼續討論我那令人懷疑的智商。蘇菲、班，還有其他工人都很清楚皮囊行者，但是對他們而言，我只是個有辦法讓岩石消失、並應付屋頂上怪物的怪人。天知道他們以為凱歐帝是什麼人。據我所知，除了法蘭克，這些人都不曉得他們在與第一先民共事。

「他還在寄望我能解決它們，就像我幾天前所說的那樣。」法蘭克說：「但是我沒有辦法。除了妳該打電話給妳祖母之外。」他告訴蘇菲，「告訴她在這件事情結束前都不要出門。」

蘇菲拿出手機，走到安靜的地方打電話。在她這麼做的同時，東邊的破壞聲響突然變大，我覺得最好過去看看。震耳欲聾的叫聲也越來越響亮。我弄出一個偷窺孔，剛好看到兩個皮囊行者把關妮兒的ＳＵＶ舉在頭上，一邊顫抖一邊尖叫。其他卡車的殘骸散落一地，看起來像座汽車零件墳場。

「好消息是，妳剛剛聽見的聲音和妳的ＳＵＶ無關，關妮兒。」我說：「壞消息是，如果我所料不差，妳的ＳＵＶ很快就會從天而降。」

「請告訴我你又是在逗我。」

皮囊行者把ＳＵＶ高舉過頭，互看一眼，點了點頭，開始倒數。我一方面難以想像人類的喉嚨竟然能夠發出如此邪惡的聲音，另一方面又很佩服它們的策略：它們現在或許動不了泥草屋，但是祝福之道卻無法防止普通物體造成的傷害。

「不是在開玩笑！」我大叫：「所有人移動到後方牆邊，立刻！」關妮兒拉走滿臉困惑的蘇菲，法蘭克和班則迅速指示工人移動。我轉過頭去，看向上方的橫梁。橫梁上堆的泥土有可能讓屋頂吸收大部分汽車砸落的力道，在只出現一點裂縫和木屑的情況下讓車子沿著屋頂滑落。不過話說回來，半噸重的車子加上拋擲的力道，很可能超過泥草屋所能支撐的壓力。我很好奇一旦泥草屋的結構不再完整，祝福之道的防禦力場會出現什麼變化。會出現個魔法大洞，讓皮囊行者跳進來嗎？最好不要弄清楚這一點。我決定採用葛雷格・山薩【註】的做法，讓蘋果沉入背中——或是以眼前的情況來講，讓ＳＵＶ陷入屋頂。皮囊行者發出憤怒的叫聲，我知道關妮兒的ＳＵＶ已經來了，於是我開始低聲唸誦羈絆咒語，強化房梁，將車子落點處的房梁留到最後。

ＳＵＶ幾乎直接落在我的正上方，剛越過牆壁，房梁之間空隙最大的位置。我在房梁和捆索開始碎裂時迅速反覆強化落點處，接著灌注魔力，勉強撐住整輛汽車，不讓它砸到我頭上。泥草屋另外一側傳來幾聲驚叫，不過我隔絕了那些雜音；泥草屋的結構依然不穩定，緩緩朝我壓下。不管有沒有透過魔法強化，我都沒有足夠材料可以撐著汽車。我可以清楚看見ＳＵＶ車頂，地面上已經落滿木屑。我沒辦法持續強化現有的架構……除非我把ＳＵＶ融入架構之中。

現代車輛大多數零件都是人工合成的材質——到處都是玻璃纖維鑲板和塑膠。但是謝天謝地，車殼和大部分底盤還是採用從地底挖出來的礦物。車蓋和前輪都已經陷入泥草屋，而我就是在那裡看見所需的金屬。我解除所有看得見的金屬羈絆，迅速重新羈絆到緊繃的木材之中，就像幾個晚上前我把火山岩的二氧化矽羈絆到牆壁的木材中一樣。這樣做將那些破碎的木材和房梁變成鋼鐵強化的鋼條，足以阻止屋梁碎裂、撐住車子的重量。勉強撐起。

皮囊行者非常失望關妮兒的閃亮新車沒有撞穿天花板——失望到它們以非人的跳躍能力跳到SUV底盤上，開始上下跳動，試圖壓坍天花板。和我擔心的一樣，祝福之道的力場不會涵蓋外來物件。不過我的羈絆法術也讓SUV文風不動。皮囊行者沮喪了，開始扯下消音器和其他底盤上不知名的零件，試圖進入車內座位。要是讓它們成功，我們可就慘了。它們可以打爛車窗跳下來，把我們通通殺光，或是用那股非人力量扯爛天花板，跳到地上。

我離開牆邊，全神貫注在雙層床的金屬框上。我一邊跑一邊解除螺絲的羈絆，因爲我沒時間找螺絲起子來彬彬有禮地拆開它們，然後拔下一根支架。在法蘭克和其他人眼中看來，我必定是徒手從床框上拔下一根中空鋼管。我吸收大地的魔力——感謝他們遵循傳統，沒有在這間屋子下塡充地基——找出汽車座位區的橫梁，使盡科羅拉多賦予我的力量把鋼管對準它向上一戳，那是一股強大的力量。SUV吱吱作響，被我戳得騰空而起，導致皮囊行者狼狽地摔下車身，跌在屋頂邊緣，遭受祝福之道的力場燒灼，隨即放手摔到地上，然後再燒一次。它們痛苦的叫聲比之前所發的任何叫聲還要淒厲，不過我聽得很爽。我讓關妮兒的SUV落回原先的位置，然後指示法蘭克上前聽我說話。我發現蘇菲完全沒有注意到這一切。她蹲在牆邊，面對牆壁，還在努力勸她祖母回到屋內，以策安全。

法蘭克迎上前來，我對他說：「用你的語言威脅它們。」

註：葛雷格．山薩（Gregor Samsa）爲卡夫卡《變形記》的主角，一覺醒來發現自己變成一隻大蟲。故事中葛雷格的父親用蘋果丟他，其中一顆陷入他的背裡。

「拿什麼威脅？」

「我不知道。自己掰。要能立刻恐嚇它們，以免它們一整個晚上不斷攻擊。告訴它們我們有用光做的矛，或隨便說點什麼你認爲它們會怕的東西。」

法蘭克開始大喊我聽不懂的話，我則再度借用班・奇歐尼的匕首。他毫不遲疑地把匕首給我，我迅速將一小堆木柴削成尖銳的木樁。關妮兒走過來蹲在我身邊，抬頭看著鑲在屋頂的ＳＵＶ。

「來得快，去得也快，呃？」她說。

「希望它們燒傷嚴重，法蘭克又很會說話。」我對她說：「它們比之前聰明多了，我沒有東西可以對付它們。我無法應付這種魔法。」

「科羅拉多不能把你強化到足以對抗它們的地步？」她問：「目前看來你應付得不錯。」

她的語氣似乎毫不擔心，而這點令我擔心。「不，關妮兒，納瓦霍魔法遠比我的強大，」我說。「不管控制這些人的邪靈是什麼，它們都很古老，能把那兩個男人強化到超過科羅拉多強化我的程度。我或許力量較大，但是它們速度較快。我是利用法蘭克所提供的優勢才能撐到現在的。德魯伊並非無所不能——差得遠了！蓋亞會賜給妳超過一般人的優勢，但是眞正幫助妳看見日出的卻是機智和偏執妄想，而非力量或速度。如果魔法就是一切問題的答案，妳根本就不用十二年的語言和知識訓練就可以成爲德魯伊。妳的心靈才是最重要的。懂了嗎？」

她虛心受教，點頭道：「懂了。」

「很好。聽著。」我一邊削尖木樁，一邊小聲說道：「恐懼是種武器。領袖會利用恐懼操弄他們領導的部下、恐嚇其他國家。妳的敵人會利用恐懼來操弄妳。妳或許不願意利用恐懼，因爲根據經驗，只有惡霸和壞蛋才會以恐懼服人。但此刻我就是在利用恐懼來操弄皮囊行者，因爲在生死交關之際，道德規範並非我的優先考量。法蘭克用光恐嚇它們，因爲它們被祝福之道力場燒過，不想再度被燒。那或許能阻止它們進一步攻擊，也可能只是拖延下一次攻擊的時程；待會就知道了。但這是否是魔法光譜中唯一能夠嚇到它們的光線呢？」

「好吧，從你問這個問題的口氣來看，我會說不是，但你究竟是什麼意思？我們可以拿手電筒去外面嚇跑它們嗎？」

我對她搖了搖頭，然後下巴揚向火堆。

「喔……」她說：「既然我們躲在木造建築裡，它們爲什麼不放火燒屋？」

「就是這個問題。」

「它們必定眞的非常怕火。但我以爲它們的人類面不會對火產生那麼大的反應。」

「我想此刻控制它們軀體的並非人類面。」

彷彿是在肯定我的說法般，皮囊行者在法蘭克說完某句話後大吼大叫。

「它們聽起來沒有很害怕。」關妮兒說。

「憤怒是爲了掩飾恐懼。我想它們心裡充滿這兩種情緒。我要妳在ＳＵＶ底下弄張椅子或桌子，讓我們可以爬進車內，好嗎？」

看著陷入天花板中的ＳＵＶ，她滿臉懷疑地考慮這項任務。上面沒有空間讓人爬進去，車窗外緣都是碎玻璃，還在車子撞上天花板時擠壓變形。但她還是聳肩說道：「好的，老師。」

「謝謝。」

關妮兒走到車下，班上前詢問她要不要幫助時，蘇菲・貝舒終於說服她祖母，掛上電話，轉過身來，看見剛剛那陣騷動的原因，立刻失控。

她一眼就看出來屋頂絕對撐不了那輛車多久，但還是有兩個人在車底下走來走去。她正氣凜然地大叫他們離開那裡，然後要求解釋。「那車爲什麼沒掉下來？」她大聲問道。

沒人回答她。我不打算解釋我以魔法用鋼鐵強化屋頂。關妮兒繼續架設通往車內的臨時階梯，毫不理會蘇西警告她會被壓成肉醬。

我招呼班・奇歐尼過來，問他一個問題，「既然你們會在這種建築裡生火，有沒有規定一定要準備滅火器？」

「有，那邊的櫃子裡有個小滅火器。」他說著比向門邊。

「太好了，」我說：「可以幫我拿過來嗎？」

「你打算燒什麼？」他問。

「皮囊行者。滅火器只是爲防萬一。」他看我，一副覺得我瘋了的樣子，不過接著聳了聳肩，走去拿滅火器。我抱起削好的木樁，丟在ＳＵＶ車頂下方的地面上，忽略蘇菲和關妮兒逐漸增溫的爭執，以及法蘭克和外面的皮囊行者用納瓦霍語對吼。我本來想拿一盞煤油燈來，不過又想到了更好的主意。

「嘿，班，那裡面有沒有備用的燈油罐？」我問。

「有。」他說。

「太好了。那個我也要。」

我在木樁上灑了一整罐燈油，然後把它們交給站在椅子上的關妮兒。

「把它們擺在車頂中央，」我說：「一定要彼此交疊在一起。」我本來打算把木樁羈絆在SUV的車頂，讓它們尖銳的頂端朝上，但是車商在車頂上鋪了我無法利用的合成材質襯裡，而我又沒辦法擠入車內扯掉襯裡。所以那些木樁只能拿來點火。

「我沒辦法把它們全部疊起來。」關妮兒回報：「有些得從另外一邊丟進去。還有因爲車頂不平，很多根都滾到前面去了。」

「好吧。」我說：「我到另外一面去。」我走去拿另一張椅子。蘇菲抗議。

「聽著，我們聽見妳的警告了，如果我們被壓死，不是妳的錯，好嗎？」我說。蘇菲兩手一攤，轉身背對我們，口中唸唸有詞，罵我們是白痴。

「嘿，柯林斯先生，」法蘭克插嘴：「不管你打算做什麼，最好盡快進行。我唬不了它們。」

我跳上椅子，叫關妮兒下去拿幾根木樁給我。我才剛上去不久，SUV就開始晃動。皮囊行者再度跳到車上，善加利用祝福之道力場的死角。這一回它們針對突如其來的晃動做好心理準備，謹慎站穩腳步；如此小心翼翼拖慢了速度，不過它們打定主意要拆掉底盤，好下來攻擊我們。

我丟了幾根木樁到車窗裡去，看出關妮兒剛剛的意思。大部分木樁都滾到車頂和擋風玻璃交會的位置。不過在沒人看得見我在幹嘛的情況下，我可以解決這個問題。我把木樁頭尾相接，羈絆在一起，然後交錯擺放，在屋頂上形成粗略的木網——或許說是烤肉架比較恰當，一張沾了煤油的烤肉架。金屬撕裂的聲音加上上方撒落的星光顯示皮囊行者已經打穿底盤，此刻正在和座椅搏鬥。

「需要打火機，快點！」我說：「或火柴！」就是這種時候讓我希望德魯伊可以操縱火焰，或許我該想想怎樣交點能夠動用磷元素的朋友。

班和法蘭克徒勞無功地在身上摸索，然後左顧右盼。關妮兒沒有生火器材，我知道。「你們沒有火柴是怎麼點燃煤油燈的？」我問。

駕駛座在一陣金屬撕裂聲中突然消失，一個處於人形的皮囊行者跳到車頂上。我看見橘眼一閃，隨即在它透過車窗揮手攻擊時矮身閃避。

「有了！」某人塞了支打火機到我手裡。是蘇菲。我沒時間道謝。我挺身而上，左手深入車窗內，並不在乎有沒有打到對方。它輕易閃向後方，開始轉身，找尋離開乘客座的出口，密閉空間限制了它的行動。我點燃最近的木樁，看著火焰沿著臨時搭出的烤肉架蔓延，這時第二個皮囊行者落在第一個身邊。

它們起火燃燒，放聲慘叫，爭先恐後地想要逃出車內，不過這麼做只有讓情況更糟。它們終於爬出屋頂，不過匆忙間忘了屋頂依然處於防禦力場的守護之下。祝福之道二度燃燒，它們在慘叫聲中摔下泥草屋。

法蘭克在它們痛苦的叫聲逐漸消失時朝我微笑；皮囊行者顯然在撤退。

「看來它們受了重傷。」他說。

「至少今晚如此。」我同意道：「它們明天晚上還會再來，我們沒造成永久性的傷害，但它們卻在你的力場上開了一個洞，而且很可能會耐著性子多弄幾個洞，直到有把握進來殺光我們爲止。」

班・奇歐尼把滅火器給我。「要滅火了嗎？」

我看著冒出車窗的火焰和濃煙。「是呀，好主意。」我說。

第二十五章

黎明爲我們帶來混亂殘局的景色。工地看起來像是經歷過自然天災，只不過我們知道導致破壞的原因一點都不自然。到處都是尖銳的木片，看起來就像凡赫辛【註】的武器庫一樣，車輛則遭外力拆解成一塊一塊的零件。現場唯一欠缺的就是風格陰暗的重金屬搖滾樂團，在廢墟中拍攝音樂錄影帶，戲劇性的強風吹動他們塗滿美髮用品的頭髮，用力甩動吉他、熱情撫弄他們最愛的和弦。

當蘇菲、班、法蘭克，還有工人看見卡車殘骸時，他們開始低聲咒罵各式各樣和「幹」有關的字句，如同一群啾啾叫的飛鳥——或許是新品種的麻雀。他們罵得內容千奇百怪，語氣也各有不同。看到車輛殘骸陷在經過魔法強化的泥草屋屋頂時，關妮兒也加入了這場晨間大合唱。

「幹他媽的，幹、幹！」她唱道。

蘇菲在看到所有測量標樁都被拔起摧毀時十分沮喪。「我們得要重新開始了。」她哀號道：「弄好了也很可能又被拔掉。這個計畫玩完了。幹。」

人們紛紛拿出手機，請朋友來載他們進城。我在想有沒有人要打電話給凱歐帝——班納利先

註：凡赫辛（Van Helsing），原本是恐怖小說《德古拉》中登場的醫生，後來在大眾文化中以吸血鬼／怪物獵人的身分聞名，也在各種超自然作品中一再登場，甚至有自己的電影。

生——讓他知道皮囊行者摧毀了工地，我懷疑凱歐帝今天會不會現身。

大概半小時後，幾輛卡車跑來載我們離開。關妮兒和我跟蘇菲·貝舒一起爬上一輛福特半噸小卡的後車床；法蘭克坐乘客座，他指示司機——他的朋友——帶我們去藍咖啡壺吃早餐。因爲煤礦場再度關閉，餐廳又擠滿了人。看見自己的行動成果感覺很好；下次聊天的時候，科羅拉多肯定心情不錯。

等我們在靠窗的座位坐下，濃咖啡也端上桌後，我問法蘭克還有沒有什麼關於皮囊行者的事情可以告訴我們，還有它們是怎麼行動的——任何可以讓我更了解它們的細節。我特別注意不透露任何想要利用這些資訊擊敗皮囊行者的意思，因爲蘇菲依然認爲我只是個地質學家。只是我沒想到法蘭克竟然側頭朝向蘇菲，說道：「她知道的比我更多。她有些關於那兩個傢伙的內幕消息。」

「妳認識它們？」我問。

「或許。」蘇菲承認。她的手指緊張兮兮地在咖啡杯緣扭動，接著看向法蘭克，問他是不是眞的可以與我分享這件事情。他點頭叫她說。

「我只是猜測，並不肯定。」她強調。

「我懂。」我說。

「我是因爲我們部落的關係才得知此事的，」她開口。「所有工人，包括班在內，都是我們部落的人，這就是爲什麼我們都與法蘭克站在同一陣線。大約十年前，部落裡發生了一樁謀殺案，案子鬧得很大。有個離婚的女人慘死家中。於是，呃……等等。我需要支筆。」

她從外套口袋裡拿出一支可回收的中性筆，然後從桌上的紙巾架上抽出一張紙巾。在她繼續說下去前，女服務生走過來幫我們點餐，於是我們暫停討論。因爲不能幫歐伯隆點餐，我有點沮喪；爲了向他致敬，我多點了一份培根。

女服務生離開後，蘇菲開始在紙巾上寫字。「好了，」她說：「我不想說亡者之名，或吸引有可能還活著的人注意，」——法蘭克點點頭，贊同她的謹慎——「所以我就寫名字給你們看，然後開始解釋。不要大聲唸出來，好嗎？」

關妮兒和我低聲同意。蘇菲翻過紙巾，用筆指向最上面的名字，米莉·佩許拉凱。

「這是命案受害者，跟我和其他工人都是遠親。她當時才四十歲左右，顯然死於暴力虐殺。她是個大好人，沒人想得通她怎麼會成爲任何人的目標。而這兩個，」她停頓片刻，指向羅伯和雷·佩許拉凱，「是她兒子，即將成年的雙胞胎。他們失蹤了。打從他們母親的屍體被人發現之後，就再也沒人見過他們。大部分人都認爲他們是被他們父親綁架了，而命案也是他幹的。他是個壞蛋，住在猶他州。但是當警方找出他，並加以審問後，發現事情顯然不是他幹的。無懈可擊的不在場證明和那之類的東西。於是那件謀殺案至今依然沒有偵破，我們還是不知道兩個男孩怎麼了。」

「而妳認爲……？」

「任何人都可以在任何時間開始奉行巫術之道，但要變成我們對付的那種東西只有一條路可走。」法蘭克厲聲道：「只有一個方法可以讓你的靈魂黑到足以吸引來自第一世界的邪靈，取得凡人不該擁有的力量。」

蘇菲圈起兩個男孩的名字，然後畫個箭頭指向他們母親的名字。「你必須殺害一名家族成員。」她說：「然後就會變成徹頭徹尾的邪惡。」

第二十六章

「先等一等，」我說：「如果它們這麼邪惡，爲什麼沒有到處殺人？」

「因爲它們根本沒有必要到處殺人。」法蘭克解釋道：「提業英德臺地的登山客多得和什麼一樣。你知道那些登山客是怎麼回事。只要看見一塊很酷的岩石，他們的生命就要等到站上岩石頂端的那一刻才算完整。他們會帶著岩釘、繩索，還有各式工具在鎮上閒晃，見人就笑，因爲他們很有可能會一失足就摔得粉身碎骨。好吧，過去十年裡，很多登山客都沒有回來。他們不是摔得粉身碎骨，而是就這麼失蹤了，裝備什麼的通通沒有留下。」

「皮囊行者埋了他們？」

「或許有把骨頭埋了——在它們把肉吃光之後。」

「它們吃人？」關妮兒問。

「呃，我不確定。」法蘭克說：「但是吃人是巫術之道的一部分。我不知道它們除了人還吃什麼。附近的牧羊人沒有綿羊遭竊，居民的蔬菜和早餐麥片也都沒有短少。所以它們在上面吃些什麼？肯定不是外送披薩。」

「臺地上一直有人失蹤，但卻沒人注意到？」

「當然有人注意到。有趣的是，這種現象只會引來更多登山客，他們認爲這座山是挑戰。他們的親戚當然也會跑來找人，而親戚們也會跟著失蹤。」

「部落爲什麼不關閉臺地？」關妮兒問：「他們不用交代任何理由，只要說太危險就好了。」

法蘭克聳肩。「我想他們喜歡登山客帶來的收入，旅館稅、用餐、紀念品……那些東西。他們要爬山就得自求多福。而且大多數議會成員都不相信皮囊行者眞實存在，不過在昨晚之後，我想他們會開始相信的。」

蘇菲輕笑。「我敢說我們的領袖就和大家的領袖一樣：有些人眞的很聰明，但有些人卻不是工具間裡最銳利的工具。」

「最銳利的工具……喔！」我說：「就是這個，肯定有用！法蘭克，我知道要怎麼拖慢它們的速度。」

「什麼？怎麼做？」

「鐵蒺藜。它們來過幾次都通行無阻，所以不會料到我們在地上擺這種東西。它們會直接跑過鐵蒺藜——它們打赤腳，而且我們已經知道它們很容易步入陷阱。」

「呃。它們不會直接衝向我們了，它們已經改變策略。」

「只要有誘餌就行。」

「什麼誘餌？牛肋排？」

「我。我用鐵蒺藜圍住自己，然後搖響晚餐鐘，它們就會直撲而來。」

「鐵蒺藜無法阻止它們。它們會忍痛撐到你面前，等把你撕成碎片後再來療傷。第一世界邪靈會確保它們這麼做。」

「只要在鐵蒺藜上猥毒，它們就沒辦法撐過來。」

三個下巴掉下來，三雙眼睛盯著我，女服務生則在這個時候端上餐點。所有人一言不發，直到她帶著關妮兒的糖漿回來，並且幫我們續杯咖啡爲止。

「猥毒？」法蘭克問：「你要用漂白劑還是什麼其他東西？」

「其他東西，只要你帶我去藥局逛逛，我可以調配出毒性猛烈的毒藥。」

「會調毒藥的地質學家？」蘇菲問。

「他是文藝復興時代的人物【註】。」關妮兒一邊解釋，一邊在鬆餅上淋糖漿，我則饒富興味地看著她。沒錯，我是文藝復興時代的人物，還是啓蒙運動時代人物、維多利亞時代人物、後現代人物……

法蘭克神色懷疑地瞇眼看我，然後緩緩搖頭。「我不認爲這樣有用。」他說。

「爲什麼不？」

他輕嘆一聲，吃了一口歐姆蛋。「不管你用什麼毒藥，它們都不會在中毒後倒地死亡；它們會順著衝勢繼續前進，而皮囊行者的衝勢可猛呢。它們會對你出手，只要出手一次就足以致命；或許它們終究會毒發身亡，但在死前會拉你陪葬。」

註：文藝復興時代的人物（a Renaissance man），形容博學多才。

「或許。我把希望寄託在任何以那麼高速移動的傢伙，都會在遇上阻礙時重重倒地。它們不會只是腳上踩中一枚鐵蒺藜，懂嗎?它們會摔倒在地，然後被好幾枚刺中。一旦倒地又中了那麼多毒，就再也站不起來了。就算沒有摔倒，法蘭克，也會舉步維艱；它們會大幅放慢速度，我們則可以趁機展開攻擊。」

法蘭克依然存疑。「我不知道。我還是認爲它們會閃開鐵蒺藜或採取其他應變。試試看網子怎麼樣?」

「它們會看見網子撒落，然後閃開；不然就是會撕爛網子。拜託，昨晚它們把卡車丟來丟去。毒蒺藜製作容易，閃避困難。我們今晚就能解決此事。」

蘇菲正在嚼一塊吐司，差點噎到。法蘭克拍她的背，幫她咳出吐司。她喝了口飲料，清清喉嚨，然後對我說：「你才剛剛提醒我們它們可以把卡車丟來丟去，這下你又覺得自己可以用鐵蒺藜解決它們?」

「毒蒺藜只是用來拖慢速度，好讓我們用槍射殺它們，或是我的劍。」

「我一直想問你，」她說：「謝謝你主動提起。你怎麼會有劍?」

「爲了預防殭屍末日。用劍就不會有彈藥耗盡的問題。」

關妮兒噗哧一聲，蘇菲神色不耐地瞪她一眼，然後又看回我。「聽著，我不知道你是什麼人，但你絕不只是地質學家——如果你眞的是地質學家的話。我在許多類似的建案裡遇過很多地質學家，他們都是熱愛晶洞、皮膚微微曬傷的小男人；頭戴軟帽，身上揹著專放土壤樣品的袋子。你的外表和行爲都不像地質學家，法蘭克對待你也不像是對待地質學家，班納利先生也一樣。而且地質學家也不會像你那天晚上一樣把岩石變不見；他們會收藏岩石，建造小神廟祭拜它們。別再糊弄我了，告訴我你的眞實身分。」

既然她已經處於不相信的心理狀態，我很難想出她會願意接受的說法。她不會相信實話，而我也不打算據實以告。我想說：「我是博士，這位是我的夥伴。」不過我懷疑蘇菲會是這套ＢＢＣ長壽影集的粉絲。別管TARDIS與音速螺絲起子了，神祕博士最厲害的道具就是心靈紙【註】。我已經數不清有多少次希望我有那種紙了。在缺少心靈紙的情況下，模糊「我是個大騙子」焦點的最佳策略，就是指稱另外一個人是更大的騙子。

「蘇菲，事到如今，妳應該已經發現班納利先生滿嘴鬼話了。」我說。

她的聲音和臺地一樣冰冷：「是，我注意到了。」法蘭克無聲大笑，肩膀不住抖動。

「好吧，他根本不該跟你們說我是地質學家，我比較像是這個企劃案中處理問題的專家。」

「不是開玩笑的？」她嘴角上揚。「依我看，這個企劃案遇上大問題了。」

註：影集《神祕博士》（Dr. Who），也譯作《超時空博士》、《何博士》等等，是英國電視台ＢＢＣ的長壽科幻影集，第一季於一九六三年播出，目前仍在製作、播出中。主角是個能穿越時空的時間領主（Time Lord），通稱博士（the Doctor）；陪伴他冒險的角色則被稱爲夥伴（the Companion）。他們搭乘的時空機器爲TARDIS，音速螺絲起子（The sonic screwdriver）是博士的多功能工具；而心靈紙（Psychic paper）是張空白卡片，會讓觀者在卡片上看到他們想要看的東西。

「這就是班納利先生把一切留給我處理的原因。既然妳的工作在安全問題解決前都無法繼續，我建議妳休一、兩天假。不過前提是你能幫我應付今晚的事情，法蘭克？」

法蘭克自他的歐姆蛋前抬起頭來。「誰，我？」

「首先，我們需要一屁股釘子。」

「一屁股？那是多少？」

「呃……」

關妮兒以她傑出的隨口形容的測量單位知識為我解套。「我想那比『一狗屎』要多一點，但是比『一幹噸』要少很多。」

「說得超精準，沒錯。」

「什麼？」法蘭克放下叉子，完全聽不懂我們在說什麼。

「然後我要你帶我去藥局弄點毒藥。」

「你打算用什麼？老鼠藥還是？」

「不，不是那種東西。我可以把幾種藥品混在一起，調配成需要的東西。我們沒時間出門採藥，從頭做起。」

「我也沒想過要這樣做。但是你不用處方籤嗎？」

「不，我只要一輛逃離現場的車子。你可以幫我們弄輛交通工具嗎？」

法蘭克面露微笑，恢復了胃口。「當然，我有個外甥住在鎮上。他就坐在那裡，無所事事。」他指向餐館對面一張坐滿中年人的桌子。「因爲煤礦場關閉了。」

「喔。他有看到你坐在這裡嗎？」

「有，他有看到我。」

「那他爲什麼不過來打招呼？」

「這是禮貌。看到舅舅在和陌生人講話，他大概認爲我們在談生意。」

「我們確實是在談生意。不要讓他跑了。」

「不會的。」法蘭克向我保證。我心裡充滿新的使命感，一口喝光我的咖啡。好咖啡，很濃，就是路易斯・拉莫爾【註】筆下能讓馬蹄鐵浮在上面的那種咖啡。他書中的角色絕對不喝淡咖啡，或許這就是他們大白天就有衝動想殺人的原因。這倒提醒了我……

「你能弄把手槍嗎，法蘭克？或許派得上用場。」

他打量著我，好整以暇地咀嚼食物。「可以，我家有把六發式左輪槍。」

「太好了。」

「用它對付皮囊行者就像讓老鼠去對付響尾蛇一樣。」他說：「不過歡迎你拿去用。我認爲人員殺傷地雷會比較有用。」

「或是背上綁了天殺雷射槍的發情蟾蜍。」蘇菲說，我忍不住微笑。難怪歐伯隆喜歡她。

註：路易斯・拉莫爾（Louis L'Amour, 1908-1988），美國著名西部小說作者。

吃完早餐後，法蘭克叫他外甥過來，向我們介紹他叫亞伯特。他留平頭，身穿藍灰色法蘭絨襯衫，下襬塞在牛仔褲裡。

「唉，他們的車送修了，」法蘭克指著我們說，巧妙跳過所有細節。「你介意載我們晃晃嗎？」

亞伯特聳肩。「當然，反正我也沒事做。」他朝法蘭克身旁揚起笑容。「嘿，蘇菲。」

「嘿，亞伯特。」

「妳也失業了？」

「對。至少今天是。」她說。

「噢，討厭這樣。老兄，」亞伯特搖了搖頭，伸出雙手半握在身前，好像在掐某人一樣，「要是逮到那個破壞機器的嬉皮，我希望他們把他的睪丸扯到背後，然後狠狠拔——」他在看見關妮兒抓住我的手臂，發出一點聲音時突然住嘴。「喔。抱歉，女士。」他看到我的刺青，目光停留在我手背上的三曲枝圖【註】。接著他看向我的項鍊，注意到我那頭偶爾看起來有點邋遢的頭髮。「你是個天殺的——我是說，你們兩個是嬉皮嗎？」這個問題讓關妮兒的指甲掐入我的手臂。

「不是。」我對他說：「不過常常有人誤認我們是嬉皮。別擔心，這種事很常發生。」這時關妮兒已經開始用拳頭捶我。我看她一眼，只見她一臉憋不住要笑出來的表情。她漲紅了臉，既不敢吸氣，也不敢吐氣，深怕這麼做會發出令亞伯特難堪的不恰當笑聲。我站起身來，騰出空間讓她擠出去。「可以麻煩你一下嗎？我妹妹眞的得去廁所一趟。」

關妮兒一邊起身，一邊用力點頭，嘴唇抿成一條直線，左眼冒出一顆淚珠。

「喔，當然。」亞伯特連忙站到法蘭克旁邊，關妮兒迅速走向廁所，一手捂住嘴巴，隱隱發出嗚咽聲。「她沒事吧？」他問。

「沒事，一會兒就好了。」我說著揮手要他不必擔心。「她有時候會這個樣子。」關上廁所門時，整間餐館裡的人都聽見她的聲音——一下拖得很長的高音，接著是一聲喘息，然後又是一下長高音。

亞伯特做個鬼臉。「老兄，你確定嗎？」

註：三曲枝圖（Triskelion），也作三曲腿圖，是從同一個軸心伸出的三個螺旋（有時會是三條腿）組成的圖像，發源自希臘西西里島。愛爾蘭的曼島旗幟便使用三曲枝圖。

第二十七章

電視上的現代藥品廣告往往讓我目瞪口呆。有些藥品的副作用常常聽起來比它們要治療的症狀更嚴重。有一次我甚至聽到副作用裡有「心臟衰竭」，眞不知道怎麼會有這種事。在我聽來，心臟衰竭算是生命中的重大事件，如果你願意為了避免其他症狀所導致的小小不適，而甘冒心臟衰竭的風險，那願神保祐你不會受傷，因為你顯然很想傷害自己。

我去藥局找材料調配毒藥，是因為幾乎所有藥物都是毒藥——只不過劑量較少而已。我當然比較想要直接去採集藥草來用，不過趕時間時，多弄幾瓶藥片也可以湊合，而今天我時間還挺趕的。

「老師，」關妮兒在離開藍咖啡壺前往亞伯特的卡車時低聲對我說：「你剛剛說你沒有所需藥物的處方籤，是吧？」

「沒錯。」

「那表示你要用偷的，是吧？」

「是呀。」

她不太高興地嘆了口氣。「你一點也不把這種事放在心上，對不對？」

我們暫停交談，爬上亞伯特卡車的後座車床。法蘭克坐乘客座，告訴他該往哪裡去。上路之後，我繼續剛才的話題。「性命交關的時候就不會。如果這樣講能讓妳好過的話，我從來不會為了本身利益偷竊。好吧，我收回這句話。我有次在埃及幹過這種事。幾年前我也在香港從一個商人手中偷走一些藝術品和寶石，好讓他度過非常淒慘的一天，那件事讓我得到不少滿足感。不過兩天後我打電話給警察，告訴他們失物放在哪裡，外加一張叫對方不要那麼混蛋的字條。他取回了大部分失物。」

「什麼？爲什麼不是所有失物？」

「警方留下了幾樣，宣稱他們只找到那些。」

「不！」

「是呀。我還得再去偷一次，和那些不老實的警察玩拉內褲的遊戲。聽著，如果這樣做能讓妳好過一點，我們可以列張我拿走的藥品清單，去其他地方查價格，晚點再用空白信封裝錢送回去。」

「那樣會讓我好過一點。」

「好，那我們就這麼辦。」

「謝謝你。」她在我肩膀上輕拍兩下。「你是個很爲人著想的老師。」

「我的確是。老師該做的事情我漏做了一大堆。正常來講，拜師第二個禮拜時，妳應該要接受水蛭吸血的儀式，而我已經收妳爲徒三個月了。」

她懷疑地看著我：「你是在開玩笑，對吧？」

「算妳運氣好，亞歷桑納這附近沒有多少水蛭。」

她微微退縮。「你是說眞的？」

「不過既然我讓妳吃了一顆牛蛋蛋，我想我們可以裝作沒這回事。」

「閉嘴！」我哈哈大笑，她皺眉看我，雙手交抱胸前。「啊！你有時候真的很幼稚！」

八點四十五分，我們停在一間藥局旁邊，確保沒被任何監視器拍到；然後我下車，走到藥局後面。離開時，我聽見亞伯特說：「眞不敢相信我在做這種事。」

一離開法蘭克和亞伯特的視線，我就在身上施展僞裝羈絆，然後專心注視後門。當你有辦法把門鎖內的金屬羈絆到開鎖位置時，門鎖就沒那麼難以應付。但是安全系統又是另外一回事了；我對電子方面的知識沒有豐富到足以應付這些東西，而且它們大部分都是毫無生命的塑膠所製。我只要一進門肯定就會觸發警報，所以得在警方抵達前盡快拿好我要的東西。

首先我拿了個塑膠袋，然後跑去貨架上大肆搜刮。我不熟悉藥品名稱，所以要先掃視原料成分找出我要的東西。我在找的是各式各樣顚茄的化學成分，一般人將之視爲致命茄類植物。成人只要咀嚼一片葉子就會死亡；其中所含的托品烷生物鹼會擾亂你的神經系統，導致它無法管制身體無意識的活動，像是冒汗、呼吸和心跳。不過只要能隔離並且控管這些生物鹼的劑量，你就能拿致命的植物用來治病。我在貨架上各種不同名稱的藥物裡找到阿托品、莨菪鹼和天仙子鹼。根據劑量，我們必須再偷一家藥局才能弄到足以染滿所有鐵蒺藜的毒藥。我離開時順手拿了一包外科手術手套；我可不想在開始配藥後沾到任何毒素。

我回到卡車旁，一直到爬上車床才取消僞裝。關妮兒聽見塑膠袋的聲音，知道我回來了，但是亞伯特和法蘭克則在我拍打後車窗時嚇了一跳。

「走。」我大聲道，亞伯特以極快速度離開現場。在往市中心前進途中，我們與一輛閃著警燈趕往藥局的警車擦身而過。法蘭克指引我們來到一家五金行，我們下車交談，我向大家解釋我們還要再偷一間藥局。

「當然，看不出有什麼不偷的理由。」法蘭克說：「第一家偷得那麼順利。」

我們帶著淘氣的心情進入五金行——一股紙板和油漆的味道撲鼻而來——對店員說要買一屁股釘子。

「我們釘子剛好特價。」店員說，毫不在意我們的用字遣詞。

關妮兒湊過來在我耳邊低聲道：「問他有沒有一幹噸釘子。」

由於釘子和一大堆藥品在手的關係，我們（或我）在去偷第二間藥局時或許有點過度自信。他們當時還沒開張，但是我嚇到了一個提早來店裡處理文件的藥劑師。藥局本身的警報已經關掉了，但在後門自動開啓又關閉，而我僞裝後的身體在地上投射出一些影子時，她啓動了許多警報。她動作很快，跑到電話旁，在我施展功夫打昏她前打電話報警。我不會瓦肯人的神經攻擊，不過我的德魯伊末日之握效果也十分神速，而且只會讓受害者受到阿斯匹靈就能搞定的傷害。我看看她的名牌，上面寫著「琴娜·瓦奇特爾」。

「抱歉，琴娜，」我說：「我不羨慕妳醒來後頭痛欲裂的感覺，不過在那之前，好好休息，夢到……」我越說越小聲。藥劑師會夢到什麼？葛蘭素史克製藥廠招待的加勒比海假期？止痛藥樣品？

她的報警電話依然是個問題。儘管我掛斷了，因爲不久前才有一家藥局遭竊，勤務中心還是會派人過來查探。他們會迅速趕來，假設是同一名竊賊蠢到再度犯案，而他們沒有猜錯。我沒多少時間。

幸虧有第一家藥局的經驗，這回我知道要找什麼，能夠以飛速裝滿我的袋子。儘管以破紀錄的速度離開藥局，我還是在奔向停在隔壁的卡車時聽見警笛聲響。前座的法蘭克和亞伯特一副緊張兮兮的模樣；他們停在便利商店前面，完全處於攝影機的監視之下。

我把裝了僞裝藥品的袋子丟上卡車後座，說道：「關妮兒，下車，去便利商店買兩杯冷飲。我過一會兒進去找妳。」

「收到，老師。」趁她爬出車床時，我在另外一袋藥品上施展僞裝羈絆。由於它們現在靜止不動，在所有看向車床的人眼中都是完全隱形的。我解除自己的僞裝羈絆，敲敲法蘭克的車窗，嚇了他一跳。

他搖下車窗，說：「也該是時候了。我們走。」

「不，現在來的很可能是剛剛那些警察。他們有看到你的卡車離開剛剛的犯罪現場，或許會起疑。我們就讓他們起疑。先講好說詞，我妹妹和我是搭便車的，要從旗杆市前往科羅拉多。你們會帶我們到特克諾斯波斯。煤礦場關閉了，所以亞伯特有空，對吧？」

「這個，沒錯，但是，狗屎，你不是把藥品放在後面嗎？」亞伯特問。

「藏好了。別擔心。讓他們搜。」警車在我說這話的時候出現。我拍了車門兩下，進入表演模式。「我進去喝個飲料，很快就回來。」

「你他媽的不准走！我可不要爲了這種事情去坐牢！」亞伯特吼道。

法蘭克揚起一手，搖頭道：「冷靜點，外甥。不會有事的。」

「法蘭克舅舅，這到底是——」

「我知道他看起來像個愚蠢的草包，但是，相信我，他不像表面上那麼簡單。冷靜下來，照他的話做。」

亞伯特依然激動，不過忍了下來。我感謝法蘭克對我投的信任票，大步走入便利商店。警車直接停在卡車旁，兩名警官下車。其中之一快步跑向藥局後門，另外一個走到法蘭克的車窗旁。找他總比找亞伯特好，我想。

便利商店裡瀰漫著陳年菸草和漂白水的味道，外加牛肉熱狗和不新鮮麵包的味道。關妮兒拿著兩個紙杯，站在飲料機旁邊，一副難以決定要喝什麼的模樣。我從她手中接過一個紙杯，一邊裝無糖冰茶，一邊小聲把計畫說了一遍，以免我們須要向警方解釋。結果我們還眞的須要。

離開便利商店時，警官正等著我們。他腹部微凸，這是警察多半都在處理文書作業、很少追逐壞蛋的實質證據。法蘭克和亞伯特已經下車，站在放滿一袋袋冰塊的冰箱旁邊。卡車兩扇車門都是開著的。

「早安。」戴著太陽眼鏡的警官對我們說。他比向卡車。「兩位是坐這輛卡車嗎？」

「對。有問題嗎？」

「不好意思，我可以看看你們的證件嗎？」啊，他是那種警察。我們二話不說就把證件交給他。他仔細檢查證件，然後抬頭看我們。「兩位要上哪兒去？」

「科羅拉多，」我說：「我們從旗杆市搭便車來的。」

「我說過了，蓋伯。」法蘭克說。

「我聽到了，法蘭克。」警官頭也不回地說，語氣顯然十分不耐煩。我努力壓抑笑意。法蘭克依照計畫行事。告訴警方一套簡單的說詞，然後我們走出便利商店，證實他的說詞。如果他眞的懷疑我們，他會假設我們只有匆忙間編出一套說詞，這是眞的。如果是凱爾・傑佛特警探的話，絕不會相信阿提克斯・歐蘇利文嘴裡吐出的任何說詞。但是這個警官在趕時間，只有基本調查，也並不特別擔心一個看起來像大草包的傢伙和他妹妹；在這種情況下，我們簡單陳述的說詞聽起來就很可信，特別是和法蘭克的說詞一致時——這個警官認識法蘭克，或許也因爲他是哈塔里而信任他。我盡量表現出什麼都不懂的蠢樣子。

「請兩位站到那裡去，」他指向冰箱說道：「我要搜車。」

「喔。好吧。」我二話不說就走過去站在亞伯特和法蘭克身邊，關妮兒安安靜靜地跟在我後面。我們沒必要跟亞伯特和法蘭克交談。既然我們是搭便車的，就不會像朋友般交頭接耳。蓋伯警官站在原地打量我們片刻，然後鑽入卡車駕駛座。片刻過後，他站直身子，拿出一個五金行的袋子。

「你們買了一大堆釘子。幹什麼用的？」

「樹屋。」亞伯特主動說道：「幫我孩子搭的。」說得好，亞伯特。

蓋伯警官嘟噥一聲，繼續搜查。他打開手套箱，搜查座位底下。沒有大量藥品，後車床上也沒有東西。

「好了。」他說著朝卡車揮手。「看來沒有問題。抱歉造成不便。祝各位有個愉快的一天。」他沒有再說什麼，轉身去找藥局後門的夥伴。更多警笛接近而來——肯定還有救護車，趕來救治被神祕影子打昏的不幸藥劑師。

亞伯特等到蓋伯警官聽不見我們說話後轉向我問：「你把東西放在哪裡？」

「別擔心，亞伯特，」我說：「讓我們去享受美好的一天，搭座樹屋或什麼的。」藥品都在絕佳的偽裝下，乖乖待在原位。

「東西還在你手上，是吧？」

「當然在。」

「好了，你到底是怎麼藏的？」看到我只是聳肩微笑後，他轉向他舅舅：「你打哪裡找來這傢伙的？他太詭異了。」

那之後，我們好說歹說才說服亞伯特載我們去法蘭克家。法蘭克翻出那把老六發式左輪槍給我。

轉回礦場工地前，我們還有一個地方要去。我們在大盒子店【註】買了兩個五加侖油漆桶、一個大攪拌盆、一個開槽攪拌匙、兩瓶橄欖油。法蘭克也買了點食物當午餐，還有補充泥草屋大冰箱的冰塊和飲料。

亞伯特把我們放在廢墟般的礦坑工地，神情不定地向法蘭克揮手道別。他似乎不太放心把舅舅獨自留給這群擅長闖空門和藏匿藥品的白人。

我也很好奇爲什麼只有我們在這裡。凱歐帝上哪兒去了？

我們找了兩把沒壞的鏟子，在地上挖了個小洞，把所有釘子都丟進去。我召喚鐵元素費力斯，示範要怎麼把兩根釘子羈絆成不管如何落地都會兩邊尖頭朝上的方法給它看。基本上就是用巧妙的手法凹彎釘子；不使用魔法還是能以鉗子和耐心辦到，但是鐵元素快多了。知道該怎麼做後，費力斯就讓我看起來像個慢郎中。洞裡的釘子自動躍起，跳來跳去，扭曲成鐵蒺藜，我讓法蘭克和關妮兒把做好的蒺藜裝到五加侖水桶裡，自己則開始專心調配毒藥。

我花了很多時間在打開包裝和膠囊，把藥倒入攪拌碗裡。而在費力斯的幫助下，關妮兒和法蘭克早在我把所有藥片拆出來之前就弄好了。法蘭克去泥草屋裡忙他的，關妮兒則朝我走來，在一段距離外坐下。

「告訴我你在做什麼，老師？」

「調配毒藥。但是妳是在問怎麼調，對吧？」

「對。」

「好。坐得舒服嗎？講解這個要點時間。」

「在這裡坐得最舒服也就是這樣了。」

註：大盒子店（big-box store），外形四四方方、占地廣闊的大型百貨零售店，因爲形狀被俗稱爲「大盒子店」。

「好吧，我會再度羈絆妳的視覺，然後我們來研究細節。妳的化學知識如何？」

「不太好。」她承認：「事實上，可以說毫無概念。我須要有概念嗎？」

「如果想要做我現在要給妳看的這種事，那就要。正常情況下，妳只要去弄點顛茄，然後讓自然幫妳搞定就行了。倒不是說在鐵蒺藜上喂毒來對付速度超快的變形者算是正常情況。但是我們沒有時間採取傳統做法。我不能在今晚之前轉移去歐洲又趕回來。所以我打算研究這些生物鹼結構，加以合成複製，然後混合到油基裡，製造出足以殺死皮囊行者的藥膏。」

「你是透過分子層面在做這件事情？」她問。

「對。我在物質世界裡所做，大多是基於那個層面。就拿破壞機器來說，要把活塞熔入汽缸殼裡，首先我會解除兩者表面的鋼鐵羈絆，讓元素摻雜混合，然後再重新羈絆，讓兩者合而爲一。這種作法涉及很多分子，不過妳可以用改變分子結構，界定形狀的巨集羈絆。」

「巨集？也就是說用一種羈絆方式執行多項任務？」

「一點也沒錯。巨集是妳的朋友。如果所有羈絆都要分別執行，我們就得在這裡待到永遠了，是不是？但是我會建立三個巨集來製作這種毒藥，妳待會就知道了。」

「喔，所以……」——她伸手指向我的項鍊，然後搖晃手指——「你的符咒就和巨集一樣。」

「對。不同的地方在於它們執行的速度遠遠高過我唸咒的速度。我耗費心神製作符咒是因爲我偏執妄想得厲害，而且隨時都想取得優勢。它們和我的古愛爾蘭語思考模式羈絆在一起；我想到那個指令，符咒就啓動了。如果是像僞裝或夜視之類需要目標的羈絆，我就會添加目標到想法裡，不過除此之外，所有符咒預設的目標都是我。而變形符咒都會包括縮小或擴張項鍊的巨集在內，端看我要變化的形態而定。」

「酷斃了，老師。我知道這一邊的符咒有什麼作用。」她指著我右側說，那邊都是變形符咒。

「但是護身符另外一邊的符咒又是做什麼的？」

她輕輕伸手觸摸我的左臉。「轉頭，讓我看清楚一點。」她瞇起雙眼，湊上前來，檢視銀符咒上的小圖案。這讓她的頭頂靠近我的下巴，我欣賞著陽光在她頭髮上突顯出的朱紅色調和草莓香味，心裡真他媽希望響尾蛇隊能夠表現穩定一點，他們老是因爲牛棚的陣容太遜而輸掉比數接近的比賽。她的手指沿著我的頸側下移，我專心地想著自己不太喜歡卻斯球場上重建的游泳池；之前由其他公司贊助的時期，泳池裡的磁磚圖樣比現在吸引人多了。

「這些小圖案很精緻，老師，但是我看不懂意思。」她手指離開我的皮膚，身體往後靠，我鬆了一大口氣，差點出聲嘆息。在球季沒開打時要想棒球並不容易，春訓還要兩個月才開始。

「好了，從護身符往外數過來，有僞裝符咒、夜視符咒、妖精眼鏡、治療符咒，最後那個我沒有命名。捕捉靈魂——或許。」

「捕捉靈魂？」

「從來沒用過。」我承認：「我甚至不知道有沒有效。」

「究竟是什麼作用？」

「救命用。但是要測試它是否有用，我得死。」

「喔！」她笑。「好吧，我了解你爲什麼不願意測試看看了。」她想到一個問題，眉頭突然皺起。「那爲什麼要做這個符咒呢？我是說，爲什麼不換其他符咒，像是解除吸血鬼羈絆？」

「我想我會做的。」我說：「最近的事情顯示那種符咒多有用處。但是儘管如此，如果我現在開始製作，即使有經驗輔佐，還是要起碼五十年才能完工。」

「爲什麼要這麼久？」

「嘗試錯誤。我要在非常接近寒鐵護身符的情況下，架構這些透過心靈指令、從銀符咒中執行的巨集羈絆。德魯伊學識裡沒有任何指示教我該如何製作這種東西。每個符咒都是獨一無二的。所以每次測試它，我都要有個吸血鬼在我面前充當目標。那樣會有點危險——老實說，我之前都不了解他們有多危險。每次在某處定居時，我都會基於保持低調的宗旨而盡量避開他們。不過我倒是可以回答妳剛剛的問題，我製作靈魂捕捉符咒基本上是因爲我擔心自己會意外死亡。開始製作這個符咒時，我和莫利根的關係沒有現在這麼密切，而且安格斯·歐格依然是個可怕的威脅。」

「我懂了。你認爲它有用嗎？」

「老實說？就我製作其他符咒時失敗的次數來看，沒用。我必須反覆測試它們，改變羈絆方式，最後才能找出讓符咒運作的法子。這個符咒完全沒有測試過。有點像是祈求聖母瑪利亞保祐。」

關妮兒微笑：「但是你有請聖母瑪利亞保祐過。」

「不是我自己請出來的。」我提醒她。「準備要調毒了嗎？」我伸手指了指攪拌碗。

「好了，來吧。」

我唸誦讓關妮兒可以透過我雙眼魔法光譜視物的羈絆咒語，而後慢慢拉近焦點，直到能透過分子層面打量各式各樣生物鹼爲止——或者說是看見它們在魔法視覺下的模樣。我不能眞的像顯微鏡一樣放大影像。

「好了，妳有沒有用過設計軟體，可以執行一系列動作，把步驟記錄下來，然後打包起來供日後使用？」

「有，我用過這種軟體。Photoshop。」

「沒錯。我現在要做的就是一樣的東西。看到這個分子嗎？那是阿托品，這個是莨菪鹼，這個是天仙子鹼；這些其實都只是不同排列形式的碳、氮、氫和氧。我們四周有很多這些元素。這些藥品中的非活性成分，也就是這個碗裡大部分物質，都是由這些元素組成。所以我們就來建構一個巨集，把這裡的元素全部重組成那三種毒藥之一。」

「這樣不會有剩下來的材料嗎？」

「會。一些碳或氫，中性非活性成分。」

我小心翼翼地建構巨集，然後，在灌注魔力前，拉遠視線，關閉魔法光譜，讓關妮兒觀察羈絆時的景象。

「看仔細了。」

「在看。」

我啓動羈絆法術，碗裡的粉末抖動片刻，然後微微向上噴起。

「等等。就這樣？」關妮兒問：「什麼都沒發生。」

「一切都已經發生了。那個碗裡本來裝了百分之三的毒藥，還有百分之九十七用來讓妳覺得付那麼多錢值回票價的廢物，現在碗裡幾乎百分之百都是毒藥。我一直到上了化學課才知道要怎麼做這種事。」

「你有化學學位？」

「沒，我施展僞裝羈絆，坐在教室裡，然後買課本。現在這是個劇毒的攪拌碗。可以幫我開一罐橄欖油嗎？我怕會弄破手套。」片刻過後，她帶著一瓶打開的橄欖油回來。「趁我攪拌的時候，慢慢倒進去？」

「當然。」她說：「爲什麼用橄欖油？」

「當作觸媒。這種毒藥基本上會是很稀的藥膏。等攪拌完畢，生物鹼均勻混合後，我們就把毒藥抹在鐵蒺藜上，然後就大功告成了。」

接下來幾分鐘裡，我們一言不發地將生物鹼與油基混合。等我滿意之後，說：「非常好。現在我們只要在不意外毒到自己的情況下給鐵蒺藜淬毒就好了。」

「聽起來很輕鬆，老師。」關妮兒說。她戴上兩雙手套，我們研究出一套程序，將少量鐵蒺藜放在碗裡浸泡，用有孔攪拌匙撈起來，瀝掉多餘的毒油，然後放到第一個水桶裡。這是很單調的工作，不過由於不小心濺到毒液就會死翹翹，我們都做得戰戰兢兢。我們在日落前兩小時做完淬毒的工作，把武器化的鐵蒺藜抬到泥草屋；只見法蘭克盤膝而坐，正在冥思。我們輕手輕腳地搜刮冰箱裡的起司、餅乾和罐裝冰茶。

法蘭克聽到我們發出的聲音，嘟噥一聲，張開一眼。「你準備好了，柯林斯先生？」

「也就只能準備到這個地步了。」我點頭說道。

「很好。我也是。」他睜開另外一眼，開始爬起來。

「你也準備好了？準備幹嘛？」

「當然是殺皮囊行者。」他說著拍拍膝蓋上的灰塵。

我舉起一手。「法蘭克，我沒有要你參與。事實上，你應該離開這裡；打電話給你外甥。」

「不，我要和你一起動手。我有多少機會可以對付皮囊行者？我想我的槍就先放在我這裡吧。」

你拖慢它們的速度，我開槍射殺它們。」

我憂慮地與關妮兒對看一眼。「法蘭克，我可以提升我的速度，這樣才有機會擊中它們。你沒有這種優勢，而且你只能召喚一次屠魔者。」

「我知道。但是你不會我們的語言。萬一它們想在殺我們之前聊聊呢？到時候你要怎麼辦，比手語？聽著，孩子，這是當哈塔里的職責所在。我有責任在邪靈之前守護族人。這次的邪靈來自第一世界；它們是迪內族的邪靈，而且在威脅迪內族的人民，我絕對不會任由外人幫我處理問題。我一定要參與。」

自尊是種沒得商量的東西。耶穌和莫利根無法說服我不要去阿斯加德，我也不可能說服法蘭克不要這麼做。我向他輕輕點頭，然後開始擔心該怎麼保護他。

「好吧，法蘭克，」我說：「開始前，我還有點事情要處理。容我告退？」

他跟關妮兒對我點頭，我回到室外，找了個陰涼的地方——太陽快下山了，所以也沒多熱。我坐在一株枝葉茂密的杜松樹下，趁這個機會和科羅拉多來段遲來的交談。

／／德魯伊向科羅拉多問好／和諧／／

／／和諧／／科羅拉多回應道。

／／煤礦場關閉／會持續監督／詢問：現在可以移動金礦了嗎？／／

／／可以／煤礦場關閉／感激／保持煤礦場關閉／移動金礦／／

／／和諧／／我說。

科羅拉多同意。

這已經不是我第一次認爲大地比人好應付多了。但是話說回來，大地永遠聽不懂我的笑話。

第二十八章

法蘭克和我挑了個靠近南邊山峰的地點，面對皮囊行者自北峰出現的方向。由於不用防禦背後，我拿出放滿毒蒺藜的五加侖水桶，小心翼翼地放置在我們前方半圓形的範圍內，邊放邊後退。我足足退了十五呎左右，確保皮囊行者不能跳過蒺藜區。法蘭克沒把握地看著毒蒺藜分布的空隙。

「有很多空隙可以讓它們毫髮無傷地通過。」他邊觀察邊道。

「喜歡的話，你可以先回泥草屋。」我說：「關妮兒或許想要人陪。」屋頂的ＳＵＶ依然是防禦弱點，但是泥草屋還是比開放空間安全多了。我們重新布置了屋頂的火焰陷阱，她也準備好了打火機以防萬一。

「我才不要。」他說著，擺出天不怕地不怕的模樣。不過再度打量毒蒺藜陷阱後就心虛了。這些毒蒺藜全部集中在一個水桶裡時令人信心十足，但是分散撒在地上後就讓人失去信心。「你確定一屁股釘子都在這裡了嗎？」

「確定。聽著。就算它們通過了——我不認爲會，但是姑且假裝它們通過了。你待在旁邊，護著你的喉嚨跟肚子，好嗎？還有股動脈也要保護好。想辦法把它們推進或撞進蒺藜區。」

「還有開槍射它們。」

「對。我會用劍刺它們。」我有帶著莫魯塔，不過沒告訴法蘭克劍的魔法功效。我突然想到或許該提一下。「法蘭克，不管怎麼樣，千萬不要被我的劍割傷，知道嗎，就算是意外也不行。」

「劍上也有毒？」

「類似。它上面有德魯伊魔法加持，被它割傷就跑不了了。」

「所以如果用那把劍砍到它們，它們就會死？」

「對。不過不是立刻。要幾秒鐘才會生效。」

「呃。那要是皮囊行者把我們推到毒蒺藜上呢？」

「那我們多半沒機會能活多久，因爲一旦我們倒地，它們就會撕碎我們。不過如果你有時間，可以試試這個。」我從口袋拿出藥局戰利品中最後一個沒開封的盒子：一劑拋棄式水楊酸毒扁豆素注射劑。我只找到一支。「這裡面有支裝有托品烷生物鹼解藥的針筒。插入體內，按下活塞。」法蘭克嘟噥一聲，塞入他褲子前面的口袋，想了一想，又轉放到後面口袋。

「老二附近不該有針。」他解釋道。

隨著太陽逐漸沉入提業英德臺地，我們看著影子越拖越長。這景象很美麗、很寧靜、隱藏著一種我的魔法無法防禦的邪靈。

法蘭克低頭看鞋，蹭蹭地面。「我要說點東西。禱告。讓我尋求一點寧靜，霍桑，以免此事不如我們預期。所以，你懂的，別理我。」

「好主意。」我說。我或許也該禱告一下，但是此刻向布莉德或其他圖阿哈·戴·丹恩禱告或許都不是明智之舉，因爲我在他們眼中應該已經死了。向莫利根禱告大概不會給我帶來任何好處。我注意到上次皮囊行者咬斷我喉嚨時，她並沒有出面幫忙。沒錯，我沒死，感謝凱歐帝，但從前她會警告我比那輕微很多的威脅。這表示我在和她談定交易時沒有把話說清楚。她已經明白表示她打算依照字面意思，而非交易本身所代表的精神來看待我們的交易。如果我現在呼喚她，她或許以爲我是找她社交拜訪的，而那聽起來就像擁抱豪豬一樣爽。

我當然也想在生活中求得一點寧靜。打從我決定對抗安格斯．歐格以來，生活中就沒有多少寧靜可言——儘管逃亡生涯所能獲得的些許寧靜只是笑話：如果我的內在寧靜是片平靜的汪洋，那我持續不斷的偏執妄想就是切過海面的強風。和塔希拉攜手共渡的兩世紀大概就是我此生最接近寧靜的日子。

太陽下山後，我對法蘭克和我施展夜視羈絆。他依照我的建議站在一旁，保護他的要害，右手則握著手槍。我集中精神，舉起莫魯塔蓄勢以待。

「來吧，貓咪、貓咪，」我輕聲說道：「過來，邪惡的貓咪。」

幾分鐘後，它們展開攻擊。我們聽見吼叫聲，那是我們在兩道殘影直撲而來前唯一收到的警告。對方動作快到讓我們沒有時間說些像是「它們來了」或「準備開火！」之類的話。那像是都卜勒位移的貓叫聲；我們聽見遠方傳來叫聲，接著它們就追上了聲音，在一陣邪惡的鋼鐵撕裂聲中出現在我們面前。它們就這麼突然現身，於不到十碼外緊急煞車，踩到鐵蒺藜而不再狂衝、開始向後退開。法蘭克舉起手槍，連開六槍；但是它們看見他手臂移動，立刻開始閃躲，身形化爲殘影，發出貓咪打架時的吼叫聲。兩頭腳掌中毒、氣喘吁吁的山貓，在毒蒺藜陷阱區外停下來。它們翻身倒地，開始全身抽搐。一開始我以為它們試圖甩掉腳掌上的毒蒺藜，接著我看到山貓皮脫落，兩個裸體男人躺於其上，在寒冷的夜空下狂冒蒸汽，像是就如此誕生於世。它們的掌心和腳底都插有毒蒺藜，不過它們冷靜地拔下蒺藜，丟到一旁，不理會傷口失血，也沒有繼續發出痛苦的叫聲。它們站起身、撿起山貓皮，瞪大綻放橘光的雙眼打量我們。這是我第一次真正直視它們，很難想像它們的身材竟如此瘦小。皮囊行者瘦到不像話，具有長跑選手的體格，脂肪少到肌肉異常顯眼——我簡直可以看見一條條肌肉纖維，非常顯眼的血管在皮膚上隆起。它們體重最多一百磅左右。但是我認為我從來沒有見過恨意如此強大的目光，就連惡魔都比不上。其中之一口吐納瓦霍語。

「法蘭克。它說什麼，法蘭克？」

「它說：『你和白人今晚就會死。』」

兩個皮囊行者轉身跑回來時的方向，把山貓皮囊捲起來夾在手臂下；沒有任何中毒跡象。

「我不懂。」我說：「現在它們應該跌跌撞撞、呼吸困難。它們兩個都身中四到五支蒺藜，那些毒素足以殺死它們兩回。它們應該垂死掙扎，而不是跑步回去拿運動飲料還是什麼的。」

「早告訴你這樣可能不會有用，你就是不肯聽。」

「好吧，這下該怎麼辦？」

「好吧，這下我們完蛋了，白人。」

第二十九章

不自然的寂靜中傳來一個細微的聲音：「老師？」是泥草屋裡的關妮兒。「你還沒死吧？」

「還沒！」我叫道，我的聲音自前方山峰迴盪而來。「至少暫時還活著。」我稍微壓低音量補充。

法蘭克輕哼說道：「這話說得沒錯。」他從外套口袋中拿出幾枚子彈，神情嚴肅地裝塡彈藥。「眞不知道我裝塡彈藥做什麼，又不是說能射中什麼。」

「現在出來安全嗎？」關妮兒問。

「不！除非我說安全，不然就在裡面待到日出。我們還沒結束。第二回合即將開始。」

法蘭克的槍上發出的金屬嘎啦聲幫助我釐清思緒。我顯然低估了這些第一世界邪靈的實力。生理治療，就像中槍和中矛之後它們所展現的療傷能力，與化解侵入式劇毒完全是兩回事，而我以爲它們沒有這種能力。我太不熟悉它們的魔法了，而我得承認自己完全不是這種魔法的對手。這些第一世界邪靈能夠把弱小的人類變成殺戮機器……這倒給了我一些想法。

「法蘭克？」

「幹嘛？」

「它們爲什麼要離開？我這麼問是因爲你肯定比我了解第一世界邪靈的心理狀態。我是說，在它們若無其事地從手腳中拔出我想用來摧毀它們的偉大計畫之後，爲什麼不避開剩下的毒蒺藜，直接殺了我們？」

這時法蘭克已經裝塡彈藥完畢，彎腰蹲在地上，思考這個問題。我可以聽見所有聲響，從他牛仔褲的沙沙聲到他靴子下的碎石些微移動的聲音。這種遠離城市喧囂的地方對耳朵而言是場美味饗宴。

「這是個好問題，柯林斯先生。」他抬頭看我。「這個名字和你很不搭。不是本名，對吧？」

「不，我很少透露本名。像這種獨處的時刻，喜歡的話，你可以叫我阿提克斯。」

「阿提克斯？那是什麼名字？」

「有看過哈波·李的《梅崗城故事》嗎？」

「沒，但我有聽過。」

「好吧，那個故事裡有個角色叫阿提克斯·芬奇。很聰明的男人——而且很勇敢。即使導致他失去自我及家人，但仍在一群蠢人面前堅持公義。我知道他只是個虛構人物，但他是我想要成爲的那種人。這是個讓你有成長空間的名字，我須要這種名字提醒我自己並非完人。」

法蘭克有點難以置信。「你須要提醒自己這個？」

「這個，沒錯。」我承認道：「有時候我會非常自大，因爲我在好幾個神的怒火之中倖存下來。但像今天這種日子就會提醒我自己並非無所不能，而我的名字也有同樣的效果。不管活了多久，我還是不斷會遇上比我聰明、高貴、善良的人，我眞的應該開始聽從他們的建議，叫我的自尊閉嘴。有神勸我不要前往阿斯加德；有女巫勸我不要去旗杆市；你也告訴我這個計畫不會有用。但我卻爲了自己的理由而一意孤行。我還是很不成熟。」

「你究竟多大年紀了？二十二？」

「我知道看起來不像，但是我年紀比你大，法蘭克。大很多。」

法蘭克嘟噥一聲，回到我原先的問題。「好吧，年紀比我大的阿提克斯。我能夠想到它們離開的唯一理由，就是它們要想其他方法來殺我們。它們覺得比較有效、不會出錯的方法。那些毒蒺藜會造成我之前沒想過的問題：想要穿越毒蒺藜區，皮囊行者就得細看落腳的位置。如果得低頭看，它們就無法同時注意我們。它們不願意在你手上拿著一把大劍、我手裡拿著槍的時候冒這個險。所以它們待會就會帶著繞過蒺藜區的方法回來。」

「當然！」我說，臉上露出笑容。「法蘭克，你是個天才！」

「我當然是。你在說什麼？」

「它們可以化身爲鳥，」我解釋，「不知道是什麼鳥，但我敢說它們是去拿鳥皮，或羽毛。隨便怎麼說。」

法蘭克抬頭看我。「你怎麼知道？」

「之前我的獵狼犬和我有追蹤它們，就是第一次攻擊那晚過後。我們找到鳥類的足跡。大鳥。」

法蘭克皺眉。「這附近的大型鳥只有食腐鳥類，烏鴉、渡鴉之類的。」

「不是烏鴉。沒那種氣味。」

「氣味？你可以用氣味分辨鳥類？」

「這個，沒錯。我也是變形者，法蘭克。」我腦中浮現新計畫，於是小心翼翼地將莫魯塔插入劍鞘後再取下，接著又脫下衣服。全部脫光後，法蘭克要我解釋。

「呃，你脫光衣服幹什麼？」他問。

「穿著牛仔褲和上衣不能變形，是不是？想飛的時候，衣服很礙事。」

「你是在唬爛我嗎？」他說著站起身來。

「不是。我甚至又開始自大起來了。和我換位置，法蘭克，我要你在我左邊。」

「什麼？爲什麼？」

「你是左撇子還是右撇子？」

「右撇子。」

「我想也是，所以你要在我左邊。」

「你這樣講完全沒有道理可言。」他說著和我交換位置。

「好啦，相信我，法蘭克。我不想引用你之前說過的話，但我真的不是愚蠢的大草包。有時候我是個聰明的大草包。我想到了個計畫。」

「希望比上一個有用。」

「我也希望。好了，告訴我除了渡鴉和烏鴉，你還在附近看到過什麼大鳥。」

「禿鷹。嚴格說來，這裡的人稱牠們土耳其禿鷹。」

「好，這個可以。牠們體型很大？」

「超大。」

「是黑色的，我猜？」

「沒錯。頭是紅的，其他部分都是黑的。」

「這就是它們的計畫，法蘭克。它們要放下山貓皮囊，換上禿鷹皮囊，飛過毒蒺藜，像空降忍者一樣跳到我們身上。」

法蘭克抬頭。「狗屎，你說得對。這樣超狡猾的，但是第一世界的空氣邪靈會幹的事情。」

「一旦進入這個圈子的範圍，我們就不可能跟得上它們的速度。」

「肯定不能。」法蘭克同意道：「要是讓它們闖進來，我們的生存率就像蛇贏得打字比賽一樣渺茫。」

「所以我們要這麼做。」我解釋我的新計畫，要他再蹲回去，右手盡量平擺在地上。

「你知道我不是春雞【註】，對吧？」

「幫我當一回春雞，法蘭克。」

法蘭克凝視我的雙眼，接著目光移動到我的右肩，望向東北、越過高聳的北峰。「它們來了。至少來了一隻，另一隻沒看到。」他依照指示蹲下，我上前一步，腳趾和腳掌踩在他的右手臂上。我

註：春雞（spring chicken），也有年輕小夥子的意思。

的重量大部分還是壓在腳跟上，但我可以瞬間改變重心。

「不要被劍砍傷了。」我提醒他，雖然此刻劍握在我手上。

「我會記得的。」法蘭克保證道。

我右手緊握莫魯塔，抬頭看天，找尋皮囊行者。遠離城市的夜空看來星光燦爛；就像是先在畫面上加個模糊濾鏡，然後突然抽掉，藉以表示只要吃下他們的藥片，整個世界就會變得更好的過敏廣告一樣。納瓦霍保留區內的夜空就是如此潔淨——不用吞食任何藥物。我才搜尋幾秒就找到了皮囊行者。

它的夥伴——或者說是它的兄弟——也在那裡，自提業英德高原最南方朝我們盤旋而下，等皮囊行者下降到一定的高度時，我問法蘭克準備好了沒。

「準備好了。」他確認道。

「動手。」我說著把莫魯塔往後一拋，啓動化身爲大鵰鴞的符咒。我的腳變成鳥爪，手臂化爲翅膀。法蘭克站起身來，手臂高舉過頭，在皮囊行者有機會弄清楚狀況前迅速將我拋向空中。

土耳其禿鷹雖然體型很大，但卻不擅長空中作戰。牠們是食腐動物，擅長迅速吃掉動物屍體，並且在消化腐肉時很少（甚至不會）感染疾病。牠們身體的構造適合長時間盤旋，藉以尋找不會動的食物。所以遇上擅長捕捉兔子和老鼠之類超級好動獵物的獵食者時，牠們完全不是對手——就算有第一世界邪靈強化身體系統也一樣。

我與一隻禿鷹纏鬥，它發出憤怒和驚訝的叫聲，像是高中男生的芝多士被老師勇敢地沒收時會發出的聲音。它在我攻擊時用爪子抓我，又用鳥喙咬我——我感到肋骨和肚子附近的肉被扯開——但是我啓動治療符咒，盡力用爪子抓住對方頸部。它拚命掙扎；它的翼幅和我一樣大——甚至更大，而我們兩個在纏鬥時都無法有效地振翅飛翔，於是開始墜落。不過我想辦法翻到上面，以一隻爪子緊扣它的頸部，然後向上扯，這個動作對那頭怪物造成意想不到的效果。只聽見禿鷹皮啪搭一聲，裡面的人整個掉出來，於慘叫聲中頭部著地，在布滿毒蒺藜的地面上摔得血肉模糊。

它沒有立刻移動，假裝什麼都沒有發生；事實上，它再也沒有動過了。既然禿鷹皮囊依然在我爪中，我想道：勝利！我任由它落在提業英德高原上。另一個皮囊行者看見自己兄弟血肉模糊地躺在地上，登時大叫一聲，放棄原先的計畫，朝法蘭克俯衝而去，認定他是較弱的目標。

我發現它們在空中並沒有超自然速度，只能以空氣允許它們這種形態移動的速度飛行。化身山貓時，它們可以利用不自然的肌肉加速；化身禿鷹時，它們卻只能仰賴空氣力學——或許，強壯的肩膀允許它們以比正常禿鷹更強的力量振翅，但卻無法讓它們達到遊隼的飛行速度。

哈塔里看見皮囊行者俯衝而來，於是向上刺出莫魯塔，阻止對方降落。我則改變飛行方向，調整方位，然後展開俯衝。貓頭鷹俯衝的速度快過禿鷹；牠們天生就擅長俯衝。我從上方撞上對方，爪子在前，將它壓倒在地，與莫魯塔擦身而過。怪物放聲大叫，身體開始冒泡，在我的壓制下以詭異的動作掙扎。處於貓頭鷹形態，我沒有辦法壓制它，於是我直接變形獵狼犬，迅速張嘴咬住怪物後頸。這麼做的同時，它也開始變形，從禿鷹變成人類，禿鷹的皮和羽毛掛在身上，不過似乎不是自願的。我發現是我的寒鐵靈氣導致它變回原始人類形態；這就是第一隻皮囊行者一被我的爪子抓住就滑出皮囊的原因，也是上次凱歐帝開槍前、它咬到我的喉嚨後，山貓皮就開始冒泡的原因。

我瞄準的後頸突然變得比之前更粗，不過嘴巴還咬得住。問題在於現在我還要應付人類的四肢和肌肉，而對方有超快的速度和強大的意志來駕馭它們。就在法蘭克大叫：「嘿呀！」笨手笨腳地舉起莫魯塔砍中皮囊行者背部時，怪物的左手已經將我撞開。這讓它有時間趁我再度撲上前翻身而起，狠狠踢中法蘭克腹部。法蘭克跌撞後退，在本能性地減緩摔倒的撞擊力道並保護頭部時放開莫魯塔。他退到我們的空地之外，落在毒蒺藜區裡——至少根據眼睛餘光所見，以及耳中傳來那聲驚慌的「狗屎！」，我是這麼認爲的；我正忙著撕裂皮囊行者的喉嚨。怪物右手狠狠出拳，我聽見一陣肋骨碎裂的聲響。

要是在電影裡，中了這一拳你就會飛入夜空，重重落在岩石或水泥牆上，你的血肉之軀卻能撞爛上述岩石或水泥牆，然後站起身來，於戲劇性的音樂聲中拍開肩膀上的灰塵。但在現實中，這一拳會把你肺裡的空氣捶出體外，然後摔倒在地——如果你眞的飛出去撞上石牆，碎的肯定是你的骨頭，而不是牆。

我的治療符咒已經在修補另一個皮囊行者化身鳥形時弄傷的皮膚，但它並沒有幫我塡充肺部的空氣。當我躺在地上喘氣時，那個可惡的傢伙——如果蘇菲沒弄錯的話，羅伯或雷・佩許拉凱——蹣跚起身，打算過來解決我；但結果卻癱倒在我身上，黑色腐肉自法蘭克用莫魯塔砍傷的傷口開始迅速擴散，導致它全身肌肉抽搐時進一步壓傷我的肋骨。和我那些來自第四世界的毒藥不同，第一世界邪靈無力應付妖精加持在那把劍上的魔法——妖精魔法對第一世界而言非常陌生，就像第一世界的魔法對我一樣。它在恐懼的嘶吼聲中死去，我本來可能會和它一起吼的——一來是因爲當時我只能發出那種聲音，二來是因爲眼睜睜看著一顆人頭在你眼前乾枯變黑眞的非常恐怖。

我傷勢沉重，沒辦法踢開它，也無力從它身體底下爬出來。我得先變回人類才能幫助法蘭克，並叫關妮兒來幫忙。

在骨頭受傷的情況下變形向來不是好主意，但我別無他法。變形過程差點折斷我肋骨上的裂痕，而我半窒息般的痛苦叫聲加上深夜裡的其他叫聲，導致在泥草屋裡的關妮兒出聲詢問。

「阿提克斯？你還好嗎？」

我沒有立刻回答。我遲早都會沒事的，但我擔心法蘭克，也必須先恢復正常呼吸。他翻回空地中，背上插了好幾枚毒蒺藜，或許還有更多插在看不到的地方。他右手伸向後面的口袋，想拿我給他的解毒劑。

「還好！」我奮力說道，試圖鼓勵他。我厭惡地推開壓在身上的焦黑屍體，這個動作讓我痛得皺起眉頭。我開始爬向法蘭克。自口袋中拿出盒子時，他的手在顫；他把盒子丟在面前地上，有點上氣不接下氣——他已經開始喘不過氣、呼吸困難。

「我來幫你，法蘭克。」我說著封閉痛覺、加快動作。他背上插著三枚毒蒺藜，我以最快的速度拔出它們，小心避開釘頭，然後伸手去拿解毒劑。盒子有點壓扁了，這不禁令我擔心。我還記得他剛剛摔倒的情形。「不、不、不……」我深吸口氣，手忙腳亂地打開盒子。裡面的針筒被法蘭克的體重壓碎了。

法蘭克手肘抖動，支撐不住，整個人癱倒在地，然後翻身朝上，緊按自己的胸口。他呼吸急促，顯然非常難受。

「等等，法蘭克，讓我試試一個方法。」我說著丟下沒用的解毒劑，伸手抵住他的頸側，打算不顧自身安危直接治療他——如果我在施展魔法時對他造成任何損傷，我就會死。他握住我的手臂，嘴角揚起一絲微笑，目光飄向皮囊行者的屍體。

「幹掉……那個混蛋了。」他輕聲道。

「對，你幹掉他了。」我說：「等我一下，我來治你的傷。」

但他的手放開我的手臂，落回他的胸口，雙眼痛得緊緊閉起。這樣不太對勁。毒應該不會發作這麼快才對。我應該有時間分解毒素，讓救護車有時間趕來救他；我應該能夠在抵達醫院前幫他保命，醫院裡會有治療生物鹼毒的解毒劑。

「法蘭克，你心臟病發嗎？」我以手指摸索他頸部的脈搏，找到了，但是儘管四肢緊繃，脈搏依然一下子就又不見了。

「不！」我甩開他胸口的手，開始進行ＣＰＲ。我沒有羈絆法術可以讓停掉的心臟重新跳動。所有治療方式都奠基在能夠運作的循環系統上，而所有生命都需要意志才能生存下去。我一邊壓他胸口，一邊對他大叫：「法蘭克，回來！我還有事情要告訴你！不要走，法蘭克！我有很多東西可以教你，我也要你教我！法蘭克！呼吸！」

四周浮現一股寒氣，我匆忙爬離法蘭克，啓動妖精眼鏡，深怕可能會看到的景象，但又須要親眼證實。法蘭克的奇迪在我面前看著我；與達倫的奇迪相比，它蒼白、虛弱、模糊不清，不過就是寒風中的一口微弱氣息，這表示法蘭克不會回來了。同時也表示法蘭克大部分靈魂都已經與宇宙融為一體。我跪在地上，沮喪挫敗，凝視著它；它冷冷回應我的目光。

「那好吧，法蘭克。」我輕聲說道，伸出手臂，讓奇迪纏繞在我手上，然後自行消失。「遺言很棒。你安息吧。」

法蘭克的奇迪只能算是小小一絲鬼魂，如果它有力量影響活人，我想最多就是讓人心情不好而已。然而，它並非唯一逗留在附近的奇迪。當我轉頭看到兩個皮囊行者的奇迪時，我嚇得當場後退。它們的奇迪彷彿哥德式的恐怖景象，體型比身為人類時還大，遠比達倫的奇迪來得可怕。它們渾身不協調地翻騰鼓動，而且我發現它們各自擁有兩組眼睛；皮囊行者屍體上各有兩組奇迪，而它們相互糾纏——有一個漆黑，還有一個更黑的邪靈。

「好吧，哈囉，第一世界邪靈。」我說：「看來你們跟這兩個人走得太近了點。」

離我較近的那個——被法蘭克所殺的那個——朝我撲來。謝天謝地，我位於它看不見的鎖鏈所允許的移動範圍外。我並不特別想要伸手接觸那股黑暗力量；它並非單純的奇迪，而是擁有自我意識與目的的靈體。

汽車引擎聲和兩道車頭燈的亮光，自黑暗中的詭異目光前吸引住我的目光。我關閉妖精眼鏡，但保有夜視能力。

「關妮兒！」我叫道：「現在可以出來了。看看是誰開卡車來。」

我撿回衣服，由於肋骨受傷，動作十分謹慎。我穿上牛仔褲，不過沒穿上衣，因爲傷口尚未癒合，還在流血；我用上衣擦拭身上的血，然後專心癒合傷口。

卡車引擎熄火後，我聽見兩扇車門關閉的聲音。接著關妮兒怒氣沖沖地叫罵。

「你有種在這種時候跑來，你這個混蛋！」

是凱歐帝。他還帶了個朋友。

第三十章

我連忙找尋莫魯塔。我不知道凱歐帝有何企圖，不過他在這個時間點抵達顯然經過精心計算；剛好在皮囊行者死亡之後出現絕不可能是巧合。我小心繞過毒蒺藜，找出莫魯塔，撿起劍，然後再度放輕腳步往反方向前進，去對凱歐帝表達我的看法。

「好了，冷靜一點，德魯伊小姐。」他說：「我可不是這次事件中的壞人。差得遠了。」

「好吧，但你肯定是這次事件中的懦夫。」她說。

「妳說懦夫？是誰爲了幫妳老師而讓人砍成肉醬？是誰自願變成來自赫爾的大地獄犬的點心？懦夫會做這種事嗎？」

「我們幫你收拾爛攤子的時候，你跑到哪裡去了？」她大聲問道，全然無視他的反駁。

「我也很想知道這個答案。」我在接近時說道。

凱歐帝轉頭看著我走近。「啊，德魯伊先生。晚安。」

顯然我們不須在這個陌生人面前使用化名。「少來，凱歐帝。你上哪兒去了？」

「我跑去梅尼方姆斯【註】騷擾那裡的農民。趁機幫你處理一些事情。」

註：梅尼方姆斯（Many Farms），位於美國亞歷桑納州阿帕契的地名，英文地名直接取自納瓦霍語名的意義。

「幫我？」

「是呀，不過那個可以晚點再說。皮囊行者怎麼樣了？」

「你很清楚它們怎麼樣了，不然你根本不會出現。」

凱歐帝厚顏無恥地微笑。「沒有錯。你幫我殺了它們，和我所想的一樣。你的靈氣裡充滿了那種高貴的狗屎，你知道嗎？」

「我看不見自己的靈氣，凱歐帝，只能看見我的魔法白光。」

「好吧，看起來就是一股華而不實的黃光，我所見過最妄自尊大的顏色。」

「法蘭克死了，凱歐帝。」我說，關妮兒倒抽一口涼氣。「是你讓他參與這個計畫的，現在他因你而死。」

「你看待此事的角度不對，德魯伊先生，是兩個皮囊行者因他而死。躺在那裡的哈塔里是我所認識最棒的好人。他爲迪內部落犧牲奉獻。而我現在在做的也是同樣的事。」他回頭面對卡車，靴子在他走回後車床時，踩著地上的碎石嘎吱作響。從乘客座下來的男人始終一言不發，不過臉上的笑意顯然表示他覺得我們不滿的態度十分有趣。他留著一頭長長直髮，頭上戴著白色牛仔帽。身穿藍色牛仔褲、靴子、黑色汗衫，外搭一件藍色棉布外套。他右手裡拿著一個看起來像吉許的東西；或許他也是個哈塔里。關妮兒緊跟在凱歐帝身後。

「那達倫・亞希呢？」她問。

「聽著，德魯伊女士。」他邊說邊從卡車後面拿出紅色塑膠汽油罐，以及厚厚的牛皮紙信封。

他語氣中的玩世不恭蕩然無存，現在聽來十分疲憊。「我不知道他們會死。但我在整個過程中為了拯救德魯伊先生的性命而自我犧牲了兩次，所以我在等妳寫張感謝函或是來點小餅乾什麼的。我想我的努力應該值得幾塊餅乾。」他離開卡車，走向離自己比較近的皮囊行者屍體，身分不明的陌生人跟了上去。

「我不幫任何人做餅乾！」關妮兒在他身後吼道。

「剛好趁這個機會學學？」凱歐帝回頭說道。「妳跟貝蒂・克拉克【註】可以用餅乾討人歡心。」

關妮兒緊握雙拳追了過去，我伸手拉她肩膀。

「等等，關妮兒，他只是故意在鬧妳。」

她甩開我的手，轉身面對我，指著凱歐帝的背影。「我要踢他的痛處，讓他體驗蛋蛋的憂傷。我受夠他滿嘴沙文主義狗屎，還有傲慢地對待那些在他跑去躲起來時為他付出生命的人。」

「好吧，妳可以晚點趁他不注意的時候去試試看。」我低聲說道：「現在我想知道他要幹什麼、還有另外那個傢伙是誰，所以後退一點，聽我指示行事，好嗎？」

她努力讓自己冷靜下來，長吐一口氣，暫時拋開怒氣。「好的，老師。」

我們跟著凱歐帝和他朋友走到比較接近的皮囊行者屍體旁，也就是法蘭克用莫魯塔殺掉的那個；我們待在毒蒺藜區外。凱歐帝看都不看屍體一眼，目光直視屍體上空奇迪所在。我啓動妖精眼鏡

註：貝蒂・克拉克（Betty Crocker），美國知名食品品牌，從食譜、材料包到餅乾、零嘴都有生產。

再看它一眼。如果有什麼值得一提，大概就是它看起來比之前還要可怕，黑暗深邃、翻騰不休的邪靈逐漸佔據了奇迪本身的黑影。

「啊，沒錯，是古老邪靈之一。」凱歐帝說：「它想要掙脫束縛。如果給它一整夜，或許它真的可以掙脫。奇迪將會消失，而它就能自由離去，另外找條黑靈魂轉化成皮囊行者。不能讓那種事情發生。」

「不能。」神祕男子說。

我上一次透過魔法光譜打量凱歐帝是在梅沙某所高中的中庭裡，當時我們正並肩對抗一頭墮落天使，而看著他的魔法光譜讓人深深著迷；他是由不斷變動的色彩組成的萬花筒，以意志力將充滿無限可能的形體限制於人類軀殼。現在他還是給我那種感覺，不過我沒想到他旁邊那個無名男子看起來和他一模一樣。

「嘿，凱歐帝，你朋友是誰？」

「他是凱歐帝。凱歐帝，見過德魯伊先生。」

「你好，德魯伊先生。」男人說。他的聲音很低沉，很像麥克・克拉克・鄧肯【註】，讓你不但聽見，同時還能感覺到重低音。

「嗨。」我說，然後皺眉看著凱歐帝。「什麼意思？」我問：「他是其他部落的凱歐帝？」

「不，他是迪內部落的凱歐帝。」凱歐帝回答，顯然很享受我的困惑。「你對我們的故事還不夠了解。大部分部落都只有一個凱歐帝，但在某些版本的迪內巴哈內——創世傳說——裡，我們有兩個。」

「我是大凱歐帝。」聲音低沉的凱歐帝說：「有時候也叫作在水中誕生的凱歐帝。」

「我是迪內部落人稱阿特塞哈許克的凱歐帝。」凱歐帝說，接著朝他朋友揚揚頭。「他的名聲肯定比我好，所有壞事通通算在我頭上。」

「兩個凱歐帝？」我說：「我該怎麼稱呼你們？黑帽和白帽？我總不能兩個都叫凱歐帝。」

白帽凱歐帝說：「有時候我會跟人說我名叫喬。」他問：「這樣可以嗎？」

「很好。」我說著轉向黑帽凱歐帝，顯然這傢伙要我的時間比我想像中還要長。「那你呢？」

「我不會把本名告訴你，所以你就繼續叫我凱歐帝吧，也不會搞混。」

我心想難怪法蘭克無法肯定班納利先生是哪位第一先民；也終於明白他說他們都「很擅長欺騙他人」是什麼意思了。在我的魔法視覺前，凱歐帝和喬看起來一模一樣、難以分辨。只有在可見光譜下才看得出來誰是誰，而我很肯定他們是故意如此的。

「我得向你道謝，德魯伊先生。」凱歐帝說：「長久以來我一直沒辦法解決這兩個傢伙。」

喬點頭。「沒錯，這次我們應該可以解決它們了。」

註：麥克・克拉克・鄧肯（Michael Clarke Duncan, 1957-2012），美國電影演員，電影代表作有《綠色奇蹟》中引發超自然現象的死囚約翰・考菲（John Coffey）、《世界末日》的Bear等，也曾幫《熊的傳說》中的濤哥、《綠光戰警》中的基洛王等角色配音。

「怎樣解決它們？」我比向紅色汽油罐。「你們要燒掉屍體嗎？」

「是呀，那是第一步。如果燒完就算了，第一世界邪靈就會離開。」凱歐帝解釋。

我一時想不通他的意思，不過接著點點頭。「喔，我懂了。因爲它們和奇迪羈絆在一起，而奇迪則與屍體羈絆在一起。」

「對。所以如果我們只是燒掉屍體、驅散亡魂，它們就會逃往窗岩或之類的地方，把普通混蛋轉變成動作超快的變形食人族混蛋。」

「你們沒有對付這些傢伙的儀式嗎？」

凱歐帝拿起帽子，搔搔腦袋。「這個嘛，德魯伊先生，我們的儀式完全是防禦用的，沒有攻擊，類似祝福之道的防禦力場；而應敵之道中有些驅魔法術——但都沒辦法殺死它們。所有殺戮儀式都歸它們所有——它們實行昂提，巫術之道。有時候我們運氣好，利用它們的法術對付它們；但這些傢伙學聰明了，很久以前就不再進行那種儀式，不再散播它們的屍粉。我毫不懷疑這兩個邪靈就是採用這種對應，利用速度和力量來殺人，讓我和哈塔里束手無策。」

「那你要怎麼殺它們？」

「殺不了。」喬說，語氣有點不耐煩。「它們是天殺的邪靈，你唯一能做的就是送它們到其他地方——安全的地方。」

「這表示要把它們送回第一世界。」凱歐帝說：「這些傢伙在這裡玩夠久了；只要把它們送回去，它們就會受困在那裡。」

「它們爲什麼會受困？」關妮兒問：「那裡有專門對付邪靈的捕蠅紙嗎？」

喬笑了笑，彎腰蹲下，解開他的吉許。「要是那樣就好了，因爲那樣它們就不會在我們造訪第一世界時跑來煩我們。但凱歐帝的意思是，它們沒辦法再度離開第一世界。前往第二世界的門戶許久以前就關閉了，如今只有他和我可以來去自如。」他抬頭看向凱歐帝。「不過開始前，我們得先清除這些蒺藜。」

關妮兒說：「泥草屋裡有兩把掃把。我去拿。」隨著她的腳步聲在身後遠去，我開始覺得拿著裸劍站在那裡有點蠢，於是我小心翼翼地走回空地，和皮囊行者屍體保持距離，取回劍鞘。我將莫魯塔插入劍鞘，掛回背上。凱歐帝把牛皮紙信封丟到身後的地上；不管裡面裝的是什麼，總之暫時對他不重要。

喬的吉許裡有些羽毛、響尾蛇尾、藥草包，還有兩張神聖鹿皮。他與凱歐帝平分裡面的東西。關妮兒帶著兩支掃把回來，我們小心翼翼地把所有毒蒺藜掃到南邊的牆邊。她看見法蘭克躺在地上，輕聲說道：「他是個大好人。他是怎麼死的？」

「心臟病發。他不是被它們殺的，是他殺了它們。」

她沒有回話，只是點頭，然後把掃把靠在山壁上。兩個凱歐帝以他們的語言低聲交談。討論完後，喬朝另一個摔死在西邊三十碼外的皮囊行者走去；凱歐帝則走近死在法蘭克手上那具變黑的屍體，示意我們過去。

「我要告訴你們一些事情，以防萬一——嗯，只是以防萬一，好嗎？你看，一開始，我跟喬和你們眼前的東西並沒有多大不同。」他指著翻騰不休的第一世界黑邪靈說：「不過我們比它們性感多了，當然。第一男人和第一女人也都是空氣靈體。如果你想這樣想的話，我們是迷霧之民。在向上穿越不同世界的過程中，我們逐漸改變，而這些軀體是聖民賜給我們的。」他朝邪靈揚揚頭，然後繼續說：「然而，這些混蛋和我們一起離開第一世界，但是沒有取得軀體。它們沒有進化，懂嗎？除非你們認為從單純性情乖戾變成極度邪惡算是進化。重點在於，就像喬說的，當它們只是靈體時，我們沒辦法對付它們。所以我們要送它們軀體。屬於它們自己的軀體，而非附身別人的軀體，將其轉入巫術之道。然後再踩扁它們。」

「不好意思？」關妮兒說。

「它們是昆蟲。」凱歐帝說：「不確定哪一種。可能是螞蟻，可能是那種凶狠的硬殼甲蟲，也可能是蜻蜓或蝗蟲，總之是昆蟲。等我們完成儀式，它們就會變成蟲，然後就能輕易殺死它們，送它們回第一世界。不過它們不會再回來了。所以你們兩位可以站在那裡幫忙。」他指向兩個皮囊行者之間的空地。「變成蟲後，它們會想逃走——它們會迅速逃竄或是飛走或什麼的——我們須要你們幫忙追捕它們。」

「萬一讓它們逃掉呢？」關妮兒問。

凱歐帝聳肩。「那樣也沒什麼大不了的。昆蟲的平均壽命有多長？它們遲早都會死掉。我們運氣好的話，它們被鳥吃掉。它們會搭慢車前往第一世界，而不是特快車，就這樣而已。重點在於它們會變成凡塵的生命，而且此後再也不能傷害任何人。我們現在就得開始，不然奇迪就要消失了，好嗎？」

他彎下腰，拿起一包玉米粉和一根老鷹羽毛。

「呃——」我說，但凱歐帝在我提問前開始吟唱，而我知道他一開始唱就不會爲了我停下來；喬的歌聲自另一個皮囊行者方向傳來，這讓關妮兒和我除了擔心之外，什麼都不能做。

我的學徒先提出了個哲學性問題。「他是要平空製造軀體出來嗎？辦得到這種事？」

「我不確定。」我說：「或許。」

「怎麼可能？」

「我不知道。我們先去他叫我們去的地方站著。」

關妮兒在我們移動時，繼續說道：「你不知道那個故事是怎麼說的嗎？第一男人和第一女人是怎麼取得軀體的？別告訴我你不記得了。」

「好了，我很肯定他們取得軀體的過程不需要用到汽油。」我說，看著兩個凱歐帝一邊順時鐘繞著皮囊行者的屍體唱歌跳舞，一邊在上面灑汽油。

她輕哼一聲。「這我也知道。」

「我了解他們這麼做的原因：他們必須先解除邪靈和奇迪間的羈絆，然後才能把它們塞到軀體裡。我只是覺得他們的做法有點太現代了，還以爲他們會用松木或檜木還是什麼的。」

關妮兒皺眉。「對呀，這很奇怪。不過他看起來好像在趕時間。」

「沒錯。而且這並不是給邪靈製造軀體的重要步驟，鹿皮才是。」這時兩個凱歐帝都已經點燃屍體，邪靈彷彿浪濤滾滾般，拚命試圖逃脫。它們肯定不喜歡火光，也不想繼續和這些奇迪羈絆在一起。

「他們要拿那些鹿皮做什麼？」

「在迪內巴哈內裡，有幾個不同故事中提到聖民賜給靈體物質形體。通常他們會用神聖的鹿皮包著玉米或特殊石頭，然後請風靈從鹿皮底下吹氣。風靈名叫尼爾切，而它每次都要吹四下——四是個重要的數字。不過就像許多創世故事中提到的一樣，基本概念是類似生命氣息的東西。」

「喔，酷。」關妮兒對我笑了一笑。「我喜歡近乎通用的觀念。」

「我也是。我認爲幾乎所有文化都有類似凱歐帝這種隨時都有陰謀詭計的騙徒神很酷——喔，狗屎。」我臉色發白。

「怎麼了？」

「事態可能很嚴重。」兩個凱歐帝攤開他們的神聖鹿皮，蓋在燃燒的屍體上一段時間，令火焰悶燒，然後讓風靈自下方吹入第一口氣。被激怒的奇迪和邪靈讓這麼做所產生的濃煙和灰燼變得更多更濃。

「凱歐帝是第一先民，並非聖民。」我指出這個事實。他並沒有同等的創造力量。關妮兒立刻了解我的意思。

「喔，狗屎。」她在凱歐帝二度蓋下鹿皮、掀開，邀請風靈吹氣時低聲說道。透過我的魔法視覺，看見奇迪逐漸衰弱，邪靈猛烈掙扎。

「是呀。還有一大堆故事描述凱歐帝試圖模仿獾和狼之類的動物，而且每次都失敗得非常徹底。」

「沒有效果的失敗，還是後果不堪設想的那種？」

凱歐帝三度蓋下鹿皮，而當他們掀開鹿皮，邀請風靈吹氣時，奇迪幾乎完全消失。下次掀開鹿皮時，邪靈就會獲釋，又或許會被困在昆蟲軀體內。

「要看是哪個故事。兩種情況都有過。」我不自覺地拔出莫魯塔，擺開防禦架勢。

「嘎！我們不能想想辦法嗎？」

「只能期待沒出狀況。」我說，看著鹿皮四度蓋下。但是當凱歐帝自火上掀開鹿皮時，出狀況了：鹿皮下出現的不是濃煙、奇迪和邪靈，而是一隻半噸卡車大小的蝗蟲，皮囊行者那種撕裂金屬般的吼叫聲變得異常清晰。同時我們也了解到根本踩不死這種昆蟲。

「跑去泥草屋！」我在吼叫聲中叫道，把她朝那個方向推了一把。她必須繞道，因為凱歐帝的大蝗蟲就擋在中間。我開始朝它衝去，隨即停下腳步，看著它拍擊巨大翅膀——拍擊聲和掀起的強風就和直升機起飛一樣——跳出火堆。它轉身，以前腳抓住凱歐帝，連帽子一起咬下他的腦袋。我連忙轉過頭去，只見喬也上了大蝗蟲的菜單。儘管忙著吃凱歐帝零嘴，這兩頭恐怖怪物還是沒有忘記我們。它們移動巨大後腳，以可怕的複眼注視我們。接下來就輪到關妮兒和我了。

第三十一章

我承認我呆掉了，而那不光只是因爲害怕，而是事情實在發生得太快了。這麼巨大的蝗蟲根本不該存在。我不久前才見過一隻很大的昆蟲，但那是種名爲輪背獵椿的殺手甲蟲，而且它其實根本不是昆蟲，而是以那種形態嚇人的惡魔。惡魔不屬於這個世界，所以蓋亞會毫不遲疑地幫助我解決它們。我可以對它們施展寒火，或召喚當地元素幫忙——那次就是索諾拉幫我除掉對方的。但眼前這兩隻不是惡魔；對蓋亞而言，它們是自然生物——只是有點大——所以這表示我不能用魔法對付它們，科羅拉多也不會幫我直接對付它們。我關閉妖精眼鏡，眼鏡幫不了我，不過還是保留夜視能力。

正常情況下，昆蟲不會超過六吋，這是牠們呼吸系統的限制，而它們身上那一大堆沉重的甲殼素肯定會造成負擔。凱歐帝犯了大錯。他給這些蟲太多風了——就眼前的事實來看，顯然多太多了——而那些第一世界邪靈利用這個機會站上食物鏈頂端。這些蝗蟲的靈魂不是吃穀物長大的，而是一有機會就吃人。如果它們開始繁衍後代，所有城市都必須投資防空武力才能保護市民。蝗蟲會跑去小鎮，把人當作玉米棒吃掉。ＦＥＭＡ【註】有對付這種東西的應變計畫嗎？

註：ＦＥＭＡ（Federal Emergency Management Agency），聯邦緊急事務管理局，美國政府的防災減災機構。

我開始想念山莫建先生和他那座擺滿RPG榴彈發射器的車庫了，而且再度想念起富拉蓋拉——我懷疑莫魯塔能夠打凹蝗蟲的外殼。它們的殼綠綠、滑滑的，看起來像是那種刀槍不入的料理台面材質。但是……或許我可以用對付藍克獸【註一】的那招？昆蟲體內不會有堅硬的甲殼骨架。我幾乎立刻放棄了這個想法，因為那些層層交疊的大顎——利齒和觸毛，以及遠遠超過一張嘴巴應有的活動部位——在咀嚼凱歐帝時展現出可怕的效率。不過在確認關妮兒還在奔向泥草屋後，我還是衝向前去，為了吸引它的注意而大吼大叫。

沒有富拉蓋拉可用，要對付堅硬的外殼就只能仰賴更強大的蠻力；這時棒球棒比劍刃造成的傷害更大。身處龐大的軀體中，邪靈不再具有超自然速度——它肯定擁有蚱蜢般的速度，但我跟得上這種速度。我強化速度和力量，將莫魯塔交到左手，彎下腰去，撿起一顆壘球大小的石頭，就像在進行六—三封殺【註二】的游擊手一樣。當前的情況，一壘就是蝗蟲的眼睛。我把石頭甩向它，但是被發現了，它即時閃開。石頭沒有擊中眼睛，而是擊中它口器側面，導致凱歐帝的下半身屍體唰地一聲滑出口器，它立刻哀鳴尖叫。其中一副不停抽動的小顎現下鬆垮垮地垂在嘴邊，怪物向旁跳開，拍擊翅膀，如同雷鳴般隆隆作響。

「噢，這下它牙痛了。」

擁有自己的身軀後，這兩個邪靈八成必須以全新方式忍受疼痛——直接，沒得商量，對它們而言是種全新概念。我猜從前它們都讓人類宿主承受大部分的疼痛——就連被火燒這種怕的是光不是熱的情況也一樣——但它們現在沒得選擇。我又抽空偷瞄一眼泥草屋，發現關妮兒消失在東側後方、屋門所在的位置。那似乎是個好主意，既然眼前一隻蝗蟲因爲劇痛而分心，另一隻又忙著吃喬，我決定也轉向奔往泥草屋。

我轉得太早了。

蝗蟲認定應付疼痛最好的方法，就是解決造成疼痛的傢伙。這並非我想要它透過這次經驗學到的正確經驗——不過話說回來，如果它們不習慣忍受疼痛，當然也不習慣懼怕疼痛。它的翅膀拍擊聲警告了我，但它升空的速度太快，在我看見它時幾乎已經來到我頭上——我的正上方。

「有東西從天而降時，你只有三件事可做，」我的大德魯伊曾說過：「閃到旁邊去，躲在遮蔽物底下，或是給它理由改變主意，不要掉在你身上。」然後他就把一隻很不爽的公雞丟到我頭上。

在大蝗蟲面前，我唯一的遮蔽物就是泥草屋，而此刻它與我的距離就和遠在紐西蘭沒什麼兩樣。而在蝗蟲佔盡優勢的情況下，試圖閃到旁邊只會讓它更容易吃到我的肉。所以我要讓它直接掉在我的劍上。

我翻倒在地，利用左臂吸收撞擊的力道，同時將莫魯塔直指臉部上方，然後鎖定手肘。如果凱歐帝之死有提供任何線索，那就是蝗蟲想吃我的頭。它試圖在落地時用腳架開魔劍，但它的腳沒有

註一：藍克獸（Rancor），出自《星際大戰六部曲：絕地大反攻》，在賈霸（Jabba）宮殿被路克誘至柵欄底下壓死的大怪獸。

註二：六—三封殺（a 6-3 play），游擊手傳球給一壘手封殺打者。

以恰當角度拍擊劍身，反而直接迎向劍刃，當場被乾淨俐落地砍了下來。這表示它直接以分成十個部位的蝗蟲口器撞上劍尖，順著劍身直落而下，直到莫魯塔破腦而出，然後繼續墜落——嘎——

我的頭撞在臺地的岩石上，瞬間失去意識一秒，而那可惡的東西還在持續順著我的劍滑落。我承認當時被嚇到屁滾尿流，因爲劍沒有產生任何阻力，我的手和手臂消失在它嘴裡，而它充滿濃汁的沉重身軀如同全世界最重的水球般重重落在我身上。它死了，已經在莫魯塔的魔力影響下變黑，但我動彈不得；手掌和手臂非常不對勁——我完全無法移動它們，而且痛得要命。我的血順著手臂流下，儘管就邏輯上而言，我很清楚自己贏了，但我的本能卻在大叫說世界上最噁心的東西正在吃我——而這基本上就表示我眞的在大叫，句點。

蝗蟲有的不光只是大顎；它們還有上唇、下唇、帶有蜘蛛腳般節肢觸鬚的小顎，還有揮來揮去的觸角，以及那些在吃你的玉米或小麥草還是什麼作物時，毫無情緒瞪視食物的恐怖複眼。我可以負責任地說一句，看到你身體的任何一部分出現在這種嘴裡肯定會把你嚇得屁滾尿流。如果要被吃掉的話，我寧願死在擁有直上直下牙齒的鯊魚口中；不要讓我死在這些要先經過四面八方都是短刺的血盆大口才能抵達胃裡的甲殼怪物。

我奮力挺身，試圖抽出手臂，但它嘴裡有東西刺穿我的手、將手固定在裡面，而我缺乏施力點，不管怎麼掙扎都無法爬出怪物身體底下。我的肋骨也提醒我它們狀況不佳。我封閉痛楚，藉以幫助思考。一陣嗡嗡聲嚇了我一跳——難道這隻蝗蟲還沒死？接著我想起還有另一隻蝗蟲……

我轉過頭去，看見第二隻蝗蟲的大頭逼近過來，六條長腿分布兩側，運作無礙的口器染滿喬的血，而且還在不斷抽動，渴望品嚐我的血。它以死亡之眼注視著我，我剛剛發出毫無條理的大吼、試圖在最大的音量中憤怒死去，所以很肯定它有辦法透過聲音找出我的位置。不幸的是，憤怒有點像是恐懼的延續，我認爲即使是我那個隨時都很生氣的老爸，也沒辦法在動彈不得、即將成爲通宵營業的昆蟲早餐菜單上的主菜時保持冷靜。

上方一陣強光吸引我的注意——

「好啦，我聽見你的叫聲了，」關妮兒說。她高舉著一根我們在泥草屋裡準備用來防禦ＳＵＶ的煤油木樁；她點燃木樁當作臨時火把。她站在我頭的正左方——或是死蝗蟲頭的右方——注視著另一隻蝗蟲，低聲說道：「不過你最好告訴我它們還是怕火，不然我們就死定了。」

蝗蟲不再前進。它很清楚火焰能夠造成什麼效果。

「妳還有其他武器嗎？」我問。

「沒有，只有這根木樁，還有另外一根備用的放在口袋裡。趕快爬出來。」

「出不來。我卡住了。」

「什麼叫你卡住了。想辦法不要卡住。」

「我眞的辦不到。它頭裡有樣東西鉤住我。」

「那就施展魔法。」

「什麼魔法？我什麼都想不出來。」法蘭克・赫伯特【註二】說過恐懼是心靈殺手。他很睿智。

「好了，聽著——我現在有點幫不了你。我在和恐怖的昆蟲對瞪。」

它還在慢慢逼近，近到令我非常不安。它一邊移動一邊發出嘎啦嘎啦和啪吋啪吋的聲響，我認爲這些聲音大部分都發自口器。

「小心點，它的動作比想像中要快多了。」

關妮兒揮動火把，戳向蝗蟲。蝗蟲在一下噁心的尖叫聲中微微畏縮。但它沒有丟下我們飛走。我們看起來實在太像「好午餐」【註二】了，這個僵局不可能持續多久。

「妳說妳還有一根木樁？」

「對。」

「點起來，去燒翅膀。」

「喔！好。」她從口袋裡拿出另一根木樁，用浸泡過煤油的那端觸碰火把點燃。

「太好了。把剛點燃的那根拋過它的腦袋，燒它的翅膀。像玩『滾球入洞【註三】』一樣瞄高一點。」

她交換兩手的火把，好以右手拋擲；剛點著的火把火勢較強，點燃翅膀的機會較大。

「武器火熱【註四】。」她冷冷說道。喔，能在壓力下說雙關語，她一定會成爲很棒的德魯伊。

「隨意開火。」我以同樣的語調回應。

她以低角度弧線將火把拋過蝗蟲頭頂，它後退幾步，停下腳步，忘掉自己不再是個靈體，眼睛後方還有具龐大身軀。它側過腦袋，彷彿在說：「哈哈，丟不到。」接著發現關妮兒丟到了。

我無法看見火把落在它身上的確實情況，關妮兒也不行，但蝗蟲肯定有反應。它跳向後方——只要關妮兒手裡還握著火把，它就不會往前跳——微微拍擊翅膀，落在二十碼左右外。它重複這個動作兩次，往兩旁跳開，但是毫無助益。接著情急之下高高躍起，試圖完全展開翅膀、振翅高飛，但結果卻導致瘋狂旋轉，重重落回地上；雙翅著火，振翅產生的大風助長了火勢。我們看見那根木樁尖頭朝下，插在翅膀和胸腔交接處的關節上。此刻它所發出的聲音不再恐怖駭人，反而令人心安。它沒聽說過「停止、倒地、翻滾」的應變術語，而它不停振翅只有引入更多氧氣助長火勢。火勢持續蔓延到蝗蟲身體其他部位，我終於可以繼續想辦法擺脫困境了。

「幹得好，關妮兒。現在想來幫我扯開這顆腦袋嗎？」

「呃，」她回應。我抬頭看她，只見她完全沒在注意我。她的目光轉向泥草屋，我順著她的視線看去，發現泥草屋屋頂上有隻大烏鴉。牠雙眼綻放紅光，不過在我看見它們的同時逐漸轉爲黑色。

「晚安，敘亞漢。」莫利根說。

「妳從頭到尾都在那裡？」我勃然大怒地問道。

「我才剛到。」

「來得有點晚，妳不覺得嗎？」

註一：法蘭克・赫伯特（Frank Herbert）美國科幻小說作家，代表作爲《沙丘魔堡》（*Dune*）。
註二：好午餐（Lunchable），速食午餐食品。
註三：滾球入洞（Skee-Ball），遊戲機台。
註四：武器火熱（weapons hot），隨時可以開火的意思。

「我認爲我來得正是時候，向我介紹介紹這位勇敢的年輕學徒。」

「喔，眞是不好意思。我的禮貌，外加我的手臂，一定是被這隻蝗蟲給吃掉了。關妮兒・麥特南，見見圖阿哈・戴・丹恩的莫利根，死亡挑選者，偶爾也有人稱她爲貝德、馬查與尼曼【註】。」

烏鴉飛下屋頂，迎向關妮兒，彷彿在半空中融化般，化身爲肌膚乳白的裸體女子，伸出雙臂大步走向她。

「很高興認識妳。」莫利根說。

「我也是。」關妮兒說著和莫利根握手。「我想我們在薩溫節的時候有向妳禱告。」

莫利根微笑。「對，你們有。請繼續向我禱告，因爲我是唯一知道你們兩個還活著的圖阿哈・戴・丹恩。」

雖然蝗蟲屍體還在燃燒，但它不再尖叫，讓我們知道它終於死了。莫利根低頭看我。

「等你爬出來後，你會發現你的刺青嚴重受損。你會要修補它們，而現在唯一能幫你的就只有我。準備好了就告訴我。」

她後退一、兩步，揚起雙臂，準備變回烏鴉。「等等！」我問：「妳不先幫我脫身嗎？」

「你現在有時間思考，自然可以自己想辦法脫身，敘亞漢。」她說，接著朝關妮兒點頭。「再見。」

她化身爲烏鴉，把我們留在原地。喔，我們晚點要好好談談。

「哇喔。」關妮兒說。

「是呀。」

「我剛跟個裸體女神握手。她叫你什麼？敘－亞－漢？那在古愛爾蘭語裡代表笨蛋還是什麼啊？」

「不是，那是我的本名。不過搞不好那眞的是笨蛋的意思。還是叫我阿提克斯。小心點——後退大概十碼，好嗎？」

莫利根說得沒錯。怪物死了，我也不再驚慌，這下可以利用德魯伊之道擺脫困境。儘管如此，我還是得看見自己在做什麼。有很多血液和濃汁順著我的手臂流下，我的頭已經開始有點昏了。我的治療法術停止作用。我試圖重啓治療符咒，但是沒有效果——這表示我手上的治療繩紋被抹花了。我還是可以要求科羅拉多治療我，它也會照做，但是因爲缺乏媒介而不能自行治療可是個問題。

／／科羅拉多／德魯伊須要治療／拜託／／

／／治療中／／元素說，我感到和諧寧靜。

這時關妮兒已經退開，於是我在莫魯塔的劍身和北峰間進行羈絆。北峰不會移動到劍旁，這表示莫魯塔會砍穿蝗蟲腦袋，飛去北峰。我唯一要做的就是放開劍柄。我灌注魔力，莫魯塔貫穿蟲頭，

註：貝德、馬查與尼曼（Badb, Macha and Nemain），是凱爾特神話中的命運與戰爭三女神；有時候莫利根會被視爲三柱女神的集合體，有時則會被視爲三柱女神之一（例如：與馬查、尼曼組成三女神，不同的故事有不同的組合，端看你看的是哪一個版本）。

自我手掌上方砍出一個開口。我趁魔劍還在飛的時候解除羈絆，莫魯塔當即落地。

「太好了。現在，關妮兒，妳可以扯開這一半嗎？」我用左手比向蝗蟲頭的右側。

「你是認眞的？」

「是呀。我的手卡在裡面，我必須弄清楚原因。」

「實在太噁心了，我會作惡夢的。」

「我也會，相信我。去怪凱歐帝。」

「喔，我是怪他呀。」她一臉噁心地皺起鼻頭，抓起頭部的甲殼外緣，用力拉扯，扳開中央黏黏的血肉，灑出一灘濃汁到我臉上；我狂吐口水，大聲咳嗽。

「嘎！抱歉！」她說。

「非這樣不可。沒關係。」我斷聲說道，努力不讓自己吐出來。我的手臂內側開始感受到空氣了。「妳看得見我的手掌嗎？」我問。

關妮兒探頭細看。「看到了，就在裡面。有東西刺穿了你的掌心。」

「啊，那就是我無法自療的原因。那玩意兒刺穿了我的手背。」

「那個圓圈和三曲枝圖負責你的治療能力？」

「沒錯。」

「你一定有阻隔那裡的神經，不然應該痛死了。」

「對。但那也表示我現在沒辦法處理它。妳介意幫我把它拔出來嗎？」

「好。」她抓住我的手腕，在一陣濕黏的聲響中將我的手掌拔出那根東西。手掌脫困後，我們終於看清楚卡住它的東西：蝗蟲的左大顎。那玩意兒裂開了——無疑是被我丟過去的石頭打碎的——被我的劍和手背頂入口內；而當我要抽出手臂時，它就像根矛頭般等在那裡。

爲了從怪物的龐大身軀下脫身，我把它的胸腔頂端和我右邊的地面羈絆在一起。這個動作很有效率地導致屍體滾動過去，讓我能夠渾身發抖地站起身來。

「我眞的須要清洗一下。」我說。

「冰箱裡有很多冰塊。」關妮兒說。

「好主意。無論從哪方面來看都是好主意，眞的。」我說：「謝謝妳。」

「不客氣，老師。」

「我清洗的時候，妳可以做兩件事嗎？去拿那個牛皮紙信封，看看裡面放了什麼。然後再拿一根木椿出來，把這具屍體也燒了。」

她點頭，我走去清洗手和臉。我不知道凱歐帝要花多少時間才能重生、然後回來，不過我想起碼要等到天亮之後，而我不打算在這裡等到他們回來。讓他們自己弄清楚發生了什麼事，然後清理他們自己的爛攤子。科羅拉多已經把金礦移動到臺地下了，所以在我看來，我們互不相欠。該是我離開這裡、享受死人生活的時候了——就像我一直期待的一樣。

冰水很清涼。它不能洗淨法蘭克或達倫之死在我心中掀起的罪惡感，但身上沒有昆蟲汁讓我生理上舒服多了。

關妮兒走進來，把沒開的信封留給我，然後又拿了幾根木樁去燒第二隻蝗蟲的屍體。

由於只有一隻手能用，我以作弊方式解除信封上的羈絆，抖出裡面的東西。那是份官方部落文件，還有梅尼方姆斯裡一輛拖車的租約，允許一個白人男人和白人女人住在迪內部落保留區裡。原來他就是去辦這件事——幫我安排個地方訓練關妮兒。我注意到那份文件說我們都是黑髮，這或許是個好主意。太多人在這附近見過兩個紅髮白人了，如果我想不受打擾地好好訓練她，也該假裝自己不是愛爾蘭人一段時間了。不過我們得請霍爾幫我們再弄一套不同的證件，而且凱歐帝就是沒辦法不拿我們的姓名開玩笑。

我本來並不打算在這裡定居，但是現在想想，這樣做似乎也有好處。保留區不常受到衛星監控，也沒有一大堆監視攝影機記錄你的一舉一動。除此之外，我還必須待在附近才能持續監控煤礦場的情況。而且我可以每隔兩週就往東谷走一趟，照顧東尼小屋附近的荒地，順便到魯拉布拉吃點炸魚薯片犒賞自己。

「信封裡面是什麼？」關妮兒回到屋內問道。

「新身分和新住所，凱歐帝的好意。自己看。」我將那些文件交給她。

關妮兒張嘴嬌笑，隨即伸手捂住嘴巴。「你接下來十二年都要叫作史特林・席爾法【註一】？」她問。

「妳的也好不到哪裡去。」我說。

她的笑聲在看見填著她新名字的文件時戛然而止。「喔，那個混蛋。他竟然叫我貝蒂・貝克【註二〕。」

「我們偷走他的卡車作爲報復。」

她目光飄向凱歐帝開來工地的黑色大卡車，點頭道：「好！」

撿回莫魯塔後，我以羈絆法術發動卡車的引擎——我絕不打算在凱歐帝的殘骸身上找鑰匙——關妮兒帶我們開上前往旗杆市的路，那裡有頭獵狼犬要人抱抱。

註一：史特林・席爾法（Sterling Silver），紋銀，同時也是英國貨幣。

註二：貝蒂・貝克（Betty Baker），這個姓也代表糕點師。

尾聲

愛普羅・弗羅瑞斯不想讓歐伯隆出院。

「我從來沒有見過肩骨破碎的狗可以好這麼快的，」她說：「更別提肋骨了。照理說他應該再過幾個禮拜才能走路，但是他現在已經一副根本沒受過傷的樣子了。我一直覺得這是某種奇蹟。我希望能留他下來進行檢查——當然是免費的。只要照點X光之類的——」

「抱歉，我們眞的得離開了。」

「我聽見了！」歐伯隆說：「這扇門外有很多母狗可看！」他叫了一聲，對獸醫強調他的意思。

「你怎麼了？」弗羅瑞斯醫生指著我右手的繃帶問道。我不能說是在和巨大蝗蟲打架時弄傷的，就像我不能說歐伯隆是在和吸血鬼打架時弄傷的一樣，所以我還是跳回原先的謊言。

「我去獵捕那頭熊。」

「恭喜。」她說，顯然不相信我。她遺憾地拍拍歐伯隆，希望他不會再遇上「可怕的熊」。

「看到她輕聲細語的模樣了嗎，阿提克斯？如果關妮兒一開始說我叫抱抱南瓜的話，她現在講話的聲音就會細到和狗哨一樣了【註】。」

註：吹狗哨的聲音人耳聽不見，只有狗聽得見。

「你的取樣還是太少了。現在一切都還可以歸類爲巧合。」

「你知道怎樣最酷嗎？我們應該去找博格女王做實驗。一旦聽到我的名字是抱抱南瓜後，反抗無用【註】！不過我不確定她是不是愛狗人士。或能不能算是人。隨便啦。我們要去蘇格蘭，對吧，去吃十六根甜美多汁的野豬香腸？」

「對。我得先把頭髮染黑，去照點證件照，然後我們就可以出發前往蘇格蘭高地。」

「我已經聞到綿羊的味道了。」

我在離開獸醫辦公室時留意歐伯隆的步伐。「你看起來復元得不錯，沒有跛腳。你的肩膀感覺如何？」

「有時候會一陣一陣地痛，不過沒有很痛。暫時大概還不能跑。你那碗難喝的茶效果不賴。」

「很好，我再幫你多煮點。你要完全復元才能一起去打獵。」

「沒有錯！你感覺到風中那股輕微顫抖了嗎？此刻全世界的松鼠都嚇得渾身發抖，偏偏不知道爲什麼。」

我們在旗杆市裡連跑好幾個地方——幫歐伯隆購買草藥，還有我的，還去染了個肯定會徹底摧毀形象的超黑頭髮。對我而言，染自己的頭髮還不如與關妮兒的頭髮道別來得可怕：太陽不會像從前一樣在她頭上閃耀，而她很可能會讓我很不自在地聯想到莫利根。不過接著我想到暫時讓我們在彼此眼中喪失魅力或許是件好事，這樣改變外形就不算什麼缺點了。凱歐帝可能幫了我比他想像中更大的忙。我知道他幫我們安頓住所是爲了讓我就近監視煤礦場和他的金礦場，不是因爲欺騙我而心生罪惡或是其他道義上的責任。

關妮兒一點也不喜歡染髮的成果。爲了好好染髮，我們弄了間旅館套房。她頂著漆黑的頭髮走出浴室時看起來超級沮喪，因爲染出來的效果意外得像歌德族。她不想去照證件照。

「啊！」她淒慘地看著車上的理容鏡說道。「這個造型慘到我這輩子從來沒有這麼慘過。你知道我們看起來像什麼嗎？兩個情緒搖滾大混蛋。」

「這個嘛，往好處想，關妮兒。情緒搖滾大混蛋是個很棒的樂團名。」

「超讚的想法！那已經是數不清的樂團的非官方團名了。」

我們在一家可以上網和傳眞的辦公／影印店裡待了一會兒，把我們的新造型傳給麥格努生與浩克事務所裡的霍爾，請他幫我們弄點新證件。

「你們根本還沒時間習慣我才幫你弄好的證件！」他在電話裡埋怨道：「我不能一夜之間就辦好這種事，你知道。這得花好幾天。」

「我了解。我們要出國一段時間，回來後再換新身分。它們應該可以撐上個十年，讓我好好訓練關妮兒。」

註：博格人（Borg）是「星艦迷航記」系列（*Star Trek*）裡一個擁有集體意識的半人半機器外星種族，博格女王（Borg Queen）扮演類似女王蜂的角色。他們同化其他種族成爲博格時，會進行一長串宣言，結尾多爲「反抗無用」（Resistance is Futile）。

「我正在看這些表格。你要讓人叫你史特林・席爾法？」

「名字不是我挑的，我發誓。是凱歐帝。」

「在你掛斷前，」霍爾說：「我想你或許會想知道李夫已經與我們公司完全斷絕來往了。」

「他離開亞歷桑納？」

「沒，只是離開我們公司，他依然待在亞歷桑納。據我所知，他也重新掌權了。或許還有一些吸血鬼躲在暗處垂死掙扎，但是在他採取那種行動之後，再也不會有人膽敢招惹他。安東尼和他的手下都吃得很飽。」他說的是本地食屍鬼。「我幫你把訊息捎到了，他知道從今以後要避開你。他要我向你轉達最深的歉意。喜歡的話就相信他。」

我謝謝霍爾，保證我過一個禮拜左右就會回來和他聯絡，然後掛斷。就某方面而言，知道李夫重新掌權讓我感到心安；他就像個令人鄙視的獨裁者，很惹人厭，但至少能穩定局勢。儘管很想為了他對我和歐伯隆所做的事宰了他，但讓他活下去（或維持不死狀態，隨便怎麼說）能使亞歷桑納更加安全，方便我訓練關妮兒。況且我已經見識過不顧一切追求復仇的人會落到什麼下場。再說，不管我如何努力將李夫的行為視為自私自利，我還是無法否認他沒有讓我流血致死，還把我送去醫院的事實。如果他要我死，只要完全不管我就行了。就算一開始害我陷入危機的人是他，他還是救了我一命。儘管如此，我打算一處理好可以鑄造金屬的新店後立刻開始製造新符咒。和斯丹尼克對戰的經驗證實，動念間解除吸血鬼羈絆的能力會非常有用。

我決定下一個表面工作要當銀飾匠——別的不說，至少這個工作符合我的化名。我也會種點東西，或許弄些綿羊或山羊給歐伯隆去照料。如今欠的人情通通還清，所有想要我死的人也都以為我死了，終於可以考慮這些事情了。

我們開凱歐帝的卡車前往哈特普來利，一個位於舊金山峰西側、自然保育協會看顧下的美麗地方。那裡有個通往提爾・納・諾格的傳送點，關妮兒就是在那裡獲得第一次空間轉移的經驗。

我們只在提爾・納・諾格稍作停留——我立刻就把我們傳送到蘇格蘭，以免有妖精發現我們，回報上去說鋼鐵德魯伊根本沒死。

那幾天或許是我在蘇格蘭度過最開心的一段日子。繼續休養三日後，歐伯隆終於可以自在奔跑——他稱之為「密集香腸治療」。而我的手也在三天休養過後終於能動了；高地元素非常樂意幫忙。我手背上的刺青的確損毀了，然而我並不急著找莫利根修補。等我們終於痊癒後，歐伯隆和我轉移到處於夏季的南半球，關妮兒則留在蘇格蘭參觀城堡和禮貌地拒絕粗魯蘇格蘭小伙子搭訕。又或許她沒拒絕他們，那是她的事，她有權享受任何樂趣。

當我和歐伯隆於晴空下在澳大利亞的昆士蘭上漫步時，我有很多時間可以思考。儘管通常我都想要活在當下、不眷戀過去，但我在那裡還是想起某些遺憾。我希望沒有被騙去殺害斯丹尼克和那兩個皮囊行者；我哀悼達倫・亞希和法蘭克・起司奇里，也為赫爾逃脫之事惋惜——特別是她還帶走了寡婦的屍體。這時我最擔心的就是赫爾之後的計畫，但是既然在關妮兒訓練結束前我都管不了什麼事，還是不要讓洛基之女奪走我能好好享受陽光的時刻才好。反正迦尼薩和那群神祕的叢林諸神聯盟似乎也想要我保持低調。當然，全知的神祇通通知道我還活著，但是耶穌和那些神都不會和想把我的骨灰丟到海裡去的萬神殿分享情報。這表示沒有神在找我，千年來第一次，我可以拋開偏執妄想，好好放鬆心情。

歐伯隆和我發現一片紅花苜蓿的原野，我們平躺在地，好好享受一場史詩級的扭扭療程。在苜蓿草堆裡扭動是身爲獵狼犬最棒的福利之一，那和化身人形時躺在地上扭來扭去完全不能相提並論。

歐伯隆打個噴嚏，於是我們休息，四腳朝天，享受陽光灑在肚子上的感覺。

「這片原野太棒了，阿提克斯。」他說。

「我同意。」

「梅尼方姆斯會有這種苜蓿草嗎？」

「不會，那裡比這裡乾燥多了。但我肯定那裡就和所有地方一樣，也有獨特的魅力。那裡有很多空間讓你跑來跑去，不像坦佩的房子。」

「太棒了！你想梅利方姆斯會有法國貴賓犬嗎？」

「我懷疑。大部分都是工作犬。牠們在那裡照料綿羊，你知道。那裡沒有足夠的草地可以養牛。如果你想做羔羊香腸的話，我們或許可以弄點羊來給你照顧。」

「喔，聽起來很棒。『抱抱南瓜的香腸農場』。」

「爲什麼不是『歐伯隆的』？」我問。

「這樣我們就可以繼續抱抱南瓜大實驗了。當那些女士們來到香腸攤上時，你就會介紹我出場，然後我們就會擁有大量無法反駁的數據。」

「哎呀。我眞的得再給你洗個澡。」

「或許。你本來要和我說日本武士的故事。」

「我也許得要重新考慮，我很擔心那個故事會對你的心理造成什麼影響。」

「噢！嘿，知道嗎，阿提克斯？」歐伯隆說著翻身向右，豎起雙耳，把洗澡和故事拋到腦後。「我想另外一邊的苜蓿草比這裡還要茂密。我認爲我們該比賽看誰先到那裡，然後到處滾看看是否眞的是那樣。」

「好了，那眞是個值得測試的假設！來比吧，老兄！」

「出發！」

在再也不用逃命的情況下縱情奔跑，這感覺好得難以形容。

《鋼鐵德魯伊4：圈套》完

致謝

打從本系列前三集上市以來，我一直沒有機會向讀者致謝。所以首先我想要感謝你，謝謝你支持這個系列，謝謝你買我的書，句號。除非有讀者買書，不然作者沒有機會繼續寫書，要不是你早在許久之前買了《追獵》，還叫你朋友也去買的話，這本書也不可能面世。不少讀者在臉書、好讀、推特，還有我的部落格上和我打招呼，我很感激你們願意花時間這麼做。你們都好親切。

我的家人都很支持我，會假裝沒有看到我在家裡走來走去，和幻想出來的朋友交談；謝謝你們這麼愛我。

崔西雅・派斯特納克是我在Del Rey的編輯，我認爲她聰明過人。我們在史上最偉大的重金屬歌曲和一袋棉花糖可能導致的傷害等話題上都能取得共識。她是引領我穿越懷疑陰影之谷的嚮導，我非常感激她的鼓勵、指導，以及讓每本書以最好的方式呈現在讀者面前的那些看不見的努力。

我還要感謝Del Rey那群對這個系列成功有所貢獻的同仁：麥克・布拉夫、南希・德利亞、大衛・莫因奇、喬・史加羅拉、史可特・雪儂、愛普羅・弗羅瑞斯、琴娜・瓦奇特爾，以及其他人。

非常感謝伊凡・高富烈德，我在ＪＧＬＭ的經紀人，所提供的各式建議和幫助。

感謝羅德島的唐娜・佩克警探提示我該如何僞造命案現場。任何聽起來很愚蠢或不可信的情節都是我的錯，如果你想在她的轄區僞造命案現場，她會抓到你的。

誠摯地感謝譚美・葛瓦拉和我聊起那段超不自在的毒藥化學話題。她大概永遠不會再來我家晚餐了。

米希爾・汪丘是印度故事的泉源，謝謝他提供因陀羅那段有趣的記載。

給宅男聯盟——土斯、馬丁、安德魯、亞倫和約翰——感謝各位提供的笑話和瘋狂點數。

就像我其他的書，我盡可能把小說裡的事件架構在眞實世界裡。然而，這個故事提到的藥局比凱楊塔現有的藥局還多兩間；這座小鎭的藥物需求都由部落健康局負責。儘管旗杆市的雙重挑戰美食家餐廳完全是虛構的，你還是可以造訪多陽貿易公司、梅西歐洲咖啡館、還有老奶奶衣櫥。那些都是很有看頭的地方，描寫那些地方讓我回到在NAU唸書的快樂大學時光。

納瓦霍創世神話，迪內巴哈內，是個不斷在改變、進化的故事，因爲它是由歌者爲了舉行儀式而向在場者傳唱。於是，經由文字記載下來的版本往往在細節上有很大的出入——而我所提到的故事，儘管基於兩個記載詳盡的出處，但絕對不該被當作該族神話權威性的資料來源，故事裡所描寫的儀式程序也不該當眞。在某些版本的神話裡，一共有五個世界，而非四個，不過由於納瓦霍保留區的迪內大學教的是四個世界，我就採用四個的版本。關於兩個凱歐帝、第一世界靈體，還有其他資料都來自哈斯丁・特羅茲・西（水牛草老先生）於一九二八年告訴艾林・歐布萊恩【註一】的故事，首度發表於於一九五六年史密森尼學會【註二】美國人種學部的第一六三期學報裡，不過如今收錄在《納瓦霍印第安神話》一書中；我還有參考保羅・G・柔布羅一九八七年在新墨西哥大學出版社出版的《迪內巴哈內》。

我欠凱倫、莫文、莉雅・哈維一份人情，因為他們教我迪內巴薩德——納瓦霍語——的單字發音，也就是你在這本書裡看到的發音指南。如有錯誤，當然都是我的錯，與他們無關。

註一：艾林・歐布萊恩（Aileen O'Bryan），《納瓦霍印第安神話》（*Navaho Indian Myths*）的作者。

註二：史密森尼學會（Smithsonian Institution）成立於一八四六年，是美國博物館和研究機構集合組織，隸屬該組織的博物館大多免費開放，同時也擁有世界最大的博物館系統和研究聯合體。

發音指南

納瓦霍密碼員能在二次世界大戰扮演舉足輕重的角色是有原因的。他們的語言優美到難以形容，充滿聲門閉鎖音【註】、特殊符號，以及像是祈願——瞬實動詞之類令人驚訝的動詞。他們沒有形容詞，而是用形容的方式使用動詞。舉例說明這個語言有多複雜：納瓦霍語中沒有「給」這個動詞，但卻依照給予物品的大小與形狀不同而創造出十一個不同的字。這本書裡沒有使用太多納瓦霍語的文字，不過我盡量讓各位對會在書中看到的少數納瓦霍文字有心理準備。其中沒有動詞。另外要注意的是，納瓦霍語的發音也有區域性差異，就像英文有很多不同的方言，有些字的發音會有些微不同，端看你身處納瓦霍保留區的哪個區域。

納瓦霍語

Áltsé Hashké——Aht SHE hash KEH／阿特塞哈許克（翻譯爲第一憤怒，或第一瘋狂、第一埋怨。這是第一先祖之一凱歐帝的正式名字。）

註：聲門閉鎖音（glottal stop），或作聲門塞音。一種子音，算是無聲發音。例如英文中h不發音的狀況（oh, ah）即爲常見的聲門閉鎖音。

Áń ł’įįh——unn TEE／昂提（意思是巫術之道，或屍毒之道。）

Ch’įįdii——CHEE dee／奇迪（鬼魂，特別指人死時靈魂中沒有與宇宙取得共鳴的部分。）

Diné——dih NEH／迪內（意指族人。納瓦霍人的自稱；納瓦霍是西班牙人擅自命名，就此沿用。在這本書裡，藝術模仿生活；迪內人會自稱迪內人，而其他人——包括阿提克斯在內——都稱他們為納瓦霍。）

Diné Bahane’——dih NEH bah HAH neh／迪內巴哈內（意指族人的故事，納瓦霍的創世傳說，在許多儀式上都會吟唱部分內容。）

Hataałii——hah TAH hlee／哈塔里（翻譯為歌者，在儀式中歌唱並繪製沙畫，從祈福到為失去平衡之人重建平衡，在許多儀式中都佔有重要的地位；傳統的說法即巫醫。）

Hózhǫ́ ——hoh ZHOH／霍柔（非常好，或是活力十足的意思，世間的一切都很美好平衡，有時候英文會把它翻為祝福。老實說，這個字很難翻成英文；它就是那種對盎格魯薩克遜人用語來說太大了點的字。）

Hózhǫ́ji——hoh ZHOH jee／霍柔吉（祝福之道。）

Nílch’i——NIL cheh／尼爾切（照字面上解釋是空氣；但是在傳說中它是風的名字。還有，沒錯，中間有一橫的l發音與英文的l不一樣，比較像是發自臼齒後方的喉音；用l只是權宜之計。）

歎爲觀止的砂岩　Tyende——tee YEH in DEH／提業英德（這座臺地位於凱楊塔西南方十里處。美不勝收的砂岩——不過雨天別在這裡淋雨。立刻往高處衝，因爲暴洪可不是鬧著玩的。）

嗜好特別的狼獾　Faolan——FWAY lawn／福威郎（對了，這不是納瓦霍名；又回到愛爾蘭語了。）

圖阿哈・戴・丹恩　Ogma——OG mah／歐格瑪（og發音跟log裡的一樣。和安格斯・歐格裡的Ó不太相同。那個Ó上有個區隔號，發作長O。這個是短O。歐格瑪的事蹟很多，包括教導德魯伊歐甘文。）

鋼鐵德魯伊

中英文名詞對照表

A

Aenghus Óg　安格斯・歐格（凱爾特的愛神）
Áłtsé Hashké　阿特塞哈許克（凱歐帝／美國原住民神話）
Answerer　解惑者（魔法劍富拉蓋拉）
Ánł'įįh　昂提（巫術之道／美國原住民神話）
Antipodes　安提波德斯（地名）
Æsir　阿薩神族（北歐神族之一）
Asgard　阿斯加德（北歐神話的神域）
archdruid　大德魯伊

B

Benally　班納利（凱歐帝化名）
Betsuie, Sophie　蘇菲・貝舒（總工程師）
Brighid　布莉德（凱爾特的鍛造女神）

C

Celtic knotwork　凱爾特繩紋
Changing Woman　改變女神（美國原住民神話）
Ch'įįdii　奇迪（美國原住民神話中的鬼魂）
Child-Born-of-Water　水之子（美國原住民神話人物）
Chischilly, Frank　法蘭克・起司奇里（哈塔里）
cold iron　寒鐵
Collins, Reilly and Caitlin 雷利和凱特琳・柯林斯（阿提克斯與關妮兒化名）
Coyote 凱歐帝（美國原住民土狼神）

D

Dane, Rebecca　蕾貝卡・丹恩（店員）
Danu　丹奴（凱爾特神話母神）
Dine（=Navajo）　迪內部落（美國原住民納瓦霍部落的正式稱呼）
Diné Bahane' 迪內巴哈內（納瓦霍部落的創世傳說）
Draugr　卓格（北歐怪物）
Druid　德魯伊
Druid lore　德魯伊學識
Druidic grove　德魯伊教派

F

Famine　飢荒刃（北歐神話）
Fand　芳德（凱爾特女神／妖精女王）
Faolan　福威郎（愛爾蘭神話／狼獾的名字）
Fenris　芬利斯（北歐神話的巨狼＝芬里爾狼）
Ferris　費力斯（鐵元素名字）
Flidais　富麗迪許（凱爾特狩獵女神）

Flores, April　愛普羅・弗羅瑞斯（獸醫）
The First Man　第一男人（美國原住民神話）
The First Woman　第一女人（美國原住民神話）
The First World, or Black World 第一世界或黑世界（美國原住民神話）
Fragarach　富拉蓋拉（解惑者；劍）

G

Ganesha　印度象頭神迦尼薩
Garm　加爾姆（北歐神話地獄犬）
Geffert, Kyle　凱爾・傑佛特（警探
ghoul　食屍鬼
Gladsheim　葛拉茲海姆（北歐諸神殿）
Great Fury　狂怒之劍（莫魯塔）
Great Horned Owl　大鵰鴞
Greta　葛雷塔（狼人）

H

Hauk, Hallbjorn "Hal"　霍伯瓊・"霍爾"・浩克（狼人）
Hataałii　哈塔里（美國原住民文化巫醫）
Hózhǫ́　霍柔（祝福／納瓦霍語）
Hózhǫ́ji　霍柔吉（祝福之道／納瓦霍語）
Hel　赫爾（北歐神話的死亡女神，也代表她統治的死亡國度）
Helgarson, Leif　李夫・海加森（吸血鬼）
Hrym　赫列姆（北歐神話霜巨人）

I

Immortali-Tea　不朽茶（德魯伊特調茶）
Indra　因陀羅（印度雷神）
Irish wolfhound　愛爾蘭獵狼犬

J

Jodursson, Snorri　史努利・喬度森（狼人）

K

Kayenta　凱楊塔（亞歷桑納地名／納瓦霍部落所在）
kelpies　凱爾皮（愛爾蘭妖怪）
Keonie, Ben　班・奇歐尼（工地領班）
kickboxing　踢拳（運動）
Kulasekaran, Laksha　拉克莎・庫拉斯卡倫（女巫）

L

Lei Gong　雷公（中國雷神）

M

MacDonagh, the widow　麥當納寡婦
MacTiernan, Granuaile　關妮兒·麥特南（德魯伊學徒）
Mag Mell　馬・梅爾（凱爾特神話妖精國度）
Magnusson, Gunnar　剛納・麥格努生（阿爾法狼人）
Magnusson and Hauk　麥格努生與浩克律師事務所）
Manannan Mac Lir　馬拿朗・麥克・李爾（凱爾特死神暨海神）
Mjöllnir　米歐尼爾（索爾的神鎚）
Mobili-Tea　莫比利茶（德魯伊特調茶）
Monster Slayer　屠魔者（美國原住民神話人物）
Moralltach　莫魯塔（狂怒之劍）
The Morrigan 莫利根（凱爾特戰爭與死亡女神）

N

Niflheim　尼弗爾海姆（北歐神話的迷霧與冰元素國度）
Niłch'i　尼爾切（風的名字／納瓦霍語）
Norns　諾恩三女神（北歐命運三女神）

O

Oberon　歐伯隆
Odin　奧丁（北歐主神）
Ogma　歐格瑪（凱爾特戰神）
O'Bryan　歐布萊恩（醫生）
O'Sullivan, Atticus　阿提克斯・歐蘇利文
Ó Suileabháin, Siodhachan　敘亞漢・歐蘇魯文

P

pantheon　萬神殿
Perun　佩倫（斯拉夫神話的雷神）
plane shift or shift planes　空間轉移
Planewalker　異界行者

R

Raijin　雷仁（日本雷神）
Ragnarök　諸神黃昏（北歐神話的世界末日）
Rula Bula　魯拉布拉（酒吧）

S

Sasquatch　薩斯科奇（Big Foot／大腳怪）
The Second World, or Blue World　第二世界或藍世界（美國原住民神話）
selkie　賽爾奇（愛爾蘭妖怪）
Shango　尚戈（奈及利亞雷神）
skinwalker　皮囊行者（美國原住民神話）
Sonora　索諾倫（索諾倫沙漠元素）
Soma　蘇摩神酒（印度神話）
the Sisters of the Three Auroras　曙光三女神女巫團
Sokolowski, Malina　瑪李娜・索可瓦斯基（女巫）
Sonoran Desert　索諾倫沙漠
Snugglepumpkin　抱抱南瓜（歐伯隆化名）

T

Tahirah　塔希拉（阿提克斯亡妻）
Tempe　坦佩
Third Eye Books and Herbs　第三隻眼書籍藥草店
The third World, or Yellow World　第三世界或黃世界（美國原住民神話）
Thor 索爾（北歐雷神）
Tír na nÓg　提爾・納・諾格（凱爾特神話的妖精國度）
Tuatha Dé Danann　圖阿哈・戴・丹恩（凱爾特神話神族）
Tuba City　圖巴市（亞歷桑納地名）
Tyende　提業英德臺地
Týr　提爾（北歐神話的戰神）

U

Ukko　屋克（芬蘭雷神）

V

Valhalla　英靈殿（北歐神話）
Vidar　維達（北歐復仇之神）

Y

Yazzie, Darren　達倫・亞希（工地領班）
Yggdrasil　世界之樹（北歐神話）

Z

Zdenik　斯丹尼克（吸血鬼）

鋼鐵德魯伊
Vol. 5
TRAPPED
THE IRON DRUID CHRONICLES
十二年後，關妮兒完成德魯伊訓練的同時，
新的危機正悄悄逼近──
2015 SPRING
上市

國家圖書館出版品預行編目資料

鋼鐵德魯伊4：圈套／凱文·赫恩（Kevin Hearne）；
戚建邦譯——初版．——台北市：蓋亞文化，2014.12
冊；公分.——（Fever；FR040）
譯自：Tricked (The Iron Druid Chronicles Book4)
ISBN 978-986-319-122-3（平裝）

874.57 103023877

Fever 040

鋼鐵德魯伊 VOL.4〔圈套〕 TRICKED

作者／凱文．赫恩（Kevin Hearne）
譯者／戚建邦
封面插畫／Gene Mollica
封面設計／克里斯
出版／蓋亞文化有限公司
地址◎台北市103承德路二段75巷35號1樓
電話◎（02）25585438 傳眞◎（02）25585439
網址◎http://gaeabooks.pixnet.net/blog
電子信箱◎gaea@gaeabooks.com.tw
投稿信箱◎editor@gaeabooks.com.tw
郵撥帳號◎19769541 戶名：蓋亞文化有限公司
法律顧問／宇達經貿法律事務所
總經銷／聯合發行股份有限公司
地址◎新北市新店區寶橋路二三五巷六弄六號二樓
電話◎（02）29178022 傳眞◎（02）29156275
港澳地區／一代匯集
電話◎（852）27838102 傳眞◎（852）23960050
地址◎九龍旺角塘尾道64號龍駒企業大廈10樓B&D室
初版二刷／2020年10月
定價／新台幣 320 元
Printed in Taiwan

ISBN／978-986-319-122-3